光文社文庫

ハピネス

桐野夏生

光　文　社

目次

第一章　タワマン

1　落下するもの

小さな肉球のある冷たい掌が、岩見有紗《いわみありさ》の頬を優しく押している。早く目を覚ませ、早く起きろ、さもないと学校に遅れるよ、と。柔らかな毛。かすかな息遣い。この猫はどの子だっけ。チャムもミルキーもとっくに死んでしまったはずなのに。

あれ？　あたし確か、結婚してたよね？

そう思い出した瞬間、有紗は覚醒した。実家で飼っていた猫に起こされる夢を見ていたのだった。

「ママ、おきて」

猫と思ったのは、三歳二カ月の娘、花奈《かな》の小さな手だった。食も細く、自己主張も滅多にしない、おとなしい娘は、寝坊した母を起こす時も、猫より力強さが足りないように思う。だが、骨も声もか細くて、頼りない風情《ふぜい》が愛らしかった。きっと自分もそんな娘だったのだ。

だから今でも、両親に愛されている。守られている。有紗は幼い娘によって自分を確認し、安堵した。また、新しい一日が始まった。

「ごめん。今、何時」

有紗は皺《しわ》くちゃになったシーツの間から手を伸ばして、枕元の携帯電話を取った。午前九時半。いつもより二時間近く遅い。どうりで部屋が明るいと思った。だけど、気分はよくなかった。重い生理の時のように、頭が少し痛む。

軽く伸びをしたら、脇腹にごつりと異物が当たった。母親が起きるまで我慢していたらしい花奈が、ベッドに持ち込んで遊んでいた玩具の電子レンジだった。花奈は、その中にいろんな物を放り込んでは、「チン!」と叫ぶ遊びに熱中していた。

だが今は、近頃、最も気に入っているロバの縫いぐるみの四肢をしっかりと持ち、懸命に歩かせる真似をしていた。赤い帽子を被ったロバは、花奈の枕の稜線を下り、シーツの平原に差しかかろうとしている。

「ママ、寝坊しちゃったよ。花奈ちゃん、おなか空かない?」

有紗は物憂く花奈に尋ねた。花奈はロバのたてがみをいじくったまま、ゆっくりかぶりを振った。

「ママ、テビレみていい?」

「いいわよ」

花奈は素早くリモコンのボタンを押した。だが、三歳を過ぎたのによく口が回らず、「テレビ」と正しく言うことができない。パトカーは「パカパー」。おいもは「おもいも」。それを可愛いと思ったのは少し前までで、最近は滑舌が悪いのではないか、と気になることもある。実家の母に相談したら、一笑に付されたが。でも、母は知らないのだ、近頃の子供たちの発達ぶりを。

この一年で、近所の同じ年頃の子を持つママたちと仲良くなったせいかもしれない。花奈とほぼ同年の幼女たちは、有紗自身が気後れしてしまうほど、よく喋り、活発に動き回っていた。

それに比べると、花奈はテレビの前でじっとしているのが好きだし、放っておけば、飽きずに一人遊びをしている。手がかからなくていいわね、と羨むママもいるが、有紗は内心焦っているのだった。早いうちに社会性を身に付けなければ心の発達が遅れるのではないか、引きこもりになるのではないか、といった根拠のない不安がある。だから、同じ年頃の子供たちと、もっともっと遊ばせなければならない、という強い思いに囚われるのだった。

だけど、保育園のような施設はご免だった。母親は働いたりせずに、たっぷりと愛情と時間をかけて、子供を育てなければいけない、と固く信じている。そのためには、よい幼稚園を選んで、同じような考えを持つママたちと仲良くすることだ。

有紗は、痛む頭を左右に振った。寝過ごしたのに、寝不足の不快さが頭の芯に滞っている。

風邪でも引いたのだろうか。風邪。有紗は不意に、その原因が夜半から吹き荒れた強風のせいだと思い出した。十月だというのに、季節外れの台風がやって来て、風が吹き荒れたのだ。今は、嘘のように、しんと静まり返っている。

有紗の住んでいる高層マンションは、江東《こうとう》区の巨大な埋め立て地に建っていた。強風が吹くと、海沿いは潮が飛び、更地だらけの広い空き地は砂塵《さじん》を巻き上げるから、外出もままならなくなる。建物の中にいても、風の唸《うな》りと建物が軋《きし》むような音がひっきりなしに聞こえて、何とも不気味だった。エントランス横の池で小さな竜巻を見たこともあった。

有紗夫婦が、マンションの賃貸契約を結ぶ日も、ちょうど強風が吹き荒れていた。不動産屋の男は、「地震ならともかく、風ごときではこのタワーは絶対に揺れません」と力説した。だが、そんな不動産屋の言葉など不要だった。有紗は、東京湾に面して聳《そび》え建つタワマンに魅入られていたからだ。結婚したら、絶対にあのマンションに住んで子供を育てる、と夫の俊平《しゅんぺい》に早々と宣言し、今の部屋を探したのも自分だった。確かに、タワーは風で揺れはしなかったが、強風の夜はゴウゴウ、ミシミシと数時間にわたって不気味な音が鳴り響き、不安で眠れないこともあった。

まして、今朝方の風は、これまでになく強かった。頼りの夫もいないし、恐怖で何度も目が覚めたから、頭痛はきっとそのせいだろう。あと、何かが心に引っ掛かっていた。しきりに、どこかから聞こえていたカラカラという音。

有紗は、あっと声を上げた。勢いよくベッドを飛び降りたので、反動で揺さぶられた花奈が怯《おび》えた顔をした。有紗は顧みずに、窓に駆け寄った。カーテンを開けて、バルコニーを見る。

案の定、花奈の砂場用の赤いバケツが倒れて、バルコニーの隅にまで転がっていた。そして、バケツに突っ込んであったシャベルは、影も形もない。倒れたバケツからこぼれ落ちていた砂も泥も、すっかり吹き飛ばされていた。転がったバケツ以外、バルコニーは掃き掃除を丹念にしたかのように綺麗になっている。

有紗は絶望的な気分でガラス戸を開けた。シャベルが、昨夜の強風に飛ばされたのは間違いなかった。いかにプラスチック製の幼児用シャベルとはいえ、二十九階の高さから落下すれば、凶器になるだろう。有紗は青くなって、怖々と下を覗いた。窓の真下は、下の階のバルコニーの柵が連なるのが見えるだけだ。

ここ、ベイイースト・タワー（BET）と、ベイウエスト・タワー（BWT）の二棟から成るベイタワーズマンション（通称BT）では、バルコニーには何も出さないのが決まりだった。洗濯物は干してもいいが、午前十一時から午後一時までの間、と時間が厳重に決められている。植木鉢やプランターは、危険だという理由で、置くことが禁止されている。

昨夕、有紗が、花奈の砂場用バケツをバルコニーに出したのは、泥と砂にまみれたバケツを、いつもは自転車置き場の、花奈の自転車の籠に置いてくるのに、うっかり部屋まで持って来てしまったためだった。

たった一晩だけと思ったのに、強風でシャベルが吹き飛ばされてしまったのは、運が悪いと言えないこともない。しかし、下層階の住人に何かあったら、有紗の大きな過失になるのは間違いなかった。願わくは、下の植え込みにでも落ちていてほしい。あるいは、遠くの海まで吹き飛ばされていてくれないだろうか。

有紗は祈るような思いで下界を覗き込んだ。上から見るとエントランスは、角度の緩いVの字に見える。舗装部分はすでに掃き浄められていたが、道路や植え込みには、どこからか飛んで来たゴミが散乱している。しかし、それは観葉植物の葉や紙ゴミ、スーパーのレジ袋などで、シャベルのような危険な物はなかった。

うまく下界に落ちて誰かが拾ってくれたなら、バトラー・カウンター前の「落とし物コーナー」に届けられて、何食わぬ顔で拾って来られる。だが、どこかの部屋のバルコニーにでも落下していたら、大問題になる。しかも、シャベルには「イワミカナ」と名前が入っているのだ。

「どうしよう」

有紗は、裸足でバルコニーに降りた。コンクリートの床が冷たい。身を切るような風が下から吹き上がってきて、有紗の背をぞわりと撫でた。有紗は、隅に転がっているバケツを拾い、その縁を握り締める。その瞬間、自分はどこにいるのだろうと思った。空中に浮かんだ危ういコンクリートの階《きざはし》の上、バルコニーの端っこでプラスチックのバケツなんか握ってぼんやりしているのだから。

その時、強い潮の匂いがした。どこからかトーストの焼ける匂いも漂ってくる。十月だというのに、窓を開けてパンを焼いている部屋がある。ここでは、人の目や耳やいろんなものを気にしなければならない。有紗は思わずバケツを後ろ手に隠していた。

すると、窓辺に来た花奈が、不思議そうに問いかけた。

「ママ、かなちゃんのさべるは？」

口が回らないので、シャベルを「さべる」と言う。

「しっ」と有紗がきつい顔で諌《いさ》めたので、花奈が息を呑んだのがわかった。有紗はそっと四囲を窺《うかが》った。上だけでなく、両横からも対面のビルからも、あるいは道路からも、遠くのららぽーとからも、バルコニーを盗み見しようと思えばできる。だから、注意が必要だった。

高層階が人気があるのも、誰も見下ろせないし、下から見上げても遠くてわからないからだった。

「シャベルはママが片付けたからね」

有紗は小さな声で嘘を吐き、花奈の視線を遮るように前に立った。花奈の肩をくるりと振り向かせて、ピシャリと背中で戸を閉める。有紗はバケツを床に置き、暗い思いで窓を振り返った。ガラス越しに、分厚い黒い雲の隙間から太陽が覗いているのが見えた。二十九階の有紗の部屋にも、陽光が射し込んで眩《まぼゆ》い。

有紗の住むBETと対面するかのように、YONEDAという重機メーカーのオフィスビルが建っていた。YONEDAは三十二階建てなので、有紗の部屋に陽が当たるのも、午前中の数時間しかない。だから、有紗の部屋はほとんど一日薄暗くて、ベイタワーズの中でも、とりわけ部屋代が安いのだった。

もっとも、BTは分譲で買って住んでいる人がほとんどで、有紗のように賃貸で借りている者の方が少なかった。だが、不思議なことに、有紗たちは賃貸に住まっていると誰にも告げたことはないのに、誰もが、有紗の部屋は賃貸だと知っているのだった。家主自身が喋っているのだろうか。それにしても、誰がどこをいくらで買ったとか、いくらで貸しているとか、情報が筒抜けなのは、どうしてだろう。それが、真新しい街の巨大なマンションに住まうことなのだろうか。

有紗は、陽光に輝くバルコニーから、遥か彼方を見遣《みや》った。ビルの隙間から千葉の海が光っているのが見えた。千葉方面の海岸線は綺麗に埋め立てられてどこも直線だから、海というよりも運河のようだ。故郷の海岸線とまったく違う姿に、最初の頃は違う惑星にでも来たのかと戸惑ったものだ。でも、もう慣れっこになった。更地だらけの埋め立て地が寂しくなったのは、同じ年頃のママ友がたくさん出来たからかもしれない。

同じBTならば、イーストよりはウエストの方が人気があって価値が高い。眺望が素晴らしくいいからだ。その中でも、竹光《たけみつ》いぶきのママ、「いぶママ」こと、竹光裕美《ゆみ》の住む家は、五十二階建てのベイウエストタワー（ＢＷＴ）の、西南四十七階にあって、「一等地」と言われている。

西南の部屋は、午後はずっとリビングルームに陽が射して、冬も暖房要らずだし、夏は窓を開け放てば風が抜けて涼しく、西陽などものともしない。そして、そこからの眺めは、どんなホテルの眺望よりも素晴らしいのだそうだ。晴れた日は、右に東京タワー、正面にレインボーブリッジ、左はお台場《だいば》から有明《ありあけ》まで、さらには、東京港の対岸にある横浜のランドマークタワーまでがくっきりと見えるという。

いぶママの自信と落ち着きは、ＢＴ内で最も価値の高い部屋に住んでいることによって、培われたものかもしれない、と有紗は思う。だって、駅前の普通のマンションに住んでいる美雨《みう》ママや、ＢＥＴの方の賃貸の自分がママ友のリーダーだったら、ママたちが付いて来てくれるかどうかは怪しい。

すっかり仲良しになった、小さな女の子とママの遊びグループは、その日の計画を、「いぶママ」の意志で決められていた。たいがいは公園の砂場が集合地点だが、たまに、ららぽの前、海浜公園、ラウンジと場所が変わった。それはいぶママが決めており、その決定に従って、グループは従順に動く。有紗はそれが嫌ではなかった。どころか、いぶママにすっかりおぶさって、指示通りに動くことに喜びさえ感じている。

有紗は、シャベルの一件を、いぶママに相談すべきかどうか、迷った。いぶママの、育ちの良さを思わせる細い顎や、綺麗に引かれたアイライン、左手薬指のカルティエのエンゲージリングなどを、好ましく思い浮かべる。元はＪＡＬのキャビンアテンダントだったという噂を聞いて、有紗はなるほどと感心したものだ。いぶママの美貌と気遣いは、やや職業的にさえ思えるからだ。彼女ならば、あらゆるトラブルを笑顔で解決できそうだった。

しかし、こんなドジをして、いぶママに馬鹿にされないだろうか。だらしないと軽蔑されないか。有紗は、急に怖《お》じ気《け》づいた。私的なことを相談できるほど、いぶママとは親しくなっていないのだから、甘え過ぎと思われるかもしれない。シャベルの件は、トラブルになってから相談するかどうか、考えた方がいいだろう。そう、それに決めた。

「あたしって、楽天的？」

有紗は、花奈を抱き寄せて囁《ささや》いた。パジャマ代わりの、有紗のＴシャツを着た花奈は、抱き寄せられて体を固くし、まるで母親の憂いを悟ったかのように、代わりに細い溜息を吐いてくれる。

有紗は、憂いを断つように、レースのカーテンを強く閉めて視界を遮った。そして、今日は、いぶママは自分たちをどう遊ばせてくれるんだろうと考え始めた。気温も低そうだし、強風の後の公園は砂場も荒れて子供を遊ばせられないだろうから、いぶママの家に行けないだろうか、と考える。一度、その素晴らしい眺望を見てみたかった。が、ＢＷＴに住む、他の二人のママ同様に、いぶママは誰も家には入れてくれないのだった。

有紗は洗顔もせず、ジャージ姿のままで冷蔵庫からキャベツとネギを取り出して刻み始めた。迷った末に、嫌いなニンジンも少し加える。小鍋でインスタントラーメンを煮て、刻んだキャベツとニンジンを入れる。ネギは花奈が食べられないので後回しにし、卵を一個割り入れて掻き回す。途端に腹が鳴った。今日の朝食は野菜ラーメン。勤め人の夫がいない日常は、気楽で自堕落で、怠惰にしようと思えば、いくらでも怠惰に流れていく。

有紗は、野菜ラーメンをミッフィーの描かれた食器に取り分けてから、花奈に声をかけた。花奈は早くも四十二インチのテレビ画面に釘付けだった。口を半開きにしたまま、ママ同士で回し合っている幼児用番組のＤＶＤに見入っている。

「花奈ちゃん、朝ご飯食べよ」

花奈は、未練がましくテレビ画面を振り返り振り返りしながら、食卓にやって来た。だが、野菜を見て顔を背けた。有紗は、娘の野菜嫌いを今のうちに矯正したいと思っているが、花奈は元々食が細い上に、好きな物しか食べたがらない。

「ラーメンいや」

花奈が自分の器を押しやった。

「どうして嫌なの」

当然の反応に驚きもしない。

「においいやなの」

花奈は、小さな唇を尖らせる。

「じゃ、何だったら食べるんだよう、花奈ちゃんはよう、ええっ？」

有紗はふざけて乱暴な物言いをしたが、その乱暴さが懐かしかった。仲のいい友達との遠慮のない付き合いを思い出す。冗談を言い合い、タレントの噂話に興じた日々。ああ、あの頃は気楽だった。ママたちとの会話は、上品で気遣い合うのでくたびれ果ててしまう。

「花奈ちゃんよう。あんた、何なら食べてくれるんだよう。答えろや、おらおら」

有紗は、おらおらと花奈の小さな肩を揺すってやった。花奈は心地よさそうに、くくっと笑いながら答えた。

「かなちゃん、おにく。おにくがたべたい」

「え？　お肉って何のお肉。お肉なんか好きだったたっけ」

有紗は、花奈の小さな手に幼児用のフォークをねじ込みながら聞く。

「あのね、ジュウジュウしゅるの」

花奈が小さな掌をひらひらとさせた。夏に実家の両親と行った、北千住《きたせんじゅ》の焼肉屋のことらしい。

「焼肉なんかしょっちゅう食べてたら、おでぶになるよ、花奈ちゃん。カロリーが高いから、おでぶになっちゃうよ」

有紗は、花奈の目を脅すように睨《にら》んだ。

「花奈ちゃん、おでぶになっちゃってもいいの？　そんなの駄目だよ。いぶちゃんも美雨ちゃんも芽玖《めぐ》ちゃんも真恋《まこ》ちゃんも、痩せてて可愛いから、もう、だあれも花奈ちゃんと一緒に遊んでくれなくなっちゃうよ。ママだって泣いちゃうもん。そんなでぶの花奈ちゃん、可哀相で仕方ないから」

有紗が「ママ、泣いちゃうもん、泣いちゃうもん」と呪文のように繰り返して、えんえんと泣くふりを続けると、花奈は本当に心配そうに有紗の茶色い長い髪に触れた。頭を撫でて慰めているつもりなのだ。

「かなちゃん、おでぶにならないよ」

「そうだよ。だから、お野菜をたくさん食べなくちゃならないんだよ」

花奈は嫌そうにフォークを適当に突き刺した。

「花奈ちゃん、いい子だね。ママ、いい子の花奈ちゃん、大好き」

花奈は満足そうに笑ったものの、さも気乗りしない様子で、ラーメンをすすり始める。有紗は、箸で花奈の小さな口の中にキャベツを入れてやった。顔を顰《しか》めて咀嚼《そしゃく》するのを、終わりまで見届ける。まるで看守にでもなった気分だ。

仲のいいママたちも、その子供たちも、誰もが細くてカッコいい服装をしている。痩せなければ服が似合わないのだから、太っていては垢抜けられない。体型維持と所帯じみないこと。それが、ママたちの仲間に入れて貰える条件だし、カッコいいママと子供たちの集団であることが、いぶママグループの力の源なのだった。

メールの着信音が響いた。

「めえるよ、めえる」

花奈が回らぬ口で教えてくれる。有紗は苦笑しながら携帯電話を見た。やはり、いぶママからだった。全員に回しているらしい。

おはよう！
やっと風がおさまってよかったね。
でも、外はいろんな物が落ちているからキケンキケン。
ひさしぶりに、ラウンジで集まらない？
十一時集合でよろしくお願いしまーす。
おやつ？　うーん、そこんとこはテキトー!!

黄色い地色に、赤い花やチョコクッキーやピンクのハートがわさわさと躍っている。いつものように華やかで楽しいデコメールだった。

メールありがとう。

美雨ちゃんちのことはまかせて！

一緒に行くからね。

よかったあ、楽しみでーす！

有紗も、ケーキやプレゼントや絵文字やらを満載した、可愛いデコメールを返す。

「ママ、いぶきちゃん、どうしゅるの」

花奈は食べるのを中断して、急にしっかりした口調で聞いた。その声音《こわね》が心配そうなので驚く。

「いぶママが、みんなで遊びましょうってさ」

「どこであしょぶの」

「ラウンジだって」

「なんだ、らうんじか」

花奈が不満そうに言い捨てた。ＢＷＴの五十二階にあるラウンジで遊ぶのは、自分の家とそう変わらない気がしてつまらないのだろう。しかし、集団遊びでは、自分の我儘《わがまま》など通らないことも知っている。玩具は欲しがってる子に譲りましょう、と諭され、お菓子はお先にどうぞ、と差し上げなさいと命ぜられる。

皆で躾《しつけ》をしているつもりだったが、抑圧に感じる子供もいるのだった。特に、いぶきちゃんと美雨ちゃんは、ママたちに注意されると嫌がって騒いだ。花奈は聞き分けのいい子供だから、有紗にはそんな子がいることが信じられなかった。とりわけ、いぶきちゃんときたら、気に入らないことがあると、すぐに相手を叩いたり蹴ったりする。赤ん坊の頃は、嚙み付きで有名だったのだそうだ。いぶきちゃんの我《が》の強い表情を思い出して、あの子の性格はきっとパパ似だ、と有紗は思った。

いぶパパには、一度、ディズニーランドまで車で送って貰ったことがある。ママたちは「ジローラモに似ている」と囁き合って笑ったものだ。車はBTの駐車場に入れにくい、ベンツのゲレンデヴァーゲンだった。マスコミ関係の仕事をしているそうだから、いぶママのところは、不良っぽくて金持ちそうで、とかくすることなすことすべてがカッコいいのだ。いぶきちゃん以外は。

「ああいううちって、絶対に受験もしくじらないんだよね」

有紗は溜息混じりに呟《つぶや》いた。やっかみというよりも、羨望だった。十一月は幼稚園の受験期だ。いぶママたちは決して言わないが、有名幼稚園を狙っているのは間違いない。

「ママ、ロバしゃん、もっていい？」

花奈が、まだベッドの上にある縫いぐるみを見遣った。

「いいよ。見せてあげなさい」

ロバの縫いぐるみは、夫の母親である岩見晴子《はるこ》が、先月、様子を見に来た時に、花奈にデパートのヨーロッパ物産展土産としてくれたのだった。有紗もチョコレートを貰った。

ロバの縫いぐるみも、いかにもスイスかドイツの田舎で売っていそうな、素朴な代物だった。でも、花奈は気に入って抱いて寝ている。晴子に義理立てしているのだろうか。有紗は苦笑いをした。それから、花奈に小さな声で頼む。

「花奈ちゃん、今日、朝ご飯にラーメン食べたって、みんなに言わないでね」

「どうして」と、花奈は不思議そうに有紗の顔を見た。

「いいの、絶対に言っちゃ駄目だよ」

有紗は小さな見栄を張る自分が可笑《おか》しくて吹きだしながら念を押した。万一ばれたら、こうして笑ってごまかそうと思う。だけど、花奈はあらかじめ釘を刺しておくと、決して言わないのだった。小さな女の子でも、自分の家の格好悪いところは口を噤《つぐ》んで言わない。女の子の社会はこうして作られるのだと思う。

しかし、いくら口の堅い花奈にも、玩具のシャベルを強風で飛ばしてしまったことは、言えない。タワマン暮らしは、大勢の人が一カ所に住まっているために、どこにどんなクレーマーが潜んでいるのか、わからない。

クレームの一番多いのが、タワマンの「命綱」とも言うべきエレベーターに関することだった。曰く、急いでいるのに、いくら待っても来ない。やっと来たと思ったら、ベビーカーが邪魔で入れなかった。曰く、子供用自転車や荷物を多く積み込んでいるから入れない、等々。

つまりは、有紗たちママも、子供という生き物と、それに伴う雑多な物や出来事を、どう大人たちの暮らしに合わせてアレンジしていくかという闘いを続けているのだった。

だからこそ、ママたちと共闘していくことが重要になり、タワマンで有力な地位にいて、夫も一流会社に勤め、サバイバル能力も調整能力もありそうな、いぶママがリーダーとして必要とされるのだ。なのに、自分はシャベルを風で飛ばした。下手すると、グループを除名されるのではないか。有紗は心配になって、久しぶりに爪を噛む悪い癖が出そうになった。

2　上がって下りて、また上がる

きっかり十一時十分前に、インターホンが鳴った。

「こんにちは、栗原《くりはら》です」

少し掠《かす》れた美雨ママの声がした。美雨ママと呼んでいるけれども、栗原という苗字だったと思い出す。モニターを覗くと、映るのを知っている美雨ママが、少し澄ましてカメラから離れて立っていた。美雨ちゃんはベビーカーに乗っているのだろう。姿が見えない。

「こんにちは。入ってロビーで待っててね。すぐ行きますから」

有紗は、「開」のボタンを押した。オートロックドアが開いて、ベビーカーを押した美雨ママが入って来るのが見えた。美雨ママは、いつも着ているユニクロのブルーのダウンベストにジーンズ、やや茶色に染めた長い髪を黒いニット帽に押し込んでいる。細くて背が高いからカッコいいのだが、黒いリュックサックがダサかった。

美雨ママは垢抜けない格好をしているし、BTの住人ではない。ママたちがあれこれ試している流行のコスメや服にも興味がない。美雨ちゃんの服もネットオークションとかで安く買っていると聞いた。だから、ケチで貧乏臭い。けれども、いぶママの仲間に入っているのは、顔やスタイルがいいのと、何となくカッコいいところがあるからだった。

たった五人の仲良しグループだが、いぶママと芽玖ママと真恋ママは、BTの中でもBWT族で、夫も一流会社に勤めている。だから、三人はいつも一緒に行動している。対して、この駅前の普通のマンションに住んでいる美雨ママと、BETというランク落ちのタワーの、しかも賃貸の部屋に住む有紗は、何となく一緒にされている感があると思うのは僻《ひが》みだろうか。

美雨ママの夫は、飲食業と聞いたことがある。美雨ママも綺麗だから、あの人ならキャバクラだっていけるわよ、という声もあった。だけど、みんな三十歳を過ぎた。水商売なんて言ったら、冗談でも笑われる年代だ。だから、有紗は自分が「専業主婦で、ママであること」に固執しているのかもしれない、とも思う。

「花奈ちゃん、ラウンジ行こうよ」

花奈はまるで決戦に行くように緊張して、親指しゃぶりを始めている。有紗は、花奈の服装を点検した。室内遊びに最適なチョコレート色の長袖Tシャツの上に、お尻の隠れるサーモンピンクの半袖チュニックを着せている。下は、同じくチョコ色の七分スパッツ。これなら誰にも負けないほど可愛い。

有紗は安心して、自分の姿も玄関の鏡でチェックした。幼い子供のいるママは皆、染みが付いても洗えて、子供を抱き寄せても肌触りのいいように、木綿の服を着る。

有紗も、銀座のH&Mで買ったデニムに黒のパーカだ。襟元と裾から、白黒のボーダーTシャツをちらっと見せている。それに、kitsonのビニールコーティングした花柄のトート。中には、全員の分のミカンと、自分たち用のペットボトルを入れた。鍵や財布は、小さなポーチに分けて入れてある。

集まる時、飲み物は各自が持ち寄るのが暗黙の了解になっていた。お菓子はその時の気分で、皆の分を持って来たり、自分の分を持って来たりする。アレルギーのある子や、お腹をこわしている子がいるから、適当にしようと決まっている。

「ルールを決めると面倒臭いじゃない。その時は何でもアリ、ってことにしましょうよ」

そう提言したのは、勿論、いぶママだった。とはいえ、いぶママは、ちゃんと人数分の手作りクッキーなんかを持って来てくれる、そつのない人間でもある。つまり、いぶママにはあまり隙というものがないのだった。

有紗は、部屋に鍵を掛け、風の吹き渡る寒い開放廊下を歩いた。開放廊下に折り畳み自転車が置いてあるのを見て、眉を顰《ひそ》める。後でバトラーに文句を言ってやろうと思う。その瞬間、風で飛ばされたシャベルのことが頭を過《よ》ぎり、ひどく憂鬱になった。住民から吊るし上げを喰らうかもしれないのは、他ならぬ自分なのだった。

有紗は、花奈にエレベーターのボタンを押させて、寒さに震えながら、数分待った。やっと下から上がって来たエレベーターに乗って、ロビーに向かった。そこで美雨ママと合流して、BWT側のエレベーターから、ラウンジに向かうことになっている。

BTのエレベーターは、防犯のために、すべて一階に下りるようになっていた。ラウンジのあるフロアに行くには、BWTの居住者でも、一度ホール階まで下がって、それからまたエレベーターでラウンジに行く。従って、途中階から直接上に行くことはできない仕組みだった。タワーズ内に住んでいても、タワーズの中を上り下りしたり、棟から棟へ行ったり来たりするのだから面倒だった。しかも、タワーズ内はオープンスペースも多いから、屋外と同様、寒い。現に、花奈は歯をかちかち鳴らしていた。有紗は、同じ建物内の移動だからと、カーディガンを着せて来なかったことを後悔した。

「ごめん、花奈ちゃん、寒かったね」

花奈は無言で、有紗に引きずられるようにして歩いている。本当は行きたくないのではないかと思うのは、こんな時だった。

タワーズのロビーは、まるでホテルのように美しい。開放廊下は思いっ切り手を抜いているのに、目に付く共有部分は豪華に設《しつら》えてある。広いロビーの真ん中には大きな生花が飾られ、年代物のオルガンが一台置いてある。その周囲には革張りのソファ。正面には、バトラーが常駐する部屋があって、そこでは宅配便を預かったり、様々な相談ごとも引き受けていた。同じ建物内にはコンビニもあって、便利この上ない。

隅っこのソファで、美雨ママが携帯電話を眺めていた。美雨ちゃんは、ベビーカーで正体をなくして眠っている。

「お待たせ」

有紗と花奈が近付くと、美雨ママは狆《ちん》みたいに大きな垂れ目を細めた。

「先に買い物してたら、寝ちゃったのよ」と、笑いながら美雨ちゃんを指差す。美雨ママは、花奈の顔を覗き込んだ。「花奈ちゃん、夕べの風、怖かったでしょう?」

花奈が頷《うなず》いたが、有紗は花奈の目を見て、質問の意味がわかっていないことを確認する。花奈はその場で適当に頷いてしまう子だった。

「おたく、上なんでしょう。風、平気だった?」

一緒に歩きだした美雨ママが、有紗に囁いた。

「うん、音がすごくて、眠れなかったわ」

そう答えながら、有紗はドキドキしている。まさか、あのシャベルで誰か怪我でもしてはいないだろうか。

「うちの方も看板が飛んだりしたのよ。街路樹も倒れたしね。埋め立て地の風を遮るものがないと怖いわね。ビル風もあるしさ」

「そうそう」と適当に相槌《あいづち》を打った。どうやら一般論で終わりらしい。

有紗はほっとして、横目でちらりと美雨ママを見た。美雨ママは、有紗より背が高い。瘦せ過ぎだけれども、いぶママがふざけて「江東区の土屋《つちや》アンナ」と呼んだほど、派手で可愛い顔をしている。しかも、美雨ママは時折、ぐさりと本質をえぐるようなことを言うので、有紗は少し怖い。でも、その外見と率直な性格が、いぶママの気に入ったのだと思うと、羨ましかった。

有紗たちは、ラウンジに向かうエレベーターホールに入って、エレベーターのボタンを押した。かなり上階で停まっているから、戻って来るのに時間がかかりそうだ。すると、美雨ママが有紗に聞いた。

「ね、おたくって何階」

「うち、二十九階」

「かなり高いよね」

「でも、うちはイーストの方よ」

それは、前に三十二階のYONEDAがあるから、二十九階ではたいした眺望ではない、という意味だった。美雨ママが肩を竦《すく》めた。

「それは、知ってる」

何が言いたいのだろう、と訝《いぶか》ると、美雨ママが真剣な顔で声を潜めた。

「ねえ、変なこと聞くけど、いい？」

「いいわよ、何」

美雨ママは、花奈を見遣ってから耳許で囁いた。

「あなた、死にたいって思ったことない？」

「ないわよ。こんなちっちゃい子がいるのに」

有紗は慌てて否定した。

「そりゃそうだけどさ、仮定の話よ」

「何でそんなこと言うの」

「いやー。このタワーズって、異様な聳えかたじゃない。自殺しようと思ったら簡単な場所だと思って。そんな時、住んでる人はどうするんだろうと思ったの」

「そんな時って死にたいって思う時？」

「そう」と、美雨ママは頷く。

「あなたは思うことあるの？」

有紗は怖々聞いてみた。美雨ママは、強い視線を有紗に当てた。

「なくはないわよ。あたしだって人間だもの」

有紗は、自殺など怖くて考えたことはなかった。しかし、今朝バルコニーに立って下を見下ろした時、自分はいったいどこにいるんだろうと思わなかったか。上からも下からも横からも前からも、あらゆるところから見られていて、空中に浮かんだ部屋にいる自分と弱い娘。なのに、海やトーストの生々しい匂いがして、一瞬、ふらりとしなかったか。有紗が黙り込んだので、美雨ママは悪いことを言ったと思ったのか黙った。

エレベーターが下りて来た。中から、男の子のママたちが集団で降りて来た。皆、BWTの人たちだ。互いに顔見知りなので、目礼する。有紗が先に入って、ラウンジのある五十二階のボタンを押した。エレベーターがずんずん上っていく。

「いぶママに言われたのよ」

美雨ママがぽつりと言った。

「何て言われたの」

「タワーズの中は、なるべくベビーカー押さないで来てねって」

そのことなら聞いていた。最近は、ベビーカーがエレベーターの場所塞ぎになるので自粛しようという話になっているのだそうだ。ロビーなどの共用部分でも自粛しようとする他のグループもいるのだとか。さっきの男の子のママたちも、ちゃんとベビーカーを畳んでエレベーターに乗っていた。だから、自分もベビーカーを使わずに、花奈を歩かせて来た。美雨ママは首を傾げる。

「それって何か変じゃないかと思ったの」

「だけど、子育てしてない人もいるし、子供がいない人もいるから、仕方ないじゃない。ここは集合住宅なんだから」

「わかるわよ。だけど、ホテルとか商業施設じゃないじゃん。このタワーズって、思いやりなさ過ぎじゃない。ベビーカーが駄目なら、車椅子はどうするの。共有部分を自粛するということなら、あたしみたいなタワーズを買えない人は来るなって言ってるのと同じだと思うのよ。あたしが住民じゃないっていうのを知ってる人は、あたしがラウンジ使ったりすると、露骨に嫌がるわよ。悪いけど、さっきの男の子たちのママもそうよ」

美雨ママは、そう言い切って小さな溜息を吐いた。それは、今朝、有紗の腕の中で、花奈が吐いてみせた溜息にそっくりだった。

そうだろうか。有紗は不安になった。もしかすると、賃貸の部屋に暮らす自分たちもタワーズの余所者《よそもの》なのか、と感じたからだった。

「じゃ、美雨ちゃんママは」有紗は思い切って聞いた。「どうして、このママたちのグループに入ってるの」

「そうね、どうしてかなあ」

美雨ママは、手早く眠っている美雨ちゃんの襟元を直してやりながら首を傾げた。その答えを聞かないうちに、エレベーターは五十二階に着いて、扉が開いた。突き当たりにあるラウンジまでの廊下は、両側が強化ガラスになっていて、景色がよく見える造りになっていた。左にレインボーブリッジ。右にリバーシティ21。あ、私たち中空に浮いている。

有紗は朝の宙ぶらりんな気持ちを思い出し、髪の生え際に微かに汗を掻いていた。高い所が怖かった。だから、花奈が落ちないようにしっかり手を繋いでいようと思ったのに、花奈はラウンジ目がけて、さっさと走って行ってしまった。さっきまで緊張していた癖に、と有紗は花奈の小さな背中を見ながら、置いて行かれたような寂しい気持ちになった。

3 ラウンジママたち

ラウンジのドアは暗褐色の木製で、大きな観音開きだ。前に、いぶきちゃんが「まほーつかいのドアみたい」と叫んで、ママたちに大受けだったことがある。その時、芽玖ママがドアに触って、「確かに立派ね。これって何の木かしら」

と何気なく言った。

「これはね、オークっていう木よ」

すぐに答えたのは、やはり、いぶママだった。いぶママは何でも知っているのだ。そして、頭の回転が速い。有紗は、女の子を産まなかったら、このタワマンに住まなかったら、いぶママとは会うことも話すこともできなかっただろう、と思う。

その「まほーつかい」のドアの前で、先に着いた花奈が待っているのが見えた。カードキーがなければ、中には入れない。しかも、カードリーダーは、小学校低学年程度の背丈では手が届かない場所に設置してある。

ベビーカーを押した美雨ママは、両側が素通しの強化ガラスに覆われた狭い廊下を、きょろきょろ見回しながら呟いた。

「ここ、怖くない？　空に浮いている感じ」

有紗は、エレベーターを降りた瞬間、全身が総毛立ったような感覚を思い出したが、美雨ママには言わなかった。有紗は、自分の感覚を、他人《ひと》にどう伝えたらいいのか、時々わからなくなることがあった。感じていることと、思わず出た言葉が、まったく違う方向にいくような気がするのだ。

だから、言い淀んでしまうことがたくさんあるのに、美雨ママは、ポップコーンがフライパンの上で弾けるように、ぽんぽんと言葉を飛び出させる。羨ましく思う反面、ちょっと苦手だな、と感じることもある。

「ねえ、花奈ちゃんママさあ、ここに住んでいる子たちって、高いところで育つから、この高さが当たり前の生活空間なわけでしょう。そういう子って、あたしたちと全然違う人間になるわけでしょう。花奈ちゃんが将来どうなるか、あなた不安じゃない？」

また、美雨ママがしちめんどうくさいことを言いだした。有紗は、美雨ママとの会話に、いや、美雨ママに腰が引けてきて、曖昧に頷いた。有紗は、自分の意見を正面きって、ずばりと言う人が苦手だった。

だが、美雨ママは、有紗の表情に気付かずに、喋り続けるのだった。

「だってさ、五十階だよ、五十二階。ここって何百メートルの高さがあるのかわからないけどさ。これが普通の感覚だと思うってこと自体がありえなくない？」

「うーん、そうね。ありえないかも」

小さな声で適当に返事をすると、美雨ママはまったく違う話題を持ちだす。

「ねえ、真恋ちゃんてさ、すごい名前だと思わない？　真実の恋だよ。あたしには、そういうセンスわかんない」

確かに、真恋ママは、いつも可愛い服装をした親しみやすいママで、とてもじゃないが、「真恋」という名前を付ける人には思えなかった。

「字画の関係かな。それとも、占い師かなんかが付けたのかしら」

美雨ママは、元気がいい。

有紗は、すぐ近くに真恋ママがいることを思ってはらはらした。つくづく、自分は小心者なのだと思う。

「ママ、カーロキー」

まほーつかいのドアの前にいた花奈が焦《じ》れた風に手を出した。

「はいはい。ちょっと待って」

有紗は、美雨ママとの会話を打ち切ることができてほっとしながら、カードキーをリーダーに差し込んだ。カチッと微かな音がして、ドアロックが解除された。ラウンジのあるBWTに住んでいるいぶママたちは、すでに中で待っているに違いなかった。どんな約束でも、早めに来るような、抜かりない人たちだ。

ところが、重いドアを開けた途端、有紗の目に入ったのは、入り口の前で、手持ち無沙汰に突っ立っているママたちだった。

「あ、美雨ちゃんママ」

いぶママが振り向いて、目を輝かせた。有紗の名は呼ばない代わりに、にこやかに笑いながら手を振ってくれた。芽玖ママと真恋ママも、有紗と美雨ママに軽く頭を下げて挨拶する。

芽玖ママは、やっと八カ月になった芽玖ちゃんの弟、幹矢《みきや》君を抱っこしていた。

有紗は、そっと横目でいぶママを観察した。いぶママは、白いTシャツに鮮やかなコーラルピンクのカーディガンを羽織っていた。色の抜けた大きめのデニムの裾をまくり上げて細い足首を見せている。靴は、オリーブグリーンのトリーバーチだ。カッコいい。あれは、ジローラモにそっくりなダンナのデニムだろうか。俊平は、あんなカッコいいジーンズなど一枚も持っていなかったと思い出す。いや、たとえ持っていたとしても、穿《は》きこなせっこない。それは自分も同じだった。

有紗は、いぶママと会うと、じっくり観察せずにはおれないのだった。カーディガンの袖のまくり上げ方の自然なこと。手首の上でくるくる回る白いシリコンバンドは、爆発的に流行《は》っている、イギリス製のデジタル時計なんだそうだ。シュシュで纏《まと》めた髪がほつれ落ちる細いうなじ。どうして、いぶママは完璧なんだろう。

つい見とれていた有紗は、いぶママの尖った声で我に返った。

「ラウンジママが来てるのよ」

いつも五人で座る、コの字型のソファの真ん中に、若い女が二人、堂々と脚を広げて座っていた。二人とも、有紗たちがいるのにも気付かない様子で、携帯をいじっている。二人の前には、お茶とスポーツ飲料のペットボトルが置いてあった。

一人は茶髪で細く、もう一人は太っていて、黒い長い髪を、重苦しく垂らしていた。茶髪の方は、前髪をおでこのあたりで切り揃え、長い髪をふたつに分けて、頰の脇で結んでいる。

そして、短いデニムのスカートに、黒いニー・ハイソックスだ。黒髪の方は見るからにきつそうなデニムに、黒のパーカだった。

「ほら、何だっけ。あの大食いの細い人」

芽玖ママがくすりと笑った。赤ちゃんがいるので、長い髪はバレッタで纏めている。黒の長袖Tシャツに、スキニーデニム、スニーカーというすっきりした格好だった。

「ギャル曽根ですか」

真恋ママが答えると、芽玖ママは笑いを堪《こら》えた。

「そうそう、あの人、ギャル曽根に似てない？」

「確かに似てるかも」

二人は顔を見合わせて笑っている。だが、美雨ママは、ぐっと身を乗り出してラウンジママたちを睨んだ後、有紗に大きな声で聞くのだった。

「何、ラウンジママって」

美雨ママは率直過ぎて、ある意味、空気の読めない人でもある。有紗は、二人に聞こえたのではないかとはらはらしながら、声を潜めて説明した。

「日がな一日ここにいて、ここで子供を遊ばせている人」

「一日中、ここにいるの？」美雨ママは驚いたらしく繰り返した。「何で。だって、このタワーに住んでいるんでしょう。帰ればいいじゃん」

芽玖ママが手で口を覆って囁いた。

「節約してるんだろうって言われてるの」

「何を」と、美雨ママが唇を尖らせた。

「だから、電気代とか、いろいろじゃないですか」と、真恋ママ。「あと、トイレもここでさせるから、水道も全部ただじゃないですか。ここは共有部分だから」

「それで散らかし放題なのよね。掃除もしなくていいし」

いぶママが厳しい顔で言った。いぶママが怒ると、美しい顔だけに本当に怖いな、と有紗は思う。真恋ママが、肩を竦めた。

「最近見ないから安心していたのに」

カーペット敷きの広い部屋の真ん中では、三、四歳の男の子二人と二歳くらいの男の子が、積み木やロボットの玩具を低いテーブルに載せて遊んでいた。周囲には、スナック菓子の屑が散っている。男の子たちは遊びに夢中で、奇声を上げたり、テーブルに積み木を叩き付けたりしていた。だが、ラウンジママたちは慣れているのか、注意も払わない。

四人の女の子たちは、遊び場が取られたと思ったのか、しばらく部屋の端っこで立ち尽くしていた。だが、いぶきちゃんが、トートバッグから三十色の色鉛筆を出して見せると、全員がぺたりとカーペットの上に座り込んだ。

いぶきちゃんが教師よろしく、三人の女の子に画用紙を配っている。芽玖ちゃんも真恋ちゃんも花奈も、本当に欲しいのは、画用紙なんかじゃなく、綺麗な色の色鉛筆だが、言えずに黙っている。

縞のロングTシャツの上に、黒い半袖Tシャツ、そしてデニムという、男の子のような格好をしたいぶきちゃんが、皆に命令した。

「おえかきよ」

有紗は、その様子を見ながら、いずれ花奈はいぶきちゃんに意地悪されて、困惑した顔で有紗の方を見上げるだろう、と思った。どういう態度を取ったらいいのか、花奈にはわからないからだ。しかし、有紗だとて、どうしたらいいのかわからない。花奈を苛《いじ》めるいぶきちゃんを憎たらしく思っても、いぶきちゃんを叱ることはできないのだから。でも、そんな辛い時間は長くないに違いない。すぐそばで子供たちに注意を向けている、いぶママがいぶきちゃんを叱ってくれるからだ。

『いぶちゃん、みんなで仲良くしなきゃ駄目じゃない』

ママたちは、常に五人の女の子を見守っている。何か違反があった時は、優しく注意もする。だけど、真剣に叱るのは本当の親だけ、という不文律があった。

ベビーカーの中で眠っていた美雨ちゃんが目を覚ました。美雨ママが、体の大きな美雨ちゃんを苦労してベビーカーから降ろしている。目を擦《こす》って不機嫌そうに唇を尖らせている美雨ちゃんは、まだぐずっていた。美雨ちゃんはグループ最年少で、二歳六カ月だ。だから、三年保育でも、幼稚園を決めるのは来年になる。

美雨ちゃんは、ママにそっくりで可愛い女の子だ。大きな目は少し垂れ気味で、おでこが大きい。そして、柔らかそうな長い髪を肩まで伸ばして、いつも元気がいい。だけど、いぶきちゃん同様、我が強いのだった。

有紗は、花奈のおとなしさは、自分の地味な性格が反映しているのだろうか、と残念に思うのだ。

美雨ちゃんは、友達が遊んでいるのに気付いて、急いで走り寄った。早速、花奈から茶色と白の色鉛筆を奪おうとしている。あっという間に奪われた花奈が、泣きべそをかきそうになって、何とかしてくれ、というように有紗の方を見た。

有紗は、我慢しなさい、という風に唇を噛んで首を振る。美雨ちゃんを怒鳴りつけたいくらいに悔しかった。だが、美雨ママは、腕組みをしたまま、ラウンジママたちを睨んでいて、自分の子供の狼藉《ろうぜき》には気付いていない。こんな時、有紗は、このグループに所属していることを苦痛に感じるのだった。自分たちはいつも割を食う親子じゃないかと。

しかし、美雨ちゃんが地味な色に興味をなくしたため、色鉛筆はすぐに花奈の元に返された。有紗はほっとして、トートバッグからミカンを出した。

「ね、あっちに座らない？」

いぶママが提案したので、有紗たちはぞろぞろとラウンジママとは反対側にあるソファに向かった。そこは背もたれがなく、落ち着かない場所だった。ラウンジママたちは、同じ部屋に子連れのママが来ているのに、会釈もせず、相変わらずいい場所を占領して携帯をいじっている。有紗は、ミカンを人数分テーブルに置いて、小さな声で言った。

「ミカンどうぞ」

「ねえ、あの右の人しか、タワーズに住んでないわよ」

ベビーカーに、幹矢ちゃんを座らせた芽玖ママが、肩を揉みながら自信たっぷりに言った。

皆、一斉に右側に座っている太った女を見る。誰も、有紗のミカンには気付かない様子だった。

「あたしも見たことないですね」

そう同意しながら真恋ママが、タッパーウェアの蓋を開けた。キウイとメロンが綺麗に並んでいた。色とりどりのプラスチックの楊枝が刺してある。

「あ、よかったら食べてください」

「すみません。あたし、何も持って来なかった」

美雨ママが詫びながら、先に手を伸ばしてキウイを取った。

「どうぞどうぞ」真恋ママが勧めた。「花奈ちゃんママも遠慮しないでどうぞ」

有紗は礼を言って、キウイの端っこを食べた。冷えていて美味《おい》しかった。自分の持って来たミカンは安物だから、粒が小さくて酸っぱそうだ。気後れして勧めることができずにいる。

すると、いぶママが、ナプキンでくるまれた包みを出した。

「お昼前だけど、ちょっといい出来だったから食べてみて」

手作りのバターケーキ。わーっと歓声が上がった。ほんのひとくちずつ、綺麗に五等分されている。有紗は、ますます居たたまれなくなった。キウイやメロンやケーキの後で、ミカンはさぞかし酸っぱく感じることだろう。仕方ないから、そのまま持ち帰ろうと思う。しかも、いぶママが有紗のすぐ隣に座っているので、何だか落ち着かなかった。

「花奈ちゃんママはBETでしょう。あの人、見たことない？　たぶん、BETに住んでると思うんだよね」

いぶママが、細い顎を上げて太めの女を指した。

「さあ、会ったことないなあ」

有紗は首を傾げる。

「でも、BWTにはいないですよね」

真恋ママが、いぶママの顔を見る。いぶママが、うんうんと頷いた。

「きっと、BETの人が、外からママ友を呼んで来たんでしょうね」

有紗は、広くて居心地のいい側を占有しているラウンジママを見遣った。二人とも、携帯電話に見入っているふりをしているが、実は緊張して、こちらに聞き耳を立てているのがわかる。

そりゃそうよね。多勢に無勢だものね。そう思ってから、有紗は、二人のラウンジママの境遇が、自分と美雨ママみたいだ、と気付いた。少し気分が重かった。

するとと、いぶママが気配を察したかのように、にこにこと有紗を振り返った。

「ねえ、花奈ちゃんママのとこ、ゆうべ、風怖くなかった?」

「怖かったあ」

きゃあっと震える真似をして笑っていると、風で飛ばしてしまったシャベルを思い出した。花奈はシャベルのことを言わないだろうか。そして、朝からインスタントラーメンを食べたことを。有紗が不安になって娘を見ると、花奈は花奈で、必死にお絵描きに励むふりをしていた。他の子は、赤やピンクや黄色の色鉛筆を貰ってお花を描いているのに、花奈だけは茶とえんじと黒で、おうちを描いている。さすがに不憫《ふびん》になって、花奈に声をかけようと腰を浮かしかけると、いぶママが遮るように聞いた。

「花奈ちゃんママのところ、お盆にはパパ帰ってらしたの?」

「あ、いや」何と答えようかと迷っている。「忙しくてね」

「ご主人、ITでしたっけ?」と、真恋ママが身を乗りだした。「最近の景気、どうなんですか」

「さあ、あまりよくないんじゃない」

当たり障りのないことを言うと、美雨ママがメロンを食べながら口を挟んだ。

「でも、海外勤務でしょう。シカゴだっけ。じゃ、景気いいじゃん」

「優秀でらっしゃるのよ」

いぶママが締め括《くく》ってくれて、その話題は消えそうになった。有紗は話を変えようと思って、いぶママの時計を指差して褒めた。

「ねえ、それって可愛い。どこに行けば売ってるの」

「ああ、これ？　可愛いでしょう」いぶママは、細い手首の上でくるくる回るシリコンバンドのデジタル時計を触った。「ネットよ、ネットの通販。スポーツ選手がやってるの見て、すぐに頼んじゃった。ダンナが黄色なの」

たちまち黙り込んだ有紗に、いぶママが不思議そうに尋ねる。

「お宅もパソコンあったでしょう？」

「今、不調なのよね」

「あら、そう。前にスカイプでご主人と話してるって言わなかったっけ」

いぶママが訝しんでいるような気がする。有紗はうろたえて、そんなことあっただろうかと混乱した。きっと、用語も知らずに、適当に頷いたのだろう。

「あの、だから、壊れちゃってて、まだ直してないの」

急に気まずい雰囲気になった。いぶママは、テーブルにこぼれたバターケーキの粉を集めだし、芽玖ママはベビーカーの息子の顔を覗き込んだ。真恋ママは、思い出したかのように、ポケットから携帯電話を取り出して、画面を確かめている。

もしかすると、壊れたパソコンも放ったらかしにしている、だらしないママと思われたのだろうか。有紗は焦って、この事態をどうすれば繕えるか、と言葉を選ぼうとした。が、何も思い浮かばない。

「じゃ、ご主人は花奈ちゃんの顔を見られないんだ。可哀相だね」

美雨ママがのんびりと言ったので助かった。

「そうなの。だから、電話で話してはいるんだけどね」

ふーん、と美雨ママが有紗の顔を見た。その大きな垂れ目に、気の毒そうな色が浮かんではいなかったか。有紗はそれが少し気になった。

「こらあ、たっくん」

「いい加減にしろよー」

大きな怒鳴り声が響いて、有紗たちは驚いて竦んだ。いつの間にか、真ん中のテーブルで遊びに夢中だった男の子たちが、小競り合いを始めていた。さすがに、二人のラウンジママが駆け寄って止めに入ったが、男の子たちは、体を押さえられても、蹴り合っている。どちらかの弟らしい、二歳くらいの男の子は、喧嘩にも関心を示さず、汚れたスニーカーのままテーブルに上り、ぶつぶつと呟きながら積み木で遊んでいた。年長らしい男の子は、太った女の腕の中で、狂ったように暴れている。

「やだよ、やめろよ」

「やめろよ、じゃないだろう」

太った女は、怒って男の子の頭を平手で叩いた。バチンと音がして、男の子が母親を睨み付ける。部屋の端でおとなしくお絵描きしていた女の子たちも、一斉に振り返った。男の子の激しさに、有紗は息を呑んだ。自分は、あのおとなしい花奈がいるだけでいい。心底、そう思った。瞬間、心のどこかがずきりと痛んだ。

「帰るよ。お昼ご飯食べよう」

ラウンジママたちは、子供たちを連れてどやどやとラウンジを出て行った。

「若いママってすごいわね。ひと言も挨拶しないんだものね」

いぶママが、後ろ姿を見送って苦笑する。

「これからも会うと嫌だな。ラウンジ使うの、やめましょうか」

真恋ママが、眉を顰めた。

「ラウンジって、お天気悪い時とか便利だし、そこまで遠慮することないわよ。あたしたちの権利ですものね」

いぶママの呟きを聞きながら、有紗は窓の外を眺めた。朝方、一瞬だけ晴れ間が見えたのに、曇天が広がっていた。地上数百メートルに広がる曇り空。晴れれば、ここは晴れがまし過ぎるし、曇ると、雲の中にいるようで不安だった。有紗はわけもなく憂鬱になって、立ち尽くしていた。

4　上の空

「花奈ちゃんママったら」

パーカの裾を、誰かが軽く引っ張っているのに気付いて、有紗は我に返った。広いラウンジ内で、有紗だけが一人立っていた。他のママたちは全員ソファに座り、心配そうに自分を見上げている。

ついさっき、ラウンジの窓から曇った広い空を眺めていたら、雲の中を漂っているような気がして、少しぼんやりしてしまった。それで、いつの間にか、立ち上がってしまったのだろうか。

「ちょっと思い出したの」

有紗は、意味を成さない言い訳を、低い声で呟いた途端、恥ずかしくなった。両頬を手で押さえながら、ソファにどすんと腰を下ろす。ソファと言っても、四角いクッションを隙間なく並べただけの代物だから、弾みで位置がずれ、クッションとクッションの隙間に転げ落ちそうになった。慌てて端を摑《つか》もうとしても、硬い布をうまく摑めない。有紗は、自分の座っていたクッションを大きく後ろにずらして、カーペットの上に無様に尻餅を突いた。あまりのカッコ悪さにうろたえる。

「大丈夫？　どうしたの」

「気分悪いの？」

両隣に座ったいぶママと美雨ママとが、同時に有紗の体を支えて起こしてくれた。照れ臭かった。

「何でもないのよ、何でもない。ほんと、ごめんなさい」

ここで自分を笑えるといいんだけど、今のあんたにはできないでしょうね、と自分の中の誰かが自分を笑った。さあ、笑え。自分を笑え。でも、見栄っぱりの有紗にはできない。強《こわ》張《ば》った固い笑みが、やっと片頬に浮かんだくらいだった。

「あー、びっくりした。花奈ちゃんママったら、急に立ち上がるんだもん。何か用事でも思い出したのかな、と思ったけど、ずっと立ったままだったし」

いぶママが、動悸を抑えるように、胸に手を当てた。

「あの人たちが出て行ったすぐ後だったから、花奈ちゃんママは何かあの人たちに怒ってて、文句でも付けに行くのか、すごいなあ、と思ったのよ」

美雨ママは、ラウンジママたちが座っていた背もたれのあるコの字型ソファの方を指差した。テーブルの上に、空っぽになったウーロン茶のボトルが転がして置いてある。行儀が悪かった。

「ごめん、違うの。あたし、気になっていたことがあって、そのことをふっと思い出したの。だから、家に戻った方がいいのかなと迷って。そしたら、自然に立ち上がっていた」

有紗にしては、よく出来た嘘だった。

「えっ、ガス点《つ》けっ放しとか？」

真恋ママが、細く描いた茶眉を寄せた。

「でも、ガスは時間が経つと自然に消えますよ」芽玖ママが冷静に言った。「お風呂のお湯を出しっ放しとか」

「え、ここは給湯じゃないでしょう。うちはあれよ。『お風呂が沸きました』ってお知らせ」と真恋ママ。

「やだ、うちもそうだった」と、芽玖ママが吹きだして、皆が爆笑した。

有紗が我を忘れて立ち上がるほどの「気になること」を皆が知りたがっている。よく出来た嘘には、それなりの突っ込みが来るから、さらなるディテールの補強が必要だった。

有紗は、気の利いた答えを返そうと必死に考えたが、何も思い付かなかった。すると、いぶママが助け舟を出してくれた。

「ご主人の実家関係？」

有紗は飛び付いた。

「そうなの。主人の父が検査入院していて、その結果が電話でかかってくるのよ。それを思い出したの」

しかし、夫の父親の陽平《ようへい》は定年退職したばかりで、ボランティアとゴルフの、病気とは無縁の、充実したリタイア生活を送っている。検査入院をしたのは、有紗の父の方だった。一年ほど前、肺ガン検査で入院したのだが、結果は要観察だったからそろそろ再検査である。有紗は嘘を吐いたことに呵責《かしやく》を感じたが、今は夫の両親のことよりも、この小さなグループ内で辻褄《つじつま》を合わせることに必死だった。

「そうだったんだ。ご主人のご実家からじゃ、電話に出なくちゃまずいわよね」

いぶママはそう言って細い肩を竦めた。

「ねえねえ、どこが悪いの」

ずばりと尋ねるのは、勿論、美雨ママだった。他のママは上品だから、誰も直截《ちよくせつ》には聞かない。有紗ははっきり言わずに、胸の辺りを適当に押さえて見せた。さすがの美雨ママも、それ以上は突っ込まなかった。

「ねえ、携帯にかかってこないの？　携帯、忘れたんですか？」

芽玖ママが有紗のトートバッグを指差した。

「義母は家デン派なのよね」

「そうか。それって、ちょっと感じ悪くないですか。友達んとこの話ですけど、お姑さんが、お嫁さんがちゃんと家にいるかどうか確かめるために、しょっちゅうかけてくるらしくって、すごく嫌がってました」

芽玖ママが澄まして言った。有紗には、「友達んとこ」が、芽玖ママの家の話に聞こえて仕方なかった。

「そういうのって古いよね。昔のテレビドラマみたい」と、真恋ママ。

「渡鬼《わたおに》とか」

「となりの芝生とか」美雨ママが楽しそうに言う。

「あっ、羅刹《らせつ》の家！」

自分の吐いた嘘が嘘を呼び、思いもかけない方向に転がっていく。有紗は、どう収拾をつけていいかわからず、ただぼうっと皆のお喋りを聞いていた。

「お舅さんのこと、心配なのね」

いぶママが元気づけるように微笑みながら言った。有紗は、いぶママが認めてくれたような気がして嬉しかった。

「うん、あたし、あの人好きだから」

それは嘘ではない。陽平は、有紗が俊平と結婚した時、「娘が出来たみたいだ」と有紗が嫁に来たのを喜んでくれたし、花奈のことも可愛がってくれる優しい舅だった。

「じゃ、お部屋に戻って確かめて来たらどう？　花奈ちゃんは、あたしたちが見ててあげるから、大丈夫よ」

いぶママの言葉に皆が頷いた。有紗は迷うように、携帯で時間を確かめた。十一時五十分。まだ解散するには早い時間だ。いぶママが、シリコンバンドのデジタル時計を眺める。

「来たばかりじゃない。それに、あの子たち、遊びに夢中よ」

「行ってらっしゃいよ」

「大丈夫よ」

ママたちが口々に勧めてくれるので、有紗はまた立ち上がった。

「そう？　じゃ、悪いけどお願いしていい？　様子を聞いたらすぐ戻るから」

奇妙な経緯で、有紗はその場を離れないわけにはいかなくなってしまった。花奈は、と見ると、赤い小さな鋏《はさみ》で、画用紙に描いた家の絵を切り抜く作業に夢中になっている。鋏の使い方を花奈に教えてくれているのは、まだ三歳にならないいぶきちゃんだ。

いぶきちゃんは、お絵描きも鋏の使い方も、お受験のために通っている幼児教室で教わったのだろう。自分たち親子の遅れをはっきりと見せつけられた気がして、有紗の心はまた暗くなる。親である自分のせいで、花奈の将来が傷付けられているのではないかと不安になるのだ。

どのママも皆立派で、しっかりしていて、頭がいいように見えるのに、自分だけが不器用でセンスも悪く、何もできない人間に思えてならなかった。強風に飛んで行ったシャベルは、自分という人間の迂闊《うかつ》さの象徴でもあるのだろう。

「三十分くらい平気。みんなまだいるから」

美雨ママが、有紗の背をぽんぽんと叩いたので、有紗はそれを機に歩きだした。

「じゃ、お願いします」

「ミカン頂くわね」

いぶママが、有紗の持って来たミカンを握って言ったので、ほっとする。他のママも、釣られてミカンを手にしてくれた。花奈が振り向いたので、有紗は笑いかけた。

「花奈ちゃん、ママちょっとお部屋に忘れ物。すぐ戻るからね」

花奈が一緒に行く、と泣き叫ばないだろうかと心配だったが、花奈は平静で、いぶきちゃんと有紗を交互に見比べている。今日のいぶきちゃんは優しく、小さな子に教えるように花奈に鋏の扱いを教えている。花奈がいぶきちゃんの方に向き直った。今日のいぶきちゃんなら、一緒にいたいと思ったのだろう。

有紗は、花奈の後ろ姿を見遣ってから、ラウンジのドアを開けて、外に出た。ラウンジから、エレベーターホールに向かう通路は、誰も歩いていない。両脇を強化ガラスに包まれた、空中に浮遊するトンネル。有紗は一人で歩きながら、来る時とはまったく違う気持ちを楽しんでいた。解放感。あんなに可愛い花奈を一人置いて出て来てしまったのに、どうしてこんなに気持ちが楽なんだろうか。ママたちといると楽しいはずなのに、実は重荷なのだろうか。

有紗は、エレベーターで階下に下り、ＢＷＴのエントランスホールからＢＥＴに渡り、エレベーターを待って、二十九階の自室に戻って来た。トイレに行って、それからうまい嘘を考えて、ラウンジに戻ろうと思う。

ドアを開けると、玄関の三和土《たたき》に自分のスリッパが片方落ちていた。出て行く時に、慌てて落としたのだろう。拾い上げると、黒い油の染みが付いていた。こんな汚いスリッパは、あの美雨ちゃんの家でも履かないだろう。そう思った途端、美雨ママを蔑《さげす》んでやりたい、と願っている自分の気持ちに気付いて、有紗は落ち込んだ。

どうしてこんなに黒いの、私は。そして、どうしてこんなに自信がないの、私は。ああ、嫌だ。

有紗は力いっぱい、スリッパを家の中に放り投げて、叫んでいた。

「家デンなんか、ないのに」

有紗が投げたスリッパは、テレビの前に落ちた。有紗は、スリッパを拾い上げ、燃えるゴミの袋に投げ入れてから、携帯電話を取り出した。しばらく躊躇《ちゅうちょ》していたが、姑の岩見晴子に電話した。なぜか、こんなに自分が苦しい目に遭っているのは、岩見家の人々のせいのような気がしてならなかった。珍しく留守番電話になったので、平板な口調でメッセージを吹き込む。

「もしもし、有紗ですけど、この間はチョコレートありがとうございました。花奈もロバさんが気に入って、いつも一緒に寝ています。もし、お時間ありましたら、折り返し、お電話頂けますか。すみません」

たいした用事はなかった。ママたちに夫の実家のことで嘘を吐いてしまったので、何か話題があれば適当に話せてごまかせる、と計算してのことだった。五分ほど待っていたが、電話が来ないので、諦めてラウンジに戻る気になった。もう片方のスリッパをゴミ袋に投げ捨てようとして、しげしげと見る。新品のように綺麗だった。右足は汚れて、左足は綺麗。だけど、片方が汚かったらスリッパは役に立たない。シャベルと同様にスリッパも自分のような気がしてならない。すると、携帯が鳴った。

「もしもし、有紗さん？　電話ありがと」

物憂げに喋るのは、姑の癖だ。最初の頃は気取っているみたいで嫌だった、と思い出す。しかし、晴子は、今や有紗の救世主だ。

「わざわざすみません。この間、お土産ありがとうございました。花奈も喜んで」

「あのね、今、あたし仕事中なのよ。用があるなら、早くしてほしいんだけど」

いきなり遮られて、有紗は戸惑った。晴子は、週に四日ほど、家事代行業のアルバイトをしている。午前と午後に一軒ずつ、鍵を預かった留守宅に入って、掃除や洗濯をこなす。その収入は、月に十数万だと聞いたが、陽平との海外旅行費用や自分の趣味のフラダンスに当てるはずが、今はその半分以上が有紗に渡っているのだった。

「どうもすみません」

「いえ、いいのよ。あなたはあまり働いた経験がないそうだから、おわかりにならないでしょうけど、あたしみたいな家事代行業でも時間との勝負なのよ。お急ぎでないのなら、夜にかけ直しますよ」

切り口上で言われて、有紗は思わず余計な言葉を返していた。

「俊平さんから、連絡ありました？」

途端に、晴子のはきはきした物言いはくぐもった調子になった。

「ごめんなさいね、何もないのよ」

有紗は、自分が優位に立ったのを感じた。黙っていると、晴子がまた謝った。

「申し訳ないわね。本当にあなたにはごめんなさい、馬鹿な息子で」

「お義母《かあ》さん、隠しているってことはないですよね」

こんなことを言いたいわけじゃないのに、今日の有紗は、誰かに文句を付けたくなっている。

「それは神に誓う。ありませんよ」

「あたしね、お義母さん。花奈の将来とか、いろんなことを誰かに真剣に相談したいんですよ。お義父《とう》さんでもいいですから、親身に相談に乗ってくれませんか？」

「あなた方にはいつも親身のつもりよ」

さっきは時間がないと言ったのに、晴子は急に優しくなった。

「花奈にも有名幼稚園を受けさせたいんです。でも、父親の面接があるらしいから、駄目だと思うんです。どうしたらいいでしょう」

「それは」

晴子が絶句した。

「俊平さんが養育放棄しているから、花奈が酷い目に遭うんです。違いますか？」

「うーん、ちょっと大袈裟だと思うけど。だって、お金はちゃんと送ってきているわけだし」

歯切れが悪い。有紗はだんだん腹が立ってきた。

「幼稚園の入試とかはお金がかかるんだから、生活費だけでは足りませんよ」

「それはそうよね」と、語尾が消えそうになる。

「じゃ、花奈の幼稚園にかかるもろもろのお金、出して頂けますか？」

「出せるものなら出したいけど、ちょっと無理だわ。ごめんなさい」

「でも、もうじき十一月なんですよ。幼稚園を決める時期なんです」

有紗の中にある何かがぷつんと音を立てて切れたみたいだった。

「あのね、有紗さん。二年保育じゃ駄目なの？　それならもう一年余裕があるでしょう？」

時間がないのか、晴子が苛立《いらだ》った声を出した。

「三年保育じゃないと、なかなか仲間に入れないって聞きました。苛められると困りますし、有名幼稚園はみんな三年です」

「有名幼稚園って、あなた、夢みたいなこと言わないでちょうだい。本当にうちの息子は馬鹿で申し訳ないけど、そろそろ現実に戻る時じゃないかしら」

「現実ってどういうことですか？」

「あなたが働きに出たりとか」

「その間、花奈は？」

「保育園でもいいし、花奈ちゃんだけなら預かってもいいわよ」

つまり、自分は要らないということか。晴子は、有紗に職を得て自立しろと言いたいのだ。それができるなら苦労は要らない。有紗は大きく息を吐いた。

「わかりました。お邪魔してすみません」

有紗は電話を切った。晴子から、またかかってくるかと思って待ったが、かけ直してくる気配はなかった。今のが晴子の本音なのだろうと思うと、自分がさっきママ友たちに吐いた嘘が虚しく思えて仕方がなかった。

また携帯が鳴った。晴子なら、何と言おうかと考えながら発信先も見ずに出たら、美雨ママだった。

「花奈ちゃんママでちゅか？」

「はい、そうでちゅ」

ふざけて返したが、晴子にも見捨てられてしまったのではないかと思うと、不安でならなかった。

「今ね、ラウンジお開きになりました。いぶママが用事を思い出したんだそうです。だから、BETのエレベーター前まで花奈ちゃんを連れて行くね」

反射的に時計を見る。確かに部屋に戻ってから、三十分以上は経っていた。晴子と思いの外、話していたらしい。

「すみません。じゃ、BETのロビーで待っています」

部屋を出て開放廊下を歩き、エレベーターを呼んで下りる。ロビーでしばらく待っていると、美雨ママと美雨ちゃんと花奈が手を繋いで現れた。美雨ちゃんが苦手な花奈は、指先で繋いだふりをしている。美雨ちゃんママに、「手を繋ぎなさい」と命ぜられたに違いなく、二人とも不機嫌だった。

「ママ、どうしたの」

美雨ちゃんを振り切って有紗の側にやって来た花奈が、よほど頭に来たのか、有紗の腹の辺りをどんと平手で叩いた。

「ごめんね、花奈ちゃん。ママ、いろいろ電話してたの」

「うしょ」

花奈がはっきり言い切って、有紗の目を見詰めた。有紗はたった三歳の娘に詰《なじ》られて、たじろいだ。こんな強い花奈を見るのは初めて、と言ってよかった。

「嘘じゃないよ。ママ、ばあばとお電話で話してたんだよ」

「どこのばあば」

花奈が不審の目を向けた。三歳の我が子が怖ろしい、と思ったのはこれが初めてだった。美雨親子の前で、余計なことを言わないでほしいと願いながら、有紗は答えた。

「町田《まちだ》のお祖母《ばあ》ちゃんよ」

「あ、ロバしゃん」

突然、花奈はロバの縫いぐるみを皆に見せようとしたのに、部屋に置き忘れてきたことを思い出したらしい。悔しさに地団駄を踏むのは、美雨ちゃんかいぶきちゃんの真似だろう。今に疲れて泣き喚《わめ》く気配があった。急いで有紗は花奈の手を摑んだ。そっと握ってさすってやる。

「ママとお昼ご飯食べよう」

「わっ、いいないいな。何食べるの」

黙って見ていた美雨ママがはしゃいでくれたので、花奈は機嫌を直した。にこにこと歩きだす。美雨ママがやって来て、囁いた。

「ご主人の家、どうだった」

「要観察ですって」

「決定的じゃないなら、よかったじゃん」

美雨ママは、長い髪をくるくる纏めて黒いニット帽に押し込みながら言った。

「じゃ、お祝いに飲みに行かない？」

「いつ？」

「今夜とか」

どうして、美雨ママは自分を誘うのだろう。不思議に思いながら、有紗は黒いニット帽のせいで、さらに美しさが増して見える、美雨ママの白い顔を見つめた。

5　公園要員

有紗は、花奈を産んでからというもの、飲みに出かけたことなんて一度もなかった。だから、美雨ママの誘いは、忘れていた世界のドアが、再び開いたようだった。そこから、いい匂いのする風がそよそよ吹いてきて、無理すればできないわけじゃないのに、いつの間にか遠のいてしまったことどもが、あれこれと懐かしく思い出されるのだった。

朝まで飲んだり、カラオケに行ったり、時間も忘れてお喋りに興じた楽しい日々。子供を産んだ時は、遊びなど念頭にもなかったのに、今はこんな禁欲的な生活がいつまで続くのだろう、と牢獄に閉じ込められたような気持ちが強くなっていることにも気付かされて、愕然とするのだった。

「子供はどうするの」

「預けりゃいいじゃん」

美雨ママはダウンベストのファスナーを素早く上げながら、気軽に言ってのけた。

「預けるって、どこに」

「実家、駄目なの？」

「無理」と、有紗は首を振る。

「そっか、遠いのか。花奈ちゃんママんとこは町田だもんね」

有紗は無言でいる。町田は俊平の実家で、自分の実家は新潟県だ。でも、ママ友たちには見栄を張って「自分の実家は町田にある」と言ってしまった。つまらない見栄が、いつか自分の首を絞めることがあるかもしれないのはわかっていた。俊平のことやスカイプ、舅のガン検査などと同様に。でも、野暮ったい自分の両親をいぶママたちが見たら、どんな反応をするだろうと想像するだけで堪えられないのだった。いつの間にか、有紗の中では俊平の両親が自分ので、新潟の両親が俊平の両親、と入れ替わっていた。

「あたしの実家、深川《ふかがわ》だからさ。そこに美雨と一緒に預けたらいいじゃん。妹を呼んで来てもいいし、何とかなるから」

「深川って、ここから遠いの？」

「やだ、花奈ちゃんママって何にも知らないんだから、何か可愛くなっちゃうなあ。よしよし。深川は門前仲町《もんぜんなかちょう》とかだよ。こっからタクシーでも千五百円くらい」

美雨ママが掠《かす》れ声でからかった。それでも有紗は迷っている。

「でも、二人だけで行ったら、いぶママたち、気分悪くしないかな」

美雨ママがいきなり有紗の耳許に口を寄せて囁いた。ニット帽を被っているにも拘《かかわ》らず、甘いシャンプーの香りがぷんと匂った。

「あのさ、あっちはあっちで遊んでんのよ。あたしたち抜きで」

「ウソ！」

有紗は驚いて美雨ママの目を見た。美雨ママの大きな垂れ目の中に、またも有紗を憐れむような色が仄《ほの》見えたような気がした。

「ほんとだよ」美雨ママは肩を竦めた。「怒るほどのことじゃないけど、聞くと何か不快でしょ？　だから、こっちも対抗して、あなたと連帯しようかと思ったの」

「ねえ、あの人たち、どこに行ってるの」

有紗はどきどきしながら聞いた。いぶママ、芽玖ママ、真恋ママの間で交わされる目配せ。意味ありげに頷きながら、微笑み合う三人。服やバッグ、小物、アクセサリー。何となく持ち物の雰囲気も似ている三人。建った時からＢＷＴに住んでいて、夫の仕事や育ってきた環境も似ていると聞いたから、自分たちが入れないほど仲がいいのは当然だ。

そうは思っても、有紗は目の前が暗くなるほどの衝撃を受けていた。ママ友の仲間は、何があっても皆で子育ての経験を共有している、と思い込んでいたのだ。美雨ママの目の中に見えたのは、「世間知らず」という嘲《あざけ》りだろうか。なのに、自分は美雨ママを蔑みたいなんて思っていた。

「二週間前に、みんなでサンリオピューロランドに行ったんだって。ほら、夏にさ、いつかみんなで行こうね、なんて約束してたじゃない。だけど、ちゃっかり、あたしたち抜きで行ってるんだよ。それに、プレスクールも一緒に通っている。芽玖ちゃんだけ、弟が出来たから、まだ行かせてなかったけど、いぶママが連れて行ってあげるって言って、通いだしたんだって。あの人たち、そんなこと、あたしたちにひとつ言も言わないでしょう」

「そう言えば、聞いたことない」

有紗は、いぶきちゃんが「おえかきよ」と画用紙を配ったことや、鋏をよく使えていることを思い出した。屈辱にも似た、重苦しい感情が心の底に滞るのを感じた。

「言わないわよ。だって、あたしたちのこと、最初っから違う道を行く人たちだって思ってるんだもの。あとさ、あの人たちは時々、麻布十番《あざぶじゅうばん》とか六本木《ろっぽんぎ》ヒルズとかに、ランチしに行ったりしてるみたいよ」

「いぶちゃんたちも連れて？」

「そうよ。車二台出してね。土曜なんかは、パパたちに預けていくらしいよ。そこは恒例になってるって聞いた」

いぶママの家は黒のゲレンデヴァーゲン。芽玖ママの家は銀色のプリウス。真恋ママの家は、白いワーゲンのシロッコ。全員車があって運転もできるから、主婦とはいえど機動力はある。いぶママたちが、自分たちを除《の》け者にして活動的に遊び回っていたのかと思うと、有紗の心は激しく痛むのだった。

有紗は車を持っていないし、ベビーカーだって国産のレンタルだった。タワマンに住むお洒落なママたちは、みんなマクラーレンやストッケなどの海外ブランドのベビーカーを使っている。ベビーカーはそろそろ出番がないから用済みだと思っていたが、いぶママたちには永遠に追いつけない、と思い知らされた気分だった。

「美雨ママは何で誘われないの？」

いぶママは、美雨ママを気に入っているはずだ。だが、美雨ママは苦笑気味に首を横に振った。

「うちは飲食業してるじゃん。ダンナは勤め人じゃないから、土日は無理だろうと思ってんのよ。あなたんとこもご主人はアメリカでしょう？　だから、最初から誘わないんだと思う」

有紗は、それだけではないような気がしたが、はっきり言葉にした時の傷の深さが想像できなくて黙っていた。

「じゃさ、何であたしたちも、あの人たちのグループに入れて貰ってるの？」

「さあ、いろいろいた方が子供の教育にいいと思っているのかもね。公園要員ってヤツだよ。公園の仲間なのよ。それ以上は、また別のレベルがあるんでしょう」

美雨ママは、面白い冗談のように笑いながら言ったが、有紗は不愉快だった。勝手に他人にランク付けされて利用される不快。

「何か嫌だな」

「そうだね」と、美雨ママが腕組みをした。二人でしんとする。

花奈は、辛抱強く有紗の横に立って話が終わるのを待っていたが、焦《じ》れたのか、とうとう美雨ちゃんの後を追って走りだした。美雨ちゃんは、さっきからロビー内をぐるぐる走っていた。花奈も走りだしたので、美雨ちゃんはまるで鬼ごっこで逃げるように笑いながら、フロアじゅうを駆け巡る。そして二人は、中央に飾られたアンティークのオルガンの前にある革のソファに、勢いよく倒れ込んだ。しかも、土足でソファに上がろうとしている。ああ、注意しなくちゃ。が、有紗の体は動かない。それほどまでに、美雨ママの話は衝撃的だった。

「あたしたち、実は全然誘われてなかったんだね」

有紗はもう一度言った。

「うん」と、はっきり憤りを露《あら》わにして美雨ママが頷いた。「さっきだってわからないよ。

急に用事を思い出したって、いぶママが言ってたけど、これからどっかにランチに行くのかもしれない。口裏合わせてんのかもね」

有紗は、自分が言い訳した時の皆の様子を思い出した。どこかに有紗を持て余しているような雰囲気がなかったか。

「美雨ちゃんママは、どうしてそんなこと知ってるの？」

「だからさ、そのことを話したいから飲みに行こうって言ったのよ。面白い話があんのよ」

美雨ママは思わせぶりに言った。

「聞きたい。ここじゃ駄目？」

「駄目」と、美雨ママは即座に否定した。「酒でも入らなきゃ言えない」

何だろう。俄《にわか》に好奇心が募って、有紗は美雨ママと飲みに行こうと決心しかかった。

「じゃ、本当に花奈を預かって貰っていいの？」

「うん、連れておいでよ」

だが、花奈は本当のところ、気の強い美雨ちゃんやいぶきちゃんが苦手だ。きっと二人きりで待つのは嫌がるに決まっていた。ラウンジに向かう時の決然とした背中を思い出し、有紗は娘が可哀相になった。

「やっぱ、やめようかな」

「何だ」

美雨ママががっかりした顔をした。有紗は、美雨ママの家を訪ねてもいいか、と喉元まで出かかったが言えなかった。こんな時、ママ友たちは、互いの家を訪ね合おうとは決して言わないものなのだ。家飲みなど、よほど仲がよくなければやらない。どんなもてなしをするかの問題ではなく、普段の家庭での仕事ぶりがわかってしまうからだった。

室内の掃除の仕方、水回りの清潔さ、インテリアの趣味。さらには、何を食べているのか、どんな本を読んでいるのか。キッチンの充実ぶりから、食器の趣味まで知られてしまう。果ては、夫婦仲さえもばれてしまうことだってある。相手に見透かされて、判断されるのだけは避けたいのだった。

いったん「センスの悪い家」とか、「手抜き主婦」「ダメママ」の烙印《らくいん》を押されたら、引っ越しでもしない限り、その烙印が消えることはない。家事手抜きのだらしない主婦、と。それでも男の子がいる家はまだ許される。男の子が乱暴で散らかす、と言えばいいのだ。女の子の家は反対に、決して手抜き家事をしてはならないのだった。むしろ、料理や掃除などの家事が好きで、手作りの菓子を始終作っているような母親でなければならない。

誰もが、その無言の点検が怖くて他人を家には入れない。有紗が、いぶきちゃんの家を一度見てみたいのも、いぶママの家事のこなし方を、そしてそのインテリアのセンスを確かめたいのだ。もっとも、有紗の場合は点検したいからではなく、単純な憧れから発していたが。

「じゃ、結論出たらさ、メールちょうだいよ」

なかなか決断しない有紗に苛立ったのか、美雨ママがややぶっきらぼうに言った。

「そうする。ごめんね、ぐずぐずして。ほんとごめん、せっかく誘ってくれたのに。ほんとごめんね」

有紗のしつこさにうんざりしたのか、美雨ママは「はいはい」と言って、諦めた表情をした。しかし、有紗にしてみれば、美雨ママさえ言わなければ、新たな悩みに直面することもなかったのだ。仲間はずれ、という悩みに。有紗は有紗で、美雨ママの率直さをやはり疎《うと》ましく思うのだった。

美雨ママが、美雨ちゃんの手を引いてエントランスから出て行った。有紗は花奈と一緒に「バイバーイ」と手を振ったが、美雨ママは美雨ちゃんの顔を覗き込んで何か話しており、二人とも振り返らなかった。

「さあ、帰ろう」

有紗は寂しくなって、花奈の冷たい小さな手をしっかり握り、エレベーターホールに向かった。エレベーターホールは、下層階、中層階、上層階の三つにわかれている。二十九階の有紗の家は、中層階だ。ほんの一階違うだけでエレベーターホールが違い、価格や家賃に響く、という話を聞いたこともあった。

エレベーターの扉を閉めようとした瞬間、中年の主婦が滑り込んできた。毛玉の付いた黒いセーターとデニムという普段着だ。化粧気もなく、平たい宅配便の箱を抱えているところを見ると、バトラーのところに宅配便を取りに行っただけの住人らしい。見覚えのある程度で、勿論、名前も居住階数も知らない。有紗は形だけの会釈をした後、花奈の手を握って壁際に背中を付けた。

「お嬢さん、お幾つですか」

いきなり主婦が尋ねた。

「花奈ちゃん、おばちゃまが何歳ですかって」

有紗は、疲れた様子の花奈の顔を覗き込んだ。花奈がよくしつけられた動物のように、反射的に指を三本出して、言いにくそうにゆっくり答えた。

「しゃーんしゃい」

「まあ、三つなの。じゃあ、もうわかるわね」主婦が優しげな声で続けた。「あのね、下のロビーではね、走り回ったり、大声を上げたりしちゃいけないのよ。あそこはね、共有部分って言って、ここに住んでいる人みいんなのお玄関なの。お嬢ちゃんちだったら、勿論、走っても声を上げても何してもいいのよ。だけど、みんなの場所だからしちゃいけないの。それからね、オルガンの前にあるソファは、お靴を脱いで上がってちょうだいな。あのソファもね、みんながお金出し合って買った大切な物なの。だから、みんなで大事に使うのよ。そのくらいわかるわよね？　ね？　三つだものね」

花奈が気圧《けお》されたように頷いた。内容はあまりわかっていないらしいが、他人から厳しい注意を受けたことだけはわかるのだ。

「お利口さんねえ」

主婦は上品な会釈をして、二十階で降りて行った。主婦がいなくなった途端、叱られた花奈が、有紗の太腿《ふともも》の辺りに顔を押し付けてきた。泣きべそをかいている。

「泣かないでよ、花奈ちゃん。こわいおばちゃんなんだから」

幼いながらに屈辱を感じたのだろう、と哀れになって有紗は花奈の小さな背中を撫で続けた。

「今度気を付ければいいでしょう。気にしないの、こわいおばちゃんなんだから」

しかし、花奈の中には、一緒に駆け回った美雨ちゃんは叱られずに、自分だけが、という不当な思いもあるのだろう。

「かなちゃん、ねむいもん。べビーター、ないもん」と、関係のないことを言う。

口の回らない花奈は、べビーカーと正しく言うことができない。それを可愛いと思いながら、有紗はむずかる娘をよいしょと抱き上げた。三歳ともなると十三キロもあって、重かった。花奈は有紗にすっかり体重を預け、赤ん坊に戻ったように、指しゃぶりをしながら、有紗の肩に顔を埋めて泣きべそをかいている。

「べビーターないもん、べビーターないもん」

花奈がぐずるうちにエレベーターは二十九階に到着した。有紗は花奈を下ろそうとしたが、花奈はしがみついて離れない。仕方なく、長い開放廊下を泣き喚く花奈を抱いて歩いた。昨夜、強風でシャベルを飛ばされたり、今朝寝坊したり、と嫌な始まりだったが、やはり、こんな一日が待っていたのかと唇を噛む。

やっと鍵を開けて部屋に入ったが、花奈はまだ下りようとせずに、ぐずって暴れながらも、しっかりと有紗の首筋にしがみついて離れない。この分では、昼ご飯も食べずに昼寝に入ってしまうだろう。それでは、いくらなんでも栄養が足りなくならないか。有紗は不安になって、花奈の尻を軽く叩いて無理やり下ろした。

「花奈ちゃん、いい加減にしてよ。ね、お昼ご飯食べよう。ね、お腹空いたでしょう」

と言ったところで、冷蔵庫には何もなかったし、寝坊したから何も用意はしていない。有紗は小さな絶望感で苛々《いらいら》した。コートを着せてから、ぐずる花奈を連れてまた買い物に出るか。しかし、買い物に行って何か作ったところで、食の細い花奈は食べずに寝てしまって、きっと夕方まで起きないだろう。

「いらないよ、いらない」

花奈はますます泣き喚いてのけぞりながら抱っこをせがむ。仕方がないので、カーペットの床に膝を突いて、花奈の好きにさせたが、あまり暴れるので、そのうち有紗も泣きたくなってきた。何もかもがどうでもよくなり、このまま花奈を置いて、美雨ママとお酒を飲みに行こうかとも思う。

「花奈ちゃんさ、お昼ご飯食べようよ」

俯《うつぶ》せになって泣いていた花奈が、涙に濡れた目を上げた。すでに眠そうだった。

「いらない」

「あのね、花奈ちゃんが今寝ちゃうとさ、ママも花奈ちゃんも食べる物がないの。だから、頑張って起きて、一緒に食べに行こうよ」

花奈は半目になって、呟いた。

「ラーメンいや」

有紗は苦笑する。

「ラーメンしないよ。おにぎりにしようか。一緒にアオキにお買い物行こう」

アオキまで行くのが無理なら、一階のコンビニで、おにぎりでも買って来よう。だが、花奈は涙の痕を頬に残したまま、いつの間にか寝入ってしまった。有紗は、花奈を抱き上げてベッドに連れて行き、布団を掛けてやった。

冷蔵庫の中には、福神漬けの瓶とキャベツやニンジン、ベーコンくらいしかなかった。食材の買い出しに行かなくてはならない。スリッパを探しているうちに、捨てたことを思い出して、有紗は苦笑した。何やってるんだろう、あたし。

すると、パーカのポケットに入っていた携帯電話が震えた。岩見晴子。義母からだ。

「もしもし、有紗さん。今、大丈夫？」

「はい、大丈夫です」

有紗は澄ました声を出した。同時に、さっき姑に対して駄々をこねたことが恥ずかしくなった。

「さっきはすみません」

「そのことなんだけど、主人と相談したのよ」

「幼稚園のことですか？」

「そうそう。あなたの心細い気持ちもよくわかるつもりなの。だからね、今日の夜、主人とそちらに行きますから、その辺で食事でもしない？　何て言ったっけ。あそこはららぽーとでしたっけ。そこに何かしらレストランもあるでしょう。近くまで行ったら電話しますから」

電話は一方的に喋って切れた。美雨ママと飲みに行く話が、これで完全になくなった。有紗はがっかりしたが、美雨ママの口から洩れてくるいろんな言葉をこれで聞かなくて済んだ、と安堵もしていた。

6　夜の船出

昼間の電話のせいで、何となく気詰まりな食事会だった。

テーブルの向こうの岩見陽平と晴子の視線は、幼児用の椅子に座った花奈と、料理の皿とを行ったり来たりするばかりで、有紗にはほとんど留まらなかった。

有紗は居たたまれなくて、花奈の世話に没頭するふりをしている。幸い、花奈が食べている「ミラノ風ハンバーグ」は、トマトソースがあちこちに飛び散るので、始終、花奈の手や口を、お絞りやナプキンで拭ってやる必要があった。

晴子は無言でサラダを食べている。節の目立つ細い指が、フォークを器用に操ってレタスを畳み、胡瓜やブロッコリーと一緒に突き刺して、素早く口に運んで行く。きっと家事代行のアルバイトも、手際よくこなしているのだろう。

今日の晴子は、茶色のジャケットに、ベージュのトップス、白のパンツという若々しい格好だった。晴子はいつも、高価でなくてもセンスのいい服装を心懸けている。晴子が好んで着るベージュという色が、晴子を最も端的に表しているような気がする。

舅の陽平も、茶のジャケットにオフホワイトのタートルネック。いかにも、退職後も充実した生活を送っている、落ち着いた男に見えた。

晴子はベージュ、陽平は茶色。いぶママは、はっきりしたコーラルピンク、美雨ママはカジュアルなデニムの色。では、自分は何色だろう。

有紗は食べるのも忘れて、窓ガラスに映る自分の姿をぼんやり眺めていた。近所とはいえ、夫の両親と食事をするのだからと、ZARAで買った黒のワンピースを着て来たが、胸元のフリルが過剰で、安っぽかった。紺色のカーディガンとグレーのスカートの方が無難だったかもしれないが、自分には黒も紺もグレーも似合わないように思う。

本当は、綺麗な色が好きなのに、どうして着ないの？　あたしは何を無理しているんだろう？

そう思った時、窓ガラスに映った自分の向こうに、真っ黒な夜の海が広がっているのが見えた。背中がぞくりとする。家族とも言える人々と一緒にいるのに、たった一人で、夜の海に船出して彷徨《さまよ》っているような、寂しい心持ちがするのはどうしてだろう。

有紗が皿に視線を戻した時、冷ややかな眼差《まなざ》しで自分を観察していた晴子と目が合った。放心していた姿を見られた有紗は気恥ずかしかったが、晴子の冷徹な態度が怖ろしくもあった。

「あの、今日、すみませんでした」

有紗はいきなり謝った。

「いいのよ。はっきり言ってくれた方がこっちも楽だし」晴子は、同意を促すように陽平を見た。「そうよね？　あなた」

陽平は、赤黒く濁った安ワインのグラスに唇を付けながら、大きく頷いた。車を運転して来たはずだから、帰りは晴子が運転するのだろう。晴子は車の運転も好きだと言っていたし、何でもてきぱきこなす。初めて晴子に引き合わされた時、田舎の母とのあまりの違いに愕然としたものだ。

「本当に、あなたには申し訳ないと思ってるんだよ」と陽平。

「こちらこそ、心配かけちゃって」

「いえいえ、うちの息子が悪いんだから、仕方ないのよね」

晴子は眉を顰めて、小さな声で呟いた。それから腕を伸ばして、夢中でハンバーグを食べている花奈の前髪を撫でた。花奈の前で、その話をしたくない、というジェスチャーにも見えた。

「花奈ちゃん、お利口さんね。よく食べること」

晴子に褒められた花奈が、得意そうに笑った。さっき拭いたばかりなのに、口の周りをトマトソースで赤く染めている。花奈は昼ご飯を抜いたせいか、珍しく、旺盛な食欲を見せていた。お子様ランチでは嫌だ、と言うので、大人のメニューを頼んだほどだ。

「花奈ちゃん、お昼は何食べたの」

「かなちゃん、たべてないよ」

晴子が驚いた顔をしたので、有紗は慌てて釈明した。

「今日はお遊びで疲れちゃったみたいで、食べないで寝ちゃったんです」

「そうだったの。だから、お腹空いてるんだ。花奈ちゃん、しっかり食べて栄養摂《と》らなきゃ駄目よ。これから頭も体も育てて、うんと可愛くて賢い女の子になっていかなきゃならないんだからね」

「あとね、かなちゃん、おでぶになっちゃいけないの」

花奈が付け加えたので、夫婦は爆笑した。

「おいおい、今からそれじゃ大変だね」

ほんとに、と有紗も内心はらはらしながら愛想笑いをした。

「じゃ、花奈ちゃん、朝ご飯はどうしたの」

晴子は何気なく聞いているようだが、有紗は母親ぶりをチェックされているようで、不安だった。花奈が朝からインスタントラーメンを食べたことをばらさなければいいのだが。晴子や陽平には、一人でもきちんと子育てをしている、と感心してほしかった。

「いろいろ」

花奈の生意気な答えに、晴子が大袈裟に呆《あき》れてみせる。

「いろいろ、だって。生意気さんね」

晴子と陽平は、互いの顔を見合ってまた笑み崩れた。幼い娘の機転に有紗がほっとしていると、晴子が遠慮がちに聞いてきた。

「ねえ、有紗さん。新潟のお父様とお母様は、こちらにいらっしゃったりはしないの？」

「お盆に来てくれました」

「あら、そうなの。花奈ちゃん、新潟のお祖母ちゃまと会ったんだ。よかったね」

「そのときね、おにくたべた」と、花奈。

「よかったわねえ。おいしかった？」

晴子が笑いながら花奈の方を見遣り、赤く汚れた口許を自分の持っていたタオルハンカチで拭った。

「あ、すみません」と、有紗が、花奈の胸に掛けた店のナプキンで拭おうとすると、晴子に注意された。

「有紗さん、その布硬いから、花奈ちゃんのお口には痛いんじゃない？　それにお絞りだって、業者が入れてるんだから汚いかもよ」

「そうですか、すみません」

さっきから拭いていたのに。有紗は晴子の不機嫌を感じて萎縮した。

「で、ご両親は何て仰《おつしや》ってました？」

途切れてしまった質問を続けたのは、陽平だった。

「そんなに早く結論を出すことでもないし、少し様子を見なさい、と言って帰って行きましたが」

それは本当だった。

「申し訳ないですね」

陽平は恐縮した面持ちで言ったが、敢《あ》えて直言を避けている節もあった。言いたいことがあるが、これを言ったらおしまい、と堪《こら》えているかのような沈痛な表情は、俊平によく似ていて有紗はどきりとする。

陽平と俊平は、あまり似ていない父子だ。陽平は鼻梁《びりょう》が高く、中高《なかだか》な立派な顔立ちをしているが、俊平は目の間が離れて、暢気《のんき》な顔をしている。その顔の特徴は、晴子から俊平、そして花奈へと受け継がれたようだ。

しかし、陽平の広い額と生え際は、俊平とそっくりだった。有紗は、夫の両親を前にして、ここはそっくりとか、あの表情は同じ、などと考えているうちに、夫が不在なのに、どうして妻の自分だけが相対しているのだろう、と不思議な思いを抱いた。その底にあるのは苛立ちや腹立ちではなく、どこかで道を間違えたような不安な思いだった。

「そういえば、お父様、ガンの検査されてどうでした？」

晴子が思い出したように聞く。

「要観察と言われました。半年後にまた検査だそうです」

有紗は、今日ラウンジで嘘を吐いたことを思い出し、背中に汗をかいた。勿論、そんなことをまったく知るはずもない陽平が明るく言う。

「それはよかったね。私たちだって、いつ何があってもおかしくない年齢になったからね。お父上のこと、明日は我が身ですよ。結婚式以来、お目にかかってないけど、よろしくお伝えください」

「ありがとうございます」

有紗はしとやかに答えた。優しい陽平は大好きだった。

「有紗さん、花奈ちゃんと二人っきりで寂しくない？」

「いえ、ここには子育て仲間がいますから」

「ああ、ママ友って言うんでしょう」

陽平が赤ワインのグラスをぐるぐる回しながら言う。

「公園要員」。有紗の心は、美雨ママの言葉を思い出して、ずきりと痛んだ。姑夫婦と同様、誰に会わせても恥ずかしくない、堂々とした綺麗なママ友たち。でも、彼女たちは、有紗の本当の仲間ではないかもしれないのだ。

花奈がハンバーグを食べ終えたのを見て、晴子が立ち上がって花奈に言った。

「花奈ちゃん、ばあばとちょっとお手洗い付き合ってちょうだい。その後、お散歩行こうか。ドッグランにワンちゃん来てるかもしれないよ」

「かなちゃん、いく」

「海も見に行こうか。寒いかもしれないから、カーディガン持って行こうね」

「うん。うみもいく」

何も知らない花奈がせがんだ。晴子はちらっと有紗を見て、軽く頷いた。その目は、あなたの気の済むまで、夫と相談してちょうだい、と言っているようだった。有紗は、無礼だった電話を思い出して身を竦める。

花奈の手を引いて、晴子が出て行くと陽平がワイングラスを示した。

「有紗さんも飲みますか？」

飲みたかったが、有紗は首を振った。

「いいえ、結構です」

「そう、じゃ、時間がないから、本題に入りましょうか」

陽平は、ワインの赤い染みが丸く出来たコースターをいじりながら言った。

「はい、今日ほんとにすみませんでした。あたし、何だか不安になってしまって、ついお義母さんに甘えてしまったんです」

「いいの、いいの。あなたから言われなくても、こっちも早くあなたと話し合った方がいいんじゃないかと思ってたんだけどね。若い夫婦の問題に余計な口出ししない方がいいんじゃないかと思ったり、私たちも迷ってたんですよ。で、あなたは今日、晴子に俊平からの連絡がないかって聞いたみたいだけど、本当に何もない。あなたのところにも、何にもないんですか？」

「ないです」

首を横に振ってから、有紗は最後のメールを思い出している。約一年前のことだ。


有紗へ　お願いだから離婚してください。

俺はもう無理です。

きみが応じてくれるまでは連絡しません。

離婚希望というメールをくれれば必ず返します。

俊平

その後は、有紗がどんなに怒りのメールを送ろうと、留守電に泣きを入れようと、まったく無視されたままだった。家賃と最低限の生活費だけはきちんと送金してくれているのは、幼い娘を慮《おもんぱか》ってだろう。足りない生活費は、貯金の切り崩しと、責任を感じた陽平夫婦の援助で暮らしている。

「会社に聞いてみた？」

「聞きました。まだミルウォーキーにいるんだそうです」

「そこに行ってみる？」

「帰って来るのを待ってようと思って」

有紗は、これ以上惨《みじ》めな思いをしたくないのだった。会社に問い合わせたのだって、呆れられただろうし、ウィスコンシン州とやらに出掛けて家を探し、やっと訪ね当てたのに、冷ややかな対応をされたくもなかった。

「やれやれ、何が原因なんだろうね。そういう男だったのか、と我が息子ながら愕然としますよ」

陽平が大きな溜息を吐いた。赤ワインの渋が、陽平の下唇に付着していた。

「有紗さん、何か思い当たる節はあるんですか？」

「全然ないです」と、有紗は即座に首を振った。

「何だろうね。晴子や私が連絡を取ろうと思っても、まったく駄目なんだよ。きっと誰にも話したくない理由があるんだろうけど、それはあなたたちのプライバシーだしね」

「あたしが至らないからじゃないでしょうか」

「そんな封建時代の嫁じゃないんだからさ」陽平は苦笑した。「有紗さんは、いいお嫁さんだと思いますよ」

しかし、付き合ってすぐに妊娠して「出来ちゃった婚」をした有紗を、晴子は明らかに気に入ってなかったように思う。だから、離婚希望のメールを送って、そのまま連絡を絶った息子を、晴子は密かに応援しているのではないか、と有紗が疑心暗鬼になるのは無理からぬことだった。

有紗は俊平と合コンで出会い、付き合い始めてすぐに妊娠した。しばらく気付かずにアルバイトをしていて、妊娠とはっきり判明したのは、すでに妊娠四カ月を過ぎた頃だった。それから三カ月後の妊娠七カ月で結婚が決まり、有紗は臨月直前の大きなお腹でウェディングドレスを着た。そして、新婚旅行に行く暇もなく、花奈が誕生したのだった。

新婚家庭とは言えない、ひたすら戦場のような子育ての日々が過ぎて、やっと互いの人間がわかり始めたのは、花奈がはいはいを始めた頃だった。

「お義父さんは、あたしが離婚に応じた方がいいとお考えなんですか」

陽平は、腕組みをしてから天井を向いてやっと頷いた。

「あなたもまだ若いし、あんな馬鹿息子に縛られることはないんじゃないかと、うちのやつとも言ってたんです。離婚に応じると連絡すれば、きっと悪いようにはせんでしょう。いや、有紗さんが理不尽だと思う気持ちもわかってます。だけど、私たちも退職した夫婦だから、いつまでもあなたの面倒を見るわけにはいかない。どうだろう、有紗さん。花奈ちゃんはしばらくうちで預かるから、あなたはその間、仕事を探した方がいいよ」

「でも、そんなに簡単じゃないですよ。今、不況だって聞いたし」

有紗は働きに出たくなんかなかった。何の取り柄もないし、せっかく、結婚できて専業主婦になって可愛い娘まで産んだのに。そして、豪華なタワマンに住んでいるのに。他のママ友は誰も働いてなんかいないのに。どうして自分が働かねばならないのだ。

俊平が一生仕送りを続けて、自分たち親子を養うべきではないか。それればかりか、もっと生活費を出して、花奈を私立小学校の幼稚園に入れてくれなければ、可哀相ではないか。有紗の心の中は、そんな要求でいっぱいだった。

「有紗さん、こんな穿《うが》ったこと言って申し訳ないと思ってるんだけどね。俊平が、ここまでして別れたいと言うのなら、もうあなたたちの夫婦の関係は、修復できないかもしれないよ。だから、諦めるのもひとつの手立てだと思いませんか？」

「思いません。無責任過ぎます」

有紗は固い表情で言い張った。

「そりゃそうだけど。ああ、それから、うちのやつに聞いたけど、花奈ちゃんを有名幼稚園に入れたいんだって」

「入れれば、ですけど。もう遅いと思います。花奈のお友達は、みんな幼児教室に通っていて、いろんな訓練をしてから幼稚園に入るんだそうです。このままじゃ、花奈が遅れてしまうし、仲間外れになるのが可哀相。今の時代は苛めもあるし、他と同じことをしてないと外れてしまうみたいなんです」

「いや、弱ったね」

陽平が困り切った様子で頭を掻き、ナプキンで口許を拭った。それから、もう一杯赤ワインを注文した。

「俊平は夏も帰って来なかったんだろうか」

「わかりません」

有紗はにこりともせずに答える。

「しかし、有紗さん。本当に何か思い当たる節はないの。喧嘩したんじゃないの?」

「してません」

「あなたには失礼だけど、女でもいるんだろうか」

「そうじゃないですか」有紗は次第に腹立たしさを抑えられずにきっぱり言った。「ともかく、こういうのってネグレクトとかいうんじゃないかと思うんです」

「しかし、送金はしてくるんでしょう? 完全なネグレクトとも言えないしなあ」

「あたしの気持ちはどうなるんでしょうか」

有紗は、再び夜の海を眺めながら言った。

「すみません」

運ばれて来たワインに口を付けずに、陽平が謝った。

「ママ」と、背後から声が聞こえた。晴子と花奈が戻って来たらしい。有紗が振り向くと、花奈が走り寄って来て、冷たくなった手で有紗の頬に触れた。

「ママ、いぬいなかった」

「きゃー、冷たい」

有紗が笑うと、晴子が遠慮がちに言った。

「お話、終わりました？」

いや、と陽平が曖昧に答えて、がぶりと赤ワインを飲んだ。

「有紗さん。花奈ちゃん、うちで預かるから、その間お仕事探してきたらどうかしら。あたしと同じ家事代行とか、主婦でもできることはいろいろありますよ」

「まあまあ、それは有紗さんの自由だからさ」

陽平が晴子を抑えるように口を挟むと、晴子ははっとしたように口を噤んだ。有紗は何も言わずに、また海へと目を転じた。夜の海を行く小舟が見えた気がした。

第二章　イケダン

1　かなちゃんのさべる

日曜の午前中は、何となく手持ち無沙汰だ。母娘二人きりの有紗たちは、普段とまったく変わらずに過ごしているのに、ママ友たちとの集まりがない。ほぼ毎日、午前十時頃に公園やラウンジで集まって、一緒に子供たちを遊ばせる会は、週末だけはそれぞれの家庭で過ごすのが習慣となっている。

勤め人が多いタワマンは、日曜になると急に華やぐ。ららぽーとや海縁《うみべり》をのんびり散歩する家族連れが増えて、皆の顔が平和に緩んでいるのがわかる。その賑わいに馴染めない有紗にとって、日曜は憂鬱な日でもあった。

それでも遊びに行きたがる花奈を連れて、公園やららぽーとに出掛けたことがある。すると、パパと遊ぶのに夢中で、花奈には目もくれないいぶきちゃんや芽玖ちゃんたちと出会う羽目になる。そうなると、花奈も寂しさを隠さないいし、自分も切なくなる。だから、日曜は公園だけでなく、近所のスーパーにも行かず、なるべくひっそりと過ごすことにしていた。

テレビの前にぺたんと正座している花奈は、自分好みの番組がなくて退屈そうだ。有紗は、いぶママから譲り受けた幼児番組のＤＶＤをセットしてやった。すでに何十回となく見ているはずだが、花奈は口を半開きにして見入り始めた。

有紗はほっとして、朝食の準備のために立ち上がった。新たに作るのが億劫なので、昨夜のカレーを朝食にするつもりだ。が、神経質な花奈は朝のカレーを嫌うかもしれない。トーストにして、芽玖ママから貰った手作りのイチゴジャムを塗って食べさせようかと迷う。

しかし、自分たちは「公園要員」に過ぎない、と美雨ママから聞いて以来、何だか癪《しやく》に障って、芽玖ママのジャムさえも疎《うと》ましいのだった。せっかくの手作りジャムも、冷蔵庫の奥深くに突っ込まれたままになっている。

ドアの外で、物音がした。ドアを軽く叩いたような、引っ掻いたような微かな音だった。有紗は気のせいかと思ったが、その後、遠ざかる足音がはっきり聞こえた。カッカッとしっかりと廊下を踏む強い足取りだった。

このマンションは、郵便物はすべてエントランスにある各戸の郵便受けに届けられる。宅配便は一階のバトラーが預かるから、業者は中に入れない。新聞だけは、銘柄を限って宅配されるが、有紗は新聞を取っていないので関係ない。回覧板はネットでの閲覧に限っており、各戸を巡るような物など存在しない。だから、玄関ドアが直接叩かれるのは、住人同士の訪問以外にはないのだった。

急に気になった有紗は、カレー鍋を弱火にかけた後、玄関ドアをそっと開けてみた。すると、百円ショップで貰うような、皺《しわ》くちゃの薄いレジ袋がドアノブに掛けてあった。

有紗は、袋の中身を確かめる前から激しい動悸がした。薄い袋を透して、ピンクの小さなシャベルが見えたからだ。「イワミカナ」と油性マジックで黒々と名前を書いたシャベルに巻き付けるようにして、白い紙を折り畳んだだけの手紙が入っている。

有紗は、玄関の三和土《たたき》に立ち竦《すく》んだまま、手紙を広げて読んだ。

「このシャベルは、数日前の強風の朝、私の家のバルコニーのガラスを直撃しました。

幸い、何ごともありませんでしたが、私は驚いて目を覚ましました。

上階からの落下物はとても危険です。

くれぐれも規則を守り、だらしのない生活はおやめください。

隣人より」

有紗の頬がかっと熱くなった。反射的に玄関ドアを開けて外に飛び出したが、すでに誰もいない。開放廊下の先にも、人の姿はなかった。

有紗の住む二十九階の部屋まで来て、手紙に「上階からの落下物」と書いたからには、同じBETの二十八階以下の住人であるのは間違いなかった。しかも、カードキーがなければ、住居階に止まる以外のエレベーターには乗れないので、手紙を寄越した者は、BETの十五階から二十九階に住む者に限られていた。しかし、それが誰かは、よほどの偶然でもない限り、特定はできそうにない。

「やっぱり怒られちゃった」

有紗は独りごちて、もう一度手紙を読んだ。手紙は、A4判の白い紙に、パソコンでも使ったのか、きちんと印字されている。

不意に、エレベーターの中で、花奈に注意した中年女性の面影が過《よ》ぎった。しかし、今聞いた足音は男のもののようだった。有紗は、あの時の花奈同様、赤の他人から厳しい叱責を受けた気がして衝撃を受けている。

不当な気分が拭えないのは、「だらしのない生活」と断じられたせいだろうか。確かにシャベルとバケツを出しっ放しにしたのは不注意だったが、「だらしのない生活」とは、酷《ひど》い言い草ではないか。自分たち親子の暮らしはそう見えるのだろうか。それとも、単なる悪意か、腹いせか。思いがけず、有紗の頬に悔し涙が流れた。

「あ、かなちゃんのさべるだ」

横から花奈の小さな手が伸びて、シャベルに触れた。シャベルには、乾いた砂が付着したままだった。

「ママ、さべる、どしたの」

花奈がシャベルを見たまま、不思議そうに首を傾げる。

「ちょっとね、ママが仕舞ってたの」

有紗は苦しい説明をした。

「どうして、かなちゃんのさべる、しまったの。ねえ、どうしてしまったの。ねえねえ、どうしてなの」

花奈は納得するまで容赦ない。自分のシャベルを仕舞ったと言い訳する有紗に、不思議でならないのか、戸惑いを露《あら》わにして問い続けるのだった。

「花奈ちゃんが使わないからよ」

「つかうよ。きょうつかうもん」

「今日は駄目よ。日曜だもん。お砂場行っても誰もいないよ」

誰もいない、という語に反応したのか、花奈が最近覚えた地団駄を踏んだ。

「いや、きょうつかうの」

「そんな意地を張らなくたっていいでしょ、花奈ちゃん」

すると、花奈が有紗の手から、強引にシャベルをもぎ取った。シャベルから乾いた砂がぱらぱらとフローリングの上に落ちる。有紗は、板と板の隙間に落ちた砂粒を見た。

「あーあ、汚れちゃった。隙間にお砂が入っちゃって取れないよ、花奈ちゃん」

花奈は何も言わずに、いきなりシャベルを床に投げ付けた。近頃の花奈は我《わ》が儘《まま》で、いぶきちゃんや美雨ちゃんのように、要求が通らないと暴れるようになってきている。

「そんな乱暴しちゃ駄目でしょ」

有紗が声を荒らげた途端、カレーの焦げる臭いがした。有紗は、慌ててガス台に走ったが、カレーはすでに鍋底に焦げ付いている。横に花奈がやって来て見上げた。

「カレーいや」と、はっきり言う。

「わかってるよ。ママも嫌だよ」

有紗はささくれた気持ちで、卵を茹《ゆ》で始めた。冷凍庫から食パンを二枚出して、オーブントースターに入れる。

花奈は、インスタントスープに、茹で卵とトマト、イチゴジャムをたっぷり載せたトーストを食べながら、満足した様子だ。だが、有紗は紅茶を飲みながら、不快さを拭えなくて苦しんでいた。食欲などなかった。「だらしのない生活」。言葉の礫《つぶて》がどこからか飛んで来て、背中に思いっ切り当たったような気持ちだった。

突然、有紗は美雨ママの誘いを思い出した。いっそ、この悔しさを美雨ママにぶつけて聞いて貰おうかと思い立つ。美雨ママも話したそうだったから、断りはしないだろう。いったん思い付くと止まらない。有紗は早速、携帯メールを打った。

こんにちは。花奈ちゃんママでーす。

日曜でちょっとさびしいんだけど、どうしてますか？

急に飲みたい気分になったんだけど、今夜、飲みに行きませんか？

ちょっとあたしの話も聞いてほしいな、なんて思っちゃって。

美雨ちゃんママがＯＫだったら、花奈はどうすればいいかしら。返事くださいね。よろしく～。

岩見有紗

例によって、ケーキや蝶や花が満載されたデコメールを送った。美雨ママからは、すぐに返信が来た。


こんちはー。マジつまんないよね、日曜ってヤツは。

さっき起きて、みうちゃんとつまんないねーって言ってたところでーす。

今夜の飲み、オッケー。すっごく楽しみ。

では、カナちゃんを連れて、五時半にうちのマンションの玄関のところに来てください。

妹に頼んで見てもらうから。

うちの妹はちゃんと保育士の資格持ってるの。

大丈夫だから、安心してねー。

みうママより

気が晴れた有紗は、レースのカーテン越しに外を見た。どんよりと曇った寒そうな空だった。バルコニーの戸を開けると、やはり気温が低く、潮の香がいつもより弱いような気がする。雨が来るのだろうか。

有紗は空を見上げた後、そっと身を乗り出して下方を覗いてみた。洗濯物などひとつも出ていない、まったく同じ形のベランダが、幾つも幾つも連なっていた。

強風で飛ばされたシャベルは、このどこかのバルコニーに落ちたのだ。そして、そこに手紙を書いた人物がいて、自分たち親子を観察しながら、暮らしている。手紙は脅迫でも恫喝《どうかつ》でもなかったが、有紗は薄気味悪かった。有紗たちは、姿も暮らす場所も知られているのに、相手は、この連なるバルコニーの奥に埋もれて、誰かわからないのだから。

有紗はマンション内のコンビニのATMで、預金を少し下ろした後、お気に入りのロバさんをしっかり抱いた花奈をベビーカーに乗せて表に出た。もうベビーカーに乗る年でもないが、帰りを考えてのことだ。

昼間はさざめき歩いていた家族連れも、皆、家路に就いたらしい。海風が、高層マンションの間の更地に強く吹いて、砂塵《さじん》を巻き上げ、有紗のカーディガンの裾をはためかせた。花奈は、陽が落ちてからの外出が腑に落ちないらしく、振り返って聞いた。

「ママ、どこいくの」

「美雨ちゃんのおうちよ」

「かなちゃん、いきたくない」

美雨ちゃんの苦手な花奈は、伸びをして小さな声で抗議した。だが、宵の外出という珍しい事態に、少し昂揚《こうよう》しているようでもある。それは、有紗がH&Mの小花模様のワンピースを着ていることにも影響されているのだろう。花奈は、ママしゅてき、と褒めてくれて、ワンピースの裾に頬を擦り付けていた。

そんな時、女の子は可愛い、と有紗はつくづく思うのだった。男の子だったら、母親が夜出掛けようとするのを嫌がるのではないか。男の子なら。

有紗は、御殿場《ごてんば》のアウトレットのセールで買った、コーチのバッグをきつく握り締める。久しぶりの夜の外出に、思わずいつもより装ってしまった自分に苦笑しつつ、美雨ママとの夜が楽しみになっていた。

駅から帰る人と逆行して強い風の中を歩くうちに、地下鉄駅前の美雨ママのマンション前に着いた。こちらはタワマンとは対照的な、十階建ての堅実な建物で、外はレンガ貼りだ。十年前に建った当初は人気物件だったというが、今は林立するタワマンに押されて、すっかり古びて見えた。

「こっちこっち」

いつものブルーのダウンベストに黒いニット帽を被った美雨ママが手を振っている。その横に、黒いフリースにデニムを穿《は》いた小柄な若い女が立っていた。驚いたことに、尼のような坊主頭だった。美雨ママによく似た可愛い顔立ちに、坊主頭が異様だ。花奈が驚いて目を凝らしている。

「これ、妹の由季子《ゆきこ》」

美雨ママが、坊主頭を軽く叩く真似をした。

「由季子です。よろしくお願いします」

由季子は、美雨ママよりも軽めの掠《かす》れ声で挨拶した。

「この人ね、保育士辞めてバンドやってるのよ。だから、こんな頭してるの。寒そうでしょう？　ベビーシッターのバイトもしてるから、今度使ってやってね」

美雨ママが早口で言った。それから、ベビーカーに乗っている花奈の前に屈んで話しかける。

「花奈ちゃん。これから、このお姉ちゃんと一緒に行って、美雨ちゃんと遊んでてね。おばちゃん、唐揚げを用意しておいたからさ。それ食べてね」

「すみません」

花奈には、昼過ぎに焦げを取ったカレーを食べさせたきりだった。どうせお菓子を食べて入らないだろうと踏んでのことだったが、美雨ママがそこまでこまやかだとは思わなかった。

花奈は黙りこくって、美雨ママの顔を見ている。

「じゃ、行こうよ」

美雨ママが有紗の腕を取った。

「楽しんで来て」

由季子が手を振った。ベビーカーに座った花奈が不安そうに有紗を見ているが、まだ何が起きているのか事態が呑み込めていないようだった。

「じゃ、よろしくお願いします」

挨拶も終わらぬうちに、美雨ママはエントランスを飛び出して、タクシーを捕まえていた。慌てて有紗が追いかけると、美雨ママは腕時計を見ながら言う。

「早く行こう。由季子は十時までなのよ」

タクシーは、有紗が行ったことのない街に向かっている。深川。常に銀座の方しか見ない有紗は、初めて行く場所だった。

「花奈ちゃんママの名前ってさ、有紗っていうんだね」

唐突に、美雨ママが言う。

「そうなのよ」

美雨ママと二人きりでタクシーに乗っているのが不思議で、有紗は戸惑いながら返事をした。

「メール見て、へえーとか思った。名前だけはカッコいいね」

有紗は、一瞬むっとしたが、自分から頼み込んだ上に、花奈を預かってくれるのだからと機嫌を直した。

「あ、ごめん。まじいなあ」美雨ママが頭を掻く真似をしてみせる。「あたし、余計なことを言うって、いつも怒られるのよ」

「いいよ。美雨ちゃんママは何ていうんだっけ」

「あたしは洋子《ようこ》。栗原洋子」

互いに「誰それのママ」という呼ばれ方しかしないから、新鮮だった。

「洋子って感じだね」

「そう？　みんなヨウコちゃんて呼ぶよ。あなたは何て呼ばれてる」

「あたしは、友達にはアリサって呼び捨てにされてた」

「アリサか。オサレだな」と、美雨ママは笑った。

タクシーは運河を渡り、繁華街に入って行く。

「美雨ママは、深川の方、よく知ってるの？」

「うん、知ってる。実家があるし、亭主も働いているのよ」

「ご主人様はどんなお店で働いているの」

「鮨屋」と、美雨ママは簡単に答えた。「ご主人様ってガラじゃないけどね」

「お鮨屋さんなのか。すごいわね」

有紗は、溜息を吐いた。美雨ママは、細い指でメールを忙《せわ》しなく打ちながら、にべもなく否定するのだった。

「ちっともすごくないよ。ねえ、TAISHO鮨チェーンって知ってる？」

「聞いたことある」

有紗は小さな声で答える。実際は知らなかった。何となく聞いたことがあるような気がするだけだった。

「いぶママたちなんか、絶対に入らないような店だよ。下町にしかないし。あたしのダンナは、そこで鮨を握ってるの」

「じゃ、今に独立とか考えているの？」

「全然、考えてないよ」

「そうなの。意外だわ」

「意外じゃないよ。だって、TAISHO鮨チェーンって、あたしの実家がやってるんだもん。だから、うちのダンナが跡を継ぐことに決まってるの。だから、あいつはあたしに頭が上がらないのよ」

美雨ママは耳障りな掠れ声で笑った。

「そうなんだ。いいなあ」

何気なく言ったのに、美雨ママは驚いたように有紗の顔を見た。

「そんなに感情込めないでよ。たいした話じゃないじゃん」

有紗ははっとして、黙った。先行きが不安なせいか、ついつい他人を羨む癖がついているのかもしれない。

美雨ママは、大きな通りでタクシーを停め、金を支払った。

「帰り、払ってね」

「いいわよ」と有紗は頷《うなず》き、どうしたら、美雨ママのようにさばさばと他人に言えるのだろうと考えていた。二人で肩を並べて小さな飲み屋が建て込んでいる路地に入った。

「久しぶりでドキドキする。癖になったりして」

有紗が声を弾ませると、美雨ママが真面目な口調で聞いた。

「ねえ、どうして急に飲みに行きたいって思ったの。何かあったの」

「嫌なことがあったのよ」

「何、どうしたの。教えて」

美雨ママが意気込んで尋ねるので、有紗ははぐらかした。

「お酒でも入らないととても言えない」

「よし、わかった。互いに言い合おう」

美雨ママは、有紗の目を見つめてそう言った後、慣れた様子で小さな飲み屋の暖簾《のれん》をくぐった。有紗は慌てて後を追った。

2　門仲の女王

居酒屋に足を踏み入れた有紗は、魚を焼く強烈な臭いと、白い煙がもうもうと店中に立ち込めているのに驚いて立ち竦んだ。客の前に、それぞれ小さな七輪が置かれて、客が自身で魚や貝を焼いている。壁には、「ホッピー！」「自家製コロッケ！」「ブリカマ！」など、朱文字で書かれた大きな紙がベタベタと貼ってあった。壁も天井もその紙も煤《すす》けていて、女性客は一人も見当たらない。店の間口は狭いが、カウンターは長く、奥行きは深いらしい。が、煙に阻まれて、奥は遠く霞んで見える。

よそゆきの格好をしてきた有紗は、反射的に身を強張《こわば》らせた。いつもと変わらぬジーンズ姿の美雨ママは、慣れた様子でどんどん店の奥に進んで行く。

入り口付近に座っていたサラリーマンたちが、威勢のいい美雨ママに気圧《けお》されたかのように次々と振り返って二人を見た。有紗は、そんな美雨ママと一緒にいるのが何だか誇らしくて、次第に心が浮き立ってくるのだった。

「らっしぇいー」

カウンターの中に勢揃いした作務衣《さむえ》、捻《ねじ》り鉢巻の若い男たちが、語尾を長く引き伸ばして、一斉に叫んだ。短髪に鉢巻が似合う若い男が、美雨ママに手を振った。

「おー、久しぶり」

「こんちはー」

男は真っ白な歯を見せて嬉しそうに笑った後、有紗にもにこやかに頭を下げた。

「あいつね、同級生なの」

美雨ママが振り向いて有紗に囁《ささや》く。いかにも、地元に帰って来た気楽さが溢れて、美雨ママの笑顔も緩んでいる。

「へー、カッコいいじゃない」

有紗は思わず小さな声で呟《つぶや》いた。

「マジ？　じゃ、後で紹介してあげるよ」

「えー、いいよ」

有紗は慌てて手を振る仕種《しぐさ》をする。

「何で遠慮するの。あいつ面白いよ」

本音で生きている美雨ママは、なぜ引くのか、と驚いたように有紗の顔を見るのだった。有紗は、美雨ママの率直さに解放された気分になった。

「じゃ、紹介して」

想定していた店とはまったく違っていたが、日常、縁のない男っぽい世界に足を踏み入れて、浮つき始めた自分がいる。幼い娘を育てていることも、夫と連絡を取れないことも、公園要員と言われたことも、飛ばしたシャベルのせいで手紙が来たことも、少しの間は忘れられそうだった。

それにしても、と有紗は周囲を見回した。いぶママに好かれている美雨ママが行く店なのだから、洒落たワインバーかなんかと思ったのに、まさかこんな店とは。有紗は、この店同様、徹底的に飾らない美雨ママが、カッコいいと思った。

「ここが一番いい席なんだよ」

美雨ママは、カウンター席の一番奥に有紗を案内した。しかし、有紗は落ち着かなかった。煙いし、火事が起きたら逃げられないのではないか。直火を使う店は少し怖ろしかった。おどおどする有紗をよそに、美雨ママはさっとニット帽を取った。茶色に染めた髪がさらさらと落ちて綺麗だった。思わず見とれていると、美雨ママが有紗のワンピースに手で触れた。

「これ、可愛い。レーヨン？」

「じゃない？　シルクのはずないよ」

紺地に赤や黄の小さな花が散っているヴィンテージ風のドレスは、大のお気に入りだが、無惨にも魚の焼ける臭いや煙が染み付くかと思うと悔しくもある。美雨ママが、有紗のフェイクパールのロングネックレスをちらりと見遣《みや》って言った。

「そんなの着て来るからだよ」

美雨ママに心を読まれたらしい。

「だって、お洒落なワインバーか何かだと思ったのよ」

「あのさ、ここ門仲《もんなか》だよ。そんな洒落た店はないの」美雨ママが断定する。「それに、飲みに行こうって言ったら、普通はこういうとこじゃない。花奈ちゃんママの格好は、『お食事』用よ。ＫＹ、ＫＹ」

ＫＹだったか。有紗は苦笑するしかなかった。誰もが、美雨ママみたいにはっきり言ってくれれば笑って済ませられるのに、と思う。しかし、それも、美雨ママだからこそできる芸でもあった。

「ところで、花奈ちゃんママは何飲むの」

美雨ママは尖った肘をカウンターに突いて、有紗の顔を見た。有紗は迷いながらメニューを覗いた。二十代前半の頃、仲間たちと飲みに行く時は、いつも安い居酒屋チェーンばかりだった。だが、結婚してからは一度も行っていない。自分が何を飲んでいたのかも忘れてしまった。

「ね、ぼうっとしてないで決めなよ」

「じゃ、生ビール」

「生ビールふたつね」

美雨ママはてきぱきとカウンターの中の中年男に注文し、ナイロンポーチから煙草を取り出して火を点《つ》けた。

「あなた、煙草吸うの？」

「吸うよ」美雨ママは煙を吐き出しながら答える。「いぶママたちといる時は、猫被ってるんだよ」

「あたしもそうだな」と、有紗は小さな声で同調した。

「わかるよ。あなたが無理してるのは」

猫を被っているのではなく、無理をしているように見えるのか。美雨ママの率直さに救われ、また、その率直さに傷付けられる弱い自分がいる。

「どういうところが無理してるように見えるの？」

有紗はメニューを眺めるふりをしながら尋ねた。美雨ママは痩せた肩を竦めた。

「うまく言えないな。何かそんな気がするだけ。気に障ったらごめん」

「いいよ。あたしも何か肩肘張ってるなって気がする時があるの。もしかすると、いぶママたちと合わないのかもしれない」

「何が合わないの」

美雨ママが煙草を吸う手を止めて、どんな言葉が出て来るのか確かめようとでもいうように、有紗の目を凝視した。美雨ママの大きな垂れ目は、黒い細いラインで綺麗に縁取りされている。美雨ママは、服も化粧も構わないように振る舞っているけれど、自分のチャームポイントを知り抜いて、さりげなく強調する術を持っている賢い人なんだ、と有紗は感心した。そういうやり方は、いかにも都会的だと思う。なのに、自分はいぶママたちと同等に見られたくて、美雨ママを蔑《ないがし》ろにしようとした。自分がとても愚かしく思えた。

有紗は、今夜は何もかもを美雨ママに話して、じっくり聞いてもらいたいという衝動を覚えた。「実はさ」と言いかけた途端、横から太い男の声がした。

「おまえ、久しぶりじゃん」

美雨ママの同級生だという男が横に立っていた。作務衣から突き出た腕が太く逞しい。有紗は、男の腕を懐かしい思いで眺めた。

「忙しかったんだよ。結婚もできないトモヒサと違ってさ、母親は用事がたくさんあるの」

唇を尖らせながらも、美雨ママの目は笑っている。「だけど、久しぶりっ」

トモヒサと呼んだ男と握手を交わしてから、有紗に向き直った。

「こいつね、あたしと小学校、中学校とずっと一緒だったの。アホのトモヒサ。ここんちの子だから、安くしてもらおうぜ」

「これだから嫌だね、門仲の女王は」

トモヒサは苦笑いしてみせた後、有紗の顔を恥ずかしそうに見た。

「こちらは？」

「ママ友。この人、タワマン暮らしのセレブだよ」

「ああ、おまえんちのそばのタワマンかあ。凄いよなあ」と感心してみせた後、有紗に聞いた。「あそこ高いんでしょう?」

「でも、あたしのとこは賃貸だから」

有紗が必死の面持ちで否定すると、美雨ママが、いなすように肩を叩いた。何だ、冗談なのか、と力が脱ける。こういう時は適当に受け流せばいいのか。

いつも、子育て頑張らなきゃ、夫の家族に馬鹿にされないようにきちんとやらなくちゃ、と肩に力が入っていたような気がする。だからこそ、「だらしのない生活」という手紙の言葉に憤ったのだろうか。有紗はぼんやりとそんなことを考えている。

「この人は、岩見有紗さん。有紗っていい名前だよね」

トモヒサが頷いた。

「洋子よっか、ずっといい」

「バカ、アホ。あんたに言われたくない」

二人はじゃれ合うようにポンポンと言葉の応酬を重ねている。料理はトモヒサが見繕ってくれることになった。火を熾《おこ》した七輪が、二人の前にぽんと置かれた。顔だけがかっと熱くなった。

トモヒサが、生ビールふたつとワケギのヌタの小鉢を運んで来た。小鉢をちらっと覗いた美雨ママが言う。

「あたし、あん肝が好きなんだからね」

「わかってるよ」

「わかってるなら、持って来いよ」

「じゃ、金払え。これはお通しだ」

「気が利かねえなあ」

二人はまたじゃれ合うようにして言葉を交わしている。トモヒサがぶつくさ言って戻って行くと、有紗は美雨ママに囁いた。

「いいなあ、地元って。楽しそうだね」

「花奈ママも地元に帰ればこんな感じじゃないの?」

「あたし、あまり帰らないから」

有紗は目を泳がせた。新潟には、七、八年戻っていない。だから、いつも、両親が会いに来てくれる。

「町田なんか、チョー近いじゃん」

美雨ママが、ビールのジョッキをかちんと合わせながら呟いた。

「あのさ、あたしの実家って、町田じゃないんだ」

有紗が思い切って言うと、美雨ママが驚いたように顔を上げた。

「あ、そうだっけ。どこ」

「何か誤解されてるみたいだけど、あたしは本当は新潟市の近くなの」

有紗自身が、町田の出身であるかのように騙《かた》っていたのに、誤解されているとはよく言ったものだ、と我ながら思う。しかし、とうとう言ってしまった。秘密のひとつを。

「へえ、知らなかったよ。あたしはてっきり東京の西の人かと思っていた」

美雨ママは少し困ったように眉を寄せて、また煙草の箱に手を伸ばした。

「それはうちのダンナの実家よ」

「ご主人、そう言えばどうした」

「どうしたって？」

慌てて有紗は聞き返した。いよいよ、本当のことを喋《しゃべ》らなくてはならないのか。有紗の言葉に驚いたかのように、美雨ママが大きな目を丸くした。

「いや、アメリカに単身赴任して帰って来ないんでしょう？　あなたたち、二人きりで寂しくないのかなと思って。実家が新潟だったら、ちょっと遠くて寂しいじゃん。ほら、あたしがこんな近くに自分の育った街があるからなんだけど」

「寂しいわよ」と、有紗は実感を込めて答えた。寂しいだけじゃなく、不安で堪《たま》らない。この先どうすればいいのか。夫から離婚を迫られ、連絡が取れなくなっていることを、いつ、美雨ママに打ち明けようか。美雨ママは何と言ってくれるのだろう。有紗はごくりと生ビールを飲んだ。上ずっているのか、ちっとも酔わなかった。美雨ママは、有紗の言葉を待っているのか黙っている。

「町田の主人の実家も助けてくれるけど、いつも花奈と二人きりだしね。だから、ママ友が嬉しいの」

「そうだよね」掠れ声で美雨ママが相槌《あいづち》を打った。「ところでさ、花奈ちゃんママ、何か嫌なことあったって言ってなかった」

「あ、そうそう」

とうとう、タワマンでの自分の過失について話さなくてはならない。急に有紗は怖《お》じ気《け》づいた。美雨ママが誰にも喋らないという保証はあるのだろうか。

「誰にも言わないでね」

「言うわけないじゃん」

怒ったように美雨ママが声を尖らせた。そこに、トモヒサが魚介の載った大皿を運んで来た。ハマグリやブリカマ、シシャモ、椎茸などがふたつずつ載っている。美雨ママが手際よく、七輪の網に載せて焼き始めた。

「で、どうしたの」

美雨ママに促されて、有紗は強風の前の晩、うっかり砂だらけのバケツとシャベルをバルコニーに置いたまま寝てしまったことを話した。そして、朝になって見るとシャベルだけが風に飛ばされてなかったことを。

「そしたら、今朝、シャベルと一緒に変な手紙が部屋のノブに掛かっていたの」

「えー、気持ち悪いよー」美雨ママが悲鳴を上げた。「何て書いてあったの」

有紗は眉を顰《ひそ》めながら答える。ほとんど諳《そら》んじていた。

「このシャベルは、数日前の強風の日の朝、私の家のバルコニーのガラスを直撃しました。幸い、何ごともありませんでしたが、私は驚いて目を覚ましました。上階からの落下物はとても危険です。くれぐれも規則を守り、だらしのない生活はおやめください」

「よく覚えているね」

「そりゃ覚えているわよ」

「だらしのない生活」と断じられた憤怒と屈辱が蘇《よみがえ》り、有紗の頬が赤くなったのは、七輪の炭火のせいだけではなかった。

「失礼だな、そいつ」

そう呟きながら、美雨ママがビールを飲み干して、ウーロンハイを注文した。有紗も真似て同じものを注文した。どうしてもペースが速くなるのは、帰りの時間が決まっているからだろう。

ハマグリがぽんと口を開いた。それぞれ小皿に取って、醤油を少し垂らして食べる。しばしの沈黙の後、美雨ママが尋ねる。

「ね、それって、何号室の人かわかったの？」

「わからない。だけど、うちのシャベルは、ちゃんと花奈の名前を書いていたじゃない。だから特定されちゃうんだよね」

「ああ、覚えてるよ、黒々と書いてあった。みんな同じような物を持ってるから仕方ないよね。うちも書いているもん。そっか、これからは名前だけにした方がいいのかもしれないね」

「そうか。『イワミカナ』とフルネーム書いたのがいけないのね」

「『タケミツイブキ』にすればよかったんじゃない？」

「そっか」と、有紗は吹きだした。

悪い冗談だが、笑い飛ばすと確かにどうでもいいことのように思えてくる。タワマンから離れた下町の飲み屋街にいるからだろうか。それとも、そろそろ酔いが回り始めたのか。

あん肝と、赤貝の紐と胡瓜の和え物が運ばれて来た。トモヒサは二人の邪魔をしないように、鉢を置いてさっさと去って行く。

トモヒサと喋りたい気分の有紗は、少し残念だったが、美雨ママは気付かないで話しだした。

「あのさ、あたしも飲まなきゃ喋れないことがあるって言ったじゃない」

「うん、聞きたかった。何なの」

美雨ママは、迷っている風に煙草をひと吸いした。とうとう秘密を喋り合う時がきたのだ。

美雨ママの秘密とは何だろう。

「誰にも言わないでよ」と、美雨ママが有紗の腕に手を置いた。目は真剣だった。

「言わないわよ。あなただって、さっきのシャベルのこと、いぶママとかに言わないでよ。馬鹿にされちゃうもん」

いつの間にか、「あなた」と呼び合っていた。もっと親しくなれば、「有紗」「洋子」と呼び合うようになるのだろうか。

「あたしさあ」

美雨ママが頬を寄せてきた。すべすべした頬が近付いてきて、大きな目の白い部分が酔いで少し赤らんでいるのが見える。どきどきした。

「何よ、早く言って」

「いぶパパと付き合ってるんだよ」

あまりの衝撃に、有紗はのけぞった。

「嘘」

「嘘じゃないの。マジほんと」

いぶママが、美雨ママを「江東区の土屋アンナ」と呼んだのは、実は、美雨ママを気に入っている、いぶパパの感想だったのではあるまいか。

半年前、いぶパパの車でディズニーランドに連れて行ってもらった時、美雨ママはどういうわけか助手席に座り、二人は前でずっとお喋りに興じていたのだった。いろんなことを思い出すと、ちょっとしたことがすべて二人の付き合いに結び付いていくような気がした。それでも、現実の物凄さに、有紗はしばらく呆然としていた。

「ねえねえ、そんなにびっくりした？」

気が付くと、美雨ママが有紗の顔を覗き込んでいる。

「うん、びっくりした。ほんとに意外だった」

有紗は何度も繰り返したが、実は、思い当たる節があった。美雨ママが、いぶママたちの行動を逐一知っていたこと。いぶママは美雨ママを気に入っているのに、美雨ママは何となくいぶママに対して冷たいことなど。

「花奈ちゃんママが意外に思ったのはどうして」

美雨ママはしつこく聞いた。有紗の本当の気持ちを探ろうとでもするように、大きな目で有紗の表情を観察している。

「だって」と言いかけてから、有紗は言葉を呑み込んだ。美雨ママは、仲間のいぶママを裏切っているのではないか、と言いそうになったのだ。

だが、美雨ママの相手がいぶパパと聞いて、何となく納得する自分もいるのだった。いぶママがタワマンでも特別な存在のように、いぶパパも負けず劣らず目立つ男だった。大手出販社勤めで、年の頃は三十代半ば。お洒落で、人目を引く男だった。ジローラモに似ていると言ったのは、他ならぬ美雨ママではなかったか。つまり、派手な美貌の美雨ママといぶパパは、お似合いだった。

皆でディズニーランドに行った時のことだ。芽玖ママがプリウス、いぶパパがゲレンデヴァーゲンを出してくれて、二台の車に分乗して行くことになった。いぶパパの運転するゲレンデヴァーゲンに乗ったのは、美雨ママといぶママ、そして自分たち親子の五人だった。

いぶきちゃんと美雨ちゃんが手を繋いで、芽玖ママの運転する車に走り込んでしまったために、いぶママも美雨ママも手持ち無沙汰な様子だった。子供たちの輪から一人だけ残された花奈が拗《す》ねて有紗にしがみついたので、有紗は花奈を抱っこしたまま、運転手を務めてくれるいぶパパに挨拶した。

『この人は花奈ちゃんママ。これはうちのダンナです』

いぶママが有紗を紹介すると、いぶパパは、一人ぼっちになった花奈の頰を指先で突いた。

『花奈ちゃん、ミッキーマウスが待ってるよ』

花奈がにっこりしたので、有紗はいぶパパが優しい男だと知ってほっとしたのだった。それから、いぶママは美雨ママを紹介した。

『こちらは、美雨ちゃんママ』

『よろしくお願いしまーす』

美雨ママが元気よく挨拶すると、いぶパパは眩《まぶ》しそうに目を細めてこう言った。

『ほう、江東区の土屋アンナだね』

いぶママが夫に伝えたから、あの場で夫がそう言ったのか。あるいは、いぶパパが最初に言ったから定着したのかは覚えていないが、以来、美雨ママはママ友たちに、そう呼ばれるようになったのだ。すると、美雨ママも掠れ声で叫んだ。

『じゃ、こっちは江東区のジローラモ』

皆、どっと爆笑した。確かに、形のよい頭に張り付いた短い髪はジローラモを彷彿《ほうふつ》とさせた。しかし、いぶパパはジローラモなんかより、もっと若くてカッコよかった。マスコミ関係だというから、少し傲慢な男を想像していたのだが、控え目で優しそうだった。有紗は、さすが、いぶママの旦那様だ、といたく感心したのだった。

その時、助手席に美雨ママが座り、後部座席には、花奈を間に挟んでいぶママと有紗が座ったのはどうしてだったのだろう。

「ねえ、皆でディズニーランドに行った時のことだけど、美雨ママはどうして助手席に乗ったんだっけ？」

「確か、いぶパパが近道を知らないって言うから、あたしが教えてあげたんだ」

その割には、二人は話が弾んで盛り上がっていたではないか。

「あの時が初対面なの？」

「そうよ」

では、その後、二人はこっそり逢瀬《おうせ》を重ねたというのか。まだ信じられなくて、有紗は軽く首を振った。美雨ママは、煙草に火を点けてぼんやりしている。

「ねえ、いぶママはこのこと知ってるの？」

口にした途端、馬鹿な質問だったと有紗は悔いた。案の定、美雨ママは掠れ声で小さく叫んだ。

「まさか。知ってっこないよ」

悲痛な声だった。

「当たり前だよね」と、有紗もなぜか一緒になって焦る。

「大変な騒ぎになっちゃうじゃん」

「そうだよね」と同意した後、自分なんかに大事な秘密を喋ってくれる美雨ママに、有紗は少し感動してもう一度繰り返した。「ほんとにそうだよね」

「ねえねえ、そんな溜息吐かないでよ」

美雨ママが、有紗の腕を肘で小突く。

「でも、びっくりした」

「お願いだから誰にも言わないでよ」と、美雨ママが念押しした。

「わかってる。言わない」

有紗は、自分と夫の話もしようかなと考えている。しかし、こんな怖ろしい秘密をぽろりと打ち明ける美雨ママに、少し怖れをなしているのも事実だった。もしかすると、美雨ママはお喋り？　いや、身内に溢れる激情を持て余しているのだろう。

「ね、いぶパパってカッコいいよね。よくない？　どう思う？」

美雨ママが、まるで十代の少女のように憧れを込めて聞いた。

「うん、カッコいいと思うよ」

「うちのダンナってさ、あたしの十一歳上なのよ。だから、もう四十四で、もろオヤジなのよ。いい人だけど、長くうちの店で働いてた人だから、何か距離つうかギャップがあるんだよね。そもそもあたしが気に入ったんじゃなくて、店を継がせるために父親の眼鏡に適《かな》った職人だったからね。あたしの対象じゃなかったのよ」

そう言った後、美雨ママは店の中をぐるりと見回した。トモヒサは、接客中だった。知り合いが多いから、話を聞かれていないか、一応警戒しているのだろう。「あたしの対象じゃなかった」というのは、恋愛の対象ではなかったという意味だろうか。有紗は、美雨ママの尖った鼻と少ししゃくれた顎のラインが作る、美しい横顔を見つめた。

「いぶパパといつ頃から付き合ってるの？」

「そうねえ、正確に言えば、いつ頃だったかなあ」

美雨ママは考えごとをするように、遠くを眺めた。その視線の先には、煤けた壁と薄汚いメニューの紙しかないのに、あたかも美しい景色でもあるかのように、眼差《まなざ》しはどこか夢見心地だ。

「半年前くらいかな」

「全然気が付かなかった」

確かに、ディズニーランドに行って以来、いぶパパに遭遇することが多くなった気がする。朝はゆっくりの出勤だから、とわざわざ砂場の横を通って、いぶきちゃんに手を振ることもあるし、いぶママの都合が悪い時、いぶパパがいぶきちゃんの手を引いて、公園に現れたことも数回あった。もっとも、その時は遊びには付き合わず、芽玖ママと真恋ママがいぶきちゃんを連れ帰ったけれども。

子持ちシシャモから煙が上がっている。有紗は割り箸で慌てて引っ繰り返したが、片面が無惨に焼け焦げていた。有紗は皿に取ってから、イカの切り身とシシトウを載せた。しかし、美雨ママはそんなことにも気付かない様子で、考え込んでいる。

「それって恋愛なんでしょう」

有紗の質問に、どきっとしたように、美雨ママが振り向いた。

「どういうこと。じゃ、遊びかってこと？」

有紗は頷く。そうは言いつつも、遊びで男と付き合うなんてことは、自分にはできそうもなかった。いつも大真面目だからこそ、傷付けられるのだった。もしかすると、俊平も傷付いたのではあるまいか。突然、俊平の啞然《あぜん》とした表情が脳裏に浮かび、有紗は唇を嚙んだ。自分は俊平を傷付け、取り返しのつかないことをしたのだ、と腰が浮きそうになる。一度壊れたら、二度と元には戻らないことだってあるはず。

「遊びじゃないよ。ああ、どうしよう。あたし、恋愛してるのかもしれない」

美雨ママが、少しピンク色になった頰を両手で押さえるようにした。

「恋愛だったら素敵じゃない」

「素敵じゃないよ。辛いよ」美雨ママが、ぎろりと有紗を睨《にら》んだ。「適当なこと言わないでよー」

「言ってないじゃん」

有紗は静かに言い返してから、腕時計を眺めた。すでに九時を回っていたが、美雨ママはごくごくと喉を鳴らしてウーロンハイを飲み干した。「もう一杯」と、グラスを持ち上げてトモヒサに怒鳴る。それから忙しなく煙草に火を点けて、大きく嘆息した。有紗は、美雨ママの中を、大きな希望と同量の虚ろが、まるで波のように寄せたり返したりしているのを感じるのだった。

「ピッチ早くね？」

ウーロンハイを捧げ持って来たトモヒサが囁いたが、美雨ママは首を振って、あっちに行って、というような仕種をした。トモヒサが苦笑いをして去って行く。

「聞いて。ディズニーランドに行った時なんだけどね。あたし、何か打ちのめされた気がしたのよ。うまく言えないけども、こういう気持ちだった。ああ、あたしは人生間違ったんじゃないか、というような焦り。あたし、深川で生まれて育って、家はＴＡＩＳＨＯ鮨チェーンでしょう。たいした店じゃなかったけど、うちの父親は一代でチェーン店にしたわけよ。で、女の子二人の長女だっていうんで、ごくごく当たり前にチェーン店を継がせようとする職人と結婚させられそうになったの。あたしはそれが嫌で、二十代の初めは、六本木のキャバクラに勤めてたこともあるんだよ。だけど、結局は足を洗った。だって、水商売って若くないと勝負できないんだもの。だから、深川に帰って来て、親にいっちゃん働き者の亭主を選んで貰って、結婚したんだよね。亭主は年がいってるけど、真面目ないいヤツで、頑張ってマンションも買ってくれたし、美雨も可愛がってくれる。あたしのことも自由にさせてくれるし、いい人だと思うよ。でも、何か違うなあ、面白くないなあ、このまま終わるのかなあ、と思ってた。ママ友たちと話してても、みんな上品でしょう？　何か違う、と思ってたの。あの人たちの興味って、口には出さないけど、お受験じゃない。子供の未来を考えることが、自分の未来に繋がると信じてる。でも、あたしは真似できないなあ、と思ってたの。だって、あたしの人生は美雨の人生じゃないもん。あたしの人生はあたしだけのものだもの。そしたら、あの人に会ったんだよね。いぶパパ。竹光晴久《はるひさ》っていうの。あたしはハルって呼んでる」

「だけど、人のダンナさんじゃない」

有紗は合いの手を入れた。

「わかってるよ。それも、いぶママのダンナだよ。あのママ友たちの中で、いっちゃんカッコよくて頭がよくて采配をふるう女のダンナ。やれやれだよ」

美雨ママはまたも嘆息するのだった。

「どうやって会うことになったの」

「それがさ」美雨ママが相好《そうごう》を崩した。「聞いてよ、有紗さん」

有紗は、美雨ママに名前を呼ばれて嬉しかった。ふざけて答えた。

「うん、聞くよ。洋子さん」

「洋子でいいよ」

「じゃ、有紗でいい」

有紗の声は聞こえなかったのか、美雨ママの返事はなかった。急速に酔ったらしく、顔が赤らんでいた。美雨ママは、独り言のように喋りだした。

「ディズニーランド行ってから、数週間経ってたかな。朝、美雨と一緒に公園に行こうとマンションを出たら、マンションの外にハルが立っていたの。びっくりしたよ。紺色のジャケット着てね。お洒落なトートバッグを肩に掛けて、行ったり来たり、迷ったような様子で立っていた。『あ、おはようございます』って、あたしは挨拶したのよ。そしたら、ハルが

『これから会社に行くので』って、駅の方角を指したのよね。今、思えば言い訳だと思うけど、あたしは本気にして、『そうですか、偶然ですね。行ってらっしゃい。あたしたちはこれから公園に行くから、いぶきちゃんに会いますよ』と言った。そしたら、真剣な顔をしてこう言ったの。『よかったら、携帯のメアド教えてくれませんか』って。あたしは驚いて聞いた。『別に構わないけど、どうしてですか』って。そしたら、『もうちょっと話したかったから』って恥ずかしそうに言うじゃない。びっくりしたよ」

「それでどうしたの」

有紗は、美雨ママのレンガ貼りのマンションを思い出しながら聞いた。あの時代遅れのマンションの前に、大胆にもいぶパパは立っていたのだ。

「赤外線でメアド交換して別れたの。そしたら、すぐにメールが来た」

美雨ママは、黙ってポケットから携帯を取り出して、昔の受信メールを見せてくれた。

今日は会えて嬉しかった。
こんなことをしてはいけないのはわかっているけど、あなたにまた会って、ゆっくり話したい。
いつなら会えますか?
でも、無理はしないでください。

朝、あなたが出て来た時に、ちょっと立ち話するだけでもいいです。

　晴久

「洋子の返事は？」

有紗の問いに、美雨ママは無言で返信を見せてくれた。いつものメールには絵文字や顔文字が踊っているのに、何もないのが真剣味を感じさせた。


メールありがとう。

とても驚きました。

でも、私もまた会いたかったから嬉しかったです。

私がマンションを出るのは、いつも午前十時頃です。

明日会いましょう。

　YOKO

美雨ママは、携帯の画面を愛おしそうに撫でてから喋り続ける。

「それからずっと毎日、マンションの前で会ってたの。美雨だって気が付くから、すごく気を遣ってね。まるで通勤の途中でばったり会って、立ち話をしているみたいに装ったの。だから、交わす言葉もふたことみことだった。『今日のTシャツは可愛いですね』とか、『お仕事忙しそう』とか、そんな感じ。あまりエントランス前で会うのが続くのがまずい時は、砂場で擦れ違ったりするようになった。そのうち、それではお互いに飽き足らなくなったのよ。だから、あたしがメールしたの」

美雨ママが送信メールを見せてくれた。


たまには、二人きりで会いませんか？

美雨は妹が見てくれるから、3、4時間は大丈夫です。

場所、考えておいてください。

YOKO

ありがとう。無理をさせちゃいけないとわかっているんだけど、僕の方も二人きりで会いたいと願っていました。

嬉しいです。

では、8日の6時はどうですか。

銀座で食事しましょう。

晴久

「すごいね。本当に、いぶパパなんだ」

メールの現物を見せられて、有紗の胸に羨望が広がった。あんな素敵な男が、毎朝会いに来て、デートに誘ってくれるなんて。

「それがおかしいの。初デートは、銀座の鮨屋だったの。勿論、TAISHO鮨チェーンなんかとは比べものにならないような高級な店だった。あたしは、一生懸命働いているダンナのことを思い出したよ。あの人はこういう店でシャリを握ることは一生ないし、こんな高級マグロを切ることもない。なのに、あたしは他人の亭主と美味《うま》い鮨を食ってるんだって。その時、開き直ったというか、もうなるようになれ、と思った。でもね、面白かったのは、ハルもあたしと同じだったんだって。あたしが、ディズニーランドに行く時に初めていぶパパを見て、人生間違ったと思ったように、ハルもあたしと会って、人生間違ったかもしれないと思ったたって言うの。勿論、裕美さん、いぶママのことよ。裕美さんは、できた女なんだって。JALのCAだったから美人だし、よく気が付くし、肝も据わってるし、もともと金持ちの娘で、勉強でもピアノでもバレエでも何でもできるんだって。だけど、ハルが好きなのは、あたしみたいに生きがよくて、何でもはっきり言って、飾らないまっすぐな女なんだって。だから、どうしても惹《ひ》かれていくって言うんだよね」

「お互い別れたら？」

有紗はおずおずと提言した。

「無理よ」と美雨ママははっきりと言う。「ハルはBWTを買うために裕美さんの家に頭金を出して貰ったし、ローンも組んでしまったし、もう引き返せないって言うの。それに、いぶきちゃんはお受験まっしぐらだから、離婚なんかしたら受からないよ。ハルは優しいから、家族が不幸になるようなことはできっこない」

美雨ママは暗い面持ちで言った。すると、いきなり、トモヒサが二人の間に割り込んで、肩を抱いた。

「ねえねえ、お二人さん。俺、早めに終わるからさ。飲みに行かないか？」

「あ、時間過ぎてるよ」と、有紗は腕時計を眺めて言った。

美雨ママの話を聞いているうちに、うっかり門限を忘れてしまっていた。美雨ママが妹に電話を入れて、延長して貰っている。

「二人とも寝てるってさ」

「だったらいいじゃん。久しぶりに行こうよ」

結局、トモヒサに強引に誘われて、三人で二軒目に寄り、一時間ほど呑んだ。途中、美雨ママの携帯には何度もメールが入って、美雨ママはその度に嬉しそうに微笑みながら返信を返すのだった。トモヒサは何ごとか悟ったのか、つまらなそうにタバコを吹かしてばかりで、有紗に話しかけることもしなかった。置いてけぼりを喰らったようで、有紗の気分も晴れなかった。

有紗と美雨ママが、タクシーで美雨ママのマンションに帰って来たのは十二時を回ってい
た。寝入っている花奈を引き取った有紗は、人気《ひとけ》の絶えた道をBETに向かってベビーカー
を押して歩いた。

海からの横風が強く、寒い上に侘《わび》しかった。美雨ママの充実した恋愛話を聞いたせいか、
冷たい夜風が身に染みる。自分だったら、いぶママの夫を奪うような真似ができるだろうか。
有紗は自答した。意外とできるかもしれない。有紗は、海側に建つ西のタワーを見上げなが
ら、美雨ママから、自分たちは「公園要員」だと言われた痛みを思い出している。

それにしても、つくづく自分は孤独だと有紗は思った。頼りになる夫もいなければ、優し
い愛人もいない。二人きりだね、と有紗は眠っている娘に話しかけた。冷たい風にも気付か
ず、花奈は固く瞼《まぶた》を閉じて眠っていた。

3　さよならの夢

有紗はようやくタワマンに帰って来た。深夜のエントランスホールに、人影はまったくな

い。必要最低限の照明が灯《とも》されたロビーは、昼間と打って変わって薄暗かった。有紗は何かに追われているような気がして、小走りでエレベーターに向かった。

窓の外なんか見まい、と必死に前を向いて歩く。外は真っ暗で風が吹き荒れ、海でざわめく白波《しらなみ》の音もここまで届くかのようだ。ロビーはまだ安全ではないのだから、一刻も早く、あの中空に浮かんだ自分の部屋に戻らねばならない。甘い恋に浮かされた美雨ママの吐息を聞かされているうちに、自分だけが暗い荒野に一人取り残された気がして、寂しくてならなかった。

熟睡している花奈が、ベビーカーの上で右に左に揺れている。月齢より小柄な花奈でさえも、近頃はベビーカーになど乗りたがらない。なのに、重い荷物を持てるようにと無理やり乗せて買い物に行ったり、気の合わない美雨ちゃんの家に強引に連れて行ったり、と娘の意に染まないことばかりしている。車もないし、手伝ってくれる夫もいない。だから、まるで荷物みたいに運んでるね。花奈ちゃん、ごめんね。何もかも、ごめんね。

有紗は改めて疚《やま》しさを感じた。疚しさ。常に後ろを振り返っては、誰かが自分の背に指を突き立てていないか、確かめてばかりいるのはどうしてだろうか。誰かに非難されることを、殊の外、怖がっている自分。「だらしのない生活」という手紙の語句は、まさしく有紗の脆《もろ》い心を直撃しているのだった。

有紗は一階で停止していたエレベーターに乗り込んで、二十九階のボタンを押した。あとはエレベーターが運んでくれるだろう。ほっとして、赤らんだ頬を押さえた。その瞬間、冷たい外気の匂いをさせながら、中年男が飛び込んで来た。男は先客がいたことに驚いて、「あ」と声を上げた。有紗たちがいるのを知っていたら、別のエレベーターに乗ったのに、という後悔を隠さない。

有紗も、挨拶もせずに目を逸らした。互いに、誰にも会いたくない時に現れた闖入者《ちんにゅうしゃ》に、気詰まりな思いを抱いているのはよくわかるのだった。かと言って、今さら乗り換えることもできない。

有紗は、部屋も名前も特定されたくない、とじっと俯《うつむ》いて顔を隠していた。だが、男がちらりと横目でベビーカーを見ているのを感じる。またも、疚しさが募る。遊んでいる母親、と糾弾されるのではあるまいか。

男も酔っていると見えて、ドアの方を向いたきり硬直したように振り返らなかった。この男が、あの手紙を書いた当人だったらどうしよう。有紗は怖ろしくなってエレベーターの隅にじりじりと後退《あとずさ》った。やがて、二十八階に着くと、男は後も見ずに、ドアの閉ボタンを押しながら暗い廊下に消えて行った。

「挨拶もしない、失礼しちゃうよね」

その一階上、二十九階で降りた有紗は、誰にともなく呟きながら歩いた。小さな呟きは、強い風の吹き荒れる開放廊下の暗がりに四散していく。廊下の右手から下を覗けば、四角く囲まれた中庭が見えるだろう。誰も入らない虚ろな中庭は、闇に溶けて底が見えなくなり、奈落のようだ。

部屋は、真っ暗で冷えていた。有紗は照明を点けて回ってから、エアコンを「強」にして暖めた。それから、玄関先に置かれたベビーカーで眠っている花奈の元に戻り、靴を脱がせた。途端、寝ぼけ顔の花奈が目を開けて、怯《おび》えたように周囲を見回した。

「花奈ちゃん、おうちに帰って来たから、もう大丈夫だよ」

花奈がほっとした表情でまた目を瞑《つむ》った。有紗は、力の抜けた花奈を抱き上げてベッドに運んだ。カーディガンと靴下だけ脱がせて、そのまま羽毛布団を掛けてやる。

有紗はようやく緩んだ気持ちになれて、ソファに腰を下ろした。今頃、美雨ママは何をしているのだろう。年上の夫に隠れて、いぶパパから来たメールを、何度も読み返しているかもしれない。

誰にも知られてはならない秘密を、自分だけが担がされた重みに喘《あえ》いで、有紗は美雨ママを少し恨んだ。その小さな恨みは、いぶママへの深い同情に変わり、あんなに素敵ないぶママでさえも、夫に裏切られているんだと思うと遣《や》り切れない気持ちになった。とはいえ、いぶママたちが、自分と美雨ママを「公園要員」と切り捨て、三人だけでどこかに出掛けているかと思うと、悔しさに身悶《みもだ》えもする。誰もが充実しているのに、自分だけが寂しく侘《わび》しい生活をしているようで気が滅入った。こんな激しい気分になるのは酔っているからだろうか。

有紗は、冷蔵庫からミネラルウォーターのペットボトルを出して、数口飲んだ。

午前一時半。有紗は、携帯電話に保存してある写真を眺め始める。小さな赤ん坊の花奈を、おっかなびっくり抱く俊平。膝の上に乗せた花奈の顔を覗き込む俊平の横顔。Tシャツには、猿がサーフィンをする馬鹿げたイラストが描いてある。有紗からの誕生日プレゼントだった。その年、自分は俊平からアメジストのピアスを貰ったっけ。

ほんの三年前のことなのに、今、俊平は自分との会話さえも拒んでいる。悔しさとも悲しさともつかない感情に囚われ、有紗は首に掛けたフェイクパールのネックレスをぐいっと摑《つか》んだ。

ウィスコンシン州は、今頃、午前十時半だ。日曜の午前中、俊平は何をしているのだろう。急に俊平の日常生活にずかずかと入り込んで引っ掻き回したい、乱暴な欲求が募ってくる。気が付くと、有紗は携帯電話をかけていた。

ルルルルル、ルルルルル、と海外特有の軽いコール音が数回鳴っている。有紗からと知って、俊平は体を固くしているに違いない。それとも、苛立《いらだ》ちながら、コールが止むのを待っているのか。日曜の午前中だから、誰かと一緒に過ごしているかもしれない。そこまで想像すると、有紗の中を、屈辱が渦巻く。だったら、あまりにも理不尽だと。自分はいぶママと同じか。だから、留守番電話に切り替わった時も、冷静な声で喋れるかどうか不安だったが、迷わず吹き込めたのは、やはり酔いのせいだったのだろう。

「もしもし、あたしです、有紗。久しぶりですね。この前、電話したのは、いつだったかしら。確か夏頃だったから、もう三カ月以上も経っているのね。相変わらず、何の連絡もなくて、正直、苛立っています。話し合いがなければ、事態は何も進展しないんだから、このやり方は卑怯《ひきょう》だよ。この間、あなたのお父さんとお母さんに会いましたよ。お二人に、花奈の幼稚園のことを相談させて頂きました。花奈のお友達はみんな、お受験を考えて、プレスクールとかに行かせてます。プレスクールというのは、幼稚園に入る前にお行儀を習ったり、簡単なお勉強をしたりするんだそうです。プレスクールに行かないと、受験幼稚園には受からないと言われていて、受験幼稚園の出身じゃないと、基礎ができていないから、私立の小学校には受からないんだそうです。あなたはアメリカにいるから知らないでしょうけど、日本はこうなっているのよ。アメリカも辛いかもしれないけど、こちらはこちらでみんな大変なんです。日本で生きる人生ってハードよ。いや、東京で生きていくことかもしれないけど」

そこまで吹き込んでから、有紗は言葉を切った。花奈の幼稚園について喋っているのに、まるで自分の話みたいだと思った。思い直して耳に電話を押し付けた。すると、切れた音がした。留守番電話の時間切れらしい。有紗は、虚しさに負けまいと歯を食いしばり、もう一度電話をした。今度は電源が切られているだろうと覚悟していたのに、再び繋がった。有紗は気を取り直して吹き込んだ。

「電源切らないでくれてありがとう。途中になったから続けますね。幼稚園は三年保育に入れないと。途中からの二年保育じゃ苛められるんだって。だから、あなたも知らん顔しないで、相談に乗ってくれないかしら。お金もかかるし、いつまでもアメリカに行ったきりの片親家庭じゃ、周囲も怪しみます。近所に、お友達も出来たけど、あたしたち親子に何が起きているんだろう、とみんな不思議に思っているのがわかるの。あなたに、あたしたちをそんな目に遭わせる権利はあるのかな。あたしをこんなに苦しめる権利はあるのかな。この間、あなたのご両親は、あたしに離婚を勧めたの。確かに、このままだったら、離婚した方がいいんだと思うよ。正直に言うけど、あたしはあなたが好きだったわ。あなたといる時は本当に楽しかった。花奈が生まれて嬉しかったし、あなたの妻になれて本当に幸せだと思ったのよ。だから、聞きたいの。あなたはそんなやり方でいいの？　いくら何でもあたしに、いや、花奈に悪いと思わない？　岩見俊平って、酷《ひど》い夫で酷い父親なんですって、あなたの会社の人に言うことだってできるのよ。これまで我慢していたけど、思い切って言いましょうか？　現に、あたしの両親は業を煮やして、そうすべきだって言ってます」

最後の言葉は嘘だった。新潟の両親は、「俊平さんの気持ちが収まるまで待ってなさい」という極めて消極的な案を口にするだけだった。

「あーあ。溜息が出るわ。もうあなたと話すの疲れちゃった」思わず呟いてから、苦笑して時間を確かめる。午前二時だった。最後は切り口上で締めくくる。「もう寝ます。さよなら」

朝方、有紗は奇妙で悲しい夢を見た。有紗が美雨ママとどこかの飲み屋で酒を飲んでいると、そこにトモヒサや由季子がやって来る。有紗は、由季子に花奈を預けたはずなのにと怪《け》訝《げん》に思い、尋ねる。

「あれ、うちの花奈はどこにいるの」

「花奈ちゃんは、外で遊んでいる」

由季子がそう言うので、不安になった有紗は外に出て行く。すると、そこはららぽーとの裏の広場だった。花奈が海辺に立って、夜の海を眺めていた。有紗は不安になって駆け寄りながら言った。

「花奈ちゃん、海に落ちたら危ないから、こっちにおいで」

「パパがむかえにくるの」

花奈は回らない口でそう言わなかったか。有紗が驚いて花奈の側に行こうとすると、海の方から海洋大学の大きなカッターが凪《な》いだ海をやって来るのが見えた。カッターは、かけ声をかけながら、花奈の立っている岸壁にふわりと横付けした。

案の定、カッターの舳先《へさき》に俊平が立っていた。見覚えのない白っぽいコートを羽織って、腕を広げている。

「花奈ちゃん、おいで。パパがアメリカから迎えに来たよ」

「やめてよ、俊ちゃん」

有紗は間に入って、何とか花奈が攫《さら》われるのを防ごうとするのだが、花奈はふわりと簡単にカッターに乗ってしまう。

花奈を抱き上げた俊平が、冷ややかな眼差しで有紗を見下ろしている。

「やめて。花奈を連れていかないで」

有紗は必死に叫んだが、花奈はにこやかな表情で手を振る。

「ママ、さよなら」

「嫌だよ、花奈ちゃん。ママ一人になるの、嫌だよ。花奈ちゃん、行かないでよ」

「ママ、さよなら」

花奈は、小さな手をひらひらさせた。

「行かないでよ、ママ嫌だ」

「ママ、さよならだよ」

花奈は気の毒そうに有紗を見て言った。


有紗は涙を流しながら目覚めた。夢だとわかっていても、涙が止まらなかった。ふと見ると、心配そうに花奈が横から見下ろしている。昨日の服のままなのが、哀れだった。

「ママ、どうしたの」

「あ、花奈ちゃん。ママね、とっても悲しい夢見た」

有紗は起き上がって、花奈を抱き締めた。愛おしさで切ないほどだった。こんな夢を見たのは、昨夜、俊平の留守番電話に長々と吹き込んだりしたからだろう。現実が夢にまで侵食して、心を苛《さいな》む。俊平が本気で花奈を取り上げたらどうしようか。有紗はまたも涙を流した。

「ママ、どんなゆめ？」

有紗に抱かれたままで、花奈が尋ねる。

「あのね、花奈ちゃんとさよならする夢だった。花奈ちゃんがね、海の側にいると、お船が迎えに来てね。花奈ちゃんがそれに乗ろうとするの。ママは止めるんだけど、花奈ちゃんはママに言うのよ。さよならって」

言う端から悲しくなって、有紗は洟《はな》を垂らしながらしゃくり上げる。子供っぽいとわかっていても、止まらなかった。すると、花奈が少し考えた後に言った。

「カナ、さよならしたくない。そんなゆめいやだよ」

「嫌だよね」有紗は花奈に言った。「絶対、嫌だよね。花奈ちゃんはずっとずっとママと一緒にいるよね」

うん、と頷いた花奈も悲しそうに目を伏せた。涙ぐんでいる。ああ、こんな小さな子供を泣かせてしまった。有紗の胸は痛みで塞がりそうだった。しかし、ただの船ではなくパパが迎えに来たのだ、と告げたら、花奈は何と答えるだろう。それでも、ママと離れたくない、と言ってくれるだろうか。試してみたい気がして、有紗は唇を噛む。

携帯メールの着信音が聞こえた。有紗はのろのろと枕元の携帯電話を取り上げる。果たして、美雨ママからだった。


おはよう。昨日はありがとう。楽しかったよ。

あたしは有紗さんに話して、少しすっきりしました。

でも、お願いだから誰にも言わないでね。

有紗さんは口が堅いだろうと信じてます。

ところで、花奈ちゃん、ロバのお人形、忘れてったよ。

今日、お砂場に行くのなら、持って行くけどどうしますか。メールちょうだい。


有紗は涙を拭き拭き、花奈の様子を見る。花奈は有紗の涙を見て、密かに怯えているらしい。目に不安の色が表れているのを認めて、有紗は幼い娘に悪いことをしたと反省した。

「花奈ちゃん、今日、お砂場に行くでしょう?」

「うん、かなちゃんのさべるもっていく」

シャベルに纏《まつ》わる手紙も思い出して、有紗の気持ちはいっそう沈むのだった。

4　上から目線

公園にふたつあるブランコのところに、ママ友と女の子たちが集まっているのが見えた。有紗と花奈に気付いて、皆が一斉に手を振った。悪夢に傷つけられ、沈んだ気持ちの有紗だったが、何となく嬉しくなって手を大きく振り返す。

真っ先に目に入ったのは、ユニクロのブルーのダウンベストを着た美雨ママだった。赤いピーコート姿は芽玖ママ。ベビーカーに手を添えている。寒がりの真恋ママは、茶のレザージャケットに赤いチェックの大きなショールを巻き付けていた。有紗は無意識にいぶママの姿を探したが、見当たらなかった。

「おはよう。今日は遅くなっちゃった」

爽やかな澄んだ声が後ろから聞こえた。有紗が振り向くと、いぶママがいぶきちゃんの手を引いてにこにこ笑っていた。ファー付きのミリタリージャケットに細身のパンツ、白のハイカットコンバース。茶のバッグを斜め掛けしているところは、まるで若い子みたいで可愛かった。

「あ、おはよう」

一瞬、嬉しさに心を騒がせた有紗はまごついて目を泳がせた。皆が手を振ったのは、後ろから来るいぶママたちにだった、と気付いたのだ。

いぶきちゃんは、華やかなフーシャピンクのダウンベストを着せられてご機嫌だった。有紗が屈んでいぶきちゃんのベストを褒めようとした途端、いぶきちゃんは仲間のところに一目散に走って行ってしまった。

「こら、いぶき。花奈ちゃんママにご挨拶しなきゃ駄目じゃない」

だが、いぶきちゃんは振り返りもしない。叱り声を聞いた花奈は、ちゃっかりいぶママに挨拶した。

「おはよう」

「花奈ちゃん、おはよう」

いぶママは、花奈に微笑みかける。花奈は、いぶママに手にしていたシャベルを見せた。

「このさべるね、おてまみあったの」

有紗はどきりとした。花奈はなぜ知っているのだろう。口が回らないだの、物言いが幼い、などと花奈の言語能力を気にしていたが、三歳を過ぎてから急に言葉をたくさん覚え、状況を読み取る能力が高くなった。侮れない、と警戒する。

「可愛いねえ、花奈ちゃん。おてまみだって」いぶママは白い歯を見せて有紗に笑いかけてから、花奈に向かって尋ねた。「花奈ちゃん、どんなおてまみだったの」

「あのねえ、かなちゃんのさべるをね、ひろいましたっていうの」

花奈は必死に構文を組み立てて喋った。花奈は、有紗が顔色を変えて何度も手紙を読み返す様を、どこで観察していたのだろうか。何も知らない三歳児だと思っていたが、これからは注意する必要がある。

「あら、そう。シャベル拾って貰ったのね。なくさなくてよかったね」

幸いなことに、いぶママはそれ以上聞こうとはしない。いぶきちゃんが走って行って、いきなり芽玖ちゃんが乗ろうとしたブランコを摑んだことが気になるらしい。

「いぶちゃん、順番。あなたは後からなんだから、並びなさい」

いぶママが叫ぶと、いぶきちゃんはブランコを摑んだ手を放した。いぶママは安堵したように、有紗を見た。

「ほんとに、いぶきってどうしようもないの。花奈ちゃんみたいにいい子だったら、どんなにいいかと思うわ。花奈ちゃんはきちんとご挨拶できるし、落ち着いているし、本当にお利口さんね」

いぶママは花奈を褒めちぎった後、無造作にポニーテールにした髪に手で触った。白のフレンチにしたネイル。サロンで手入れしてもらっているのだ。指輪はカルティエ。バングルはエルメス。

「そうかしら。うちの子、おとなし過ぎるでしょう。いぶちゃんみたいに活発だったらいいなと思うわ」

「そんなことないわよ。花奈ちゃんもママがいない時は活発だし、すごく元気よね」

いぶママが花奈に微笑みかけると、花奈は得意げに胸を張った。いぶママに褒められて嬉しいのだろう。子供にだってわかるのだ、いぶママが完璧なことは。センスがよくて気遣いがあって、優しく賢く美しい。

でも、いぶママの夫は、飾らない美雨ママの方が好きと裏切っている。有紗の中にある劣等感に、ほんの少し優越めいた感情が入って混乱する。

有紗は反射的に美雨ママの方を見遣った。四、五十メートルほど離れたところに両手をぶらりと下げて突っ立っている美雨ママが、いぶママを認め、苦しそうに顔を背けるのを目撃した。ほんとなんだ。美雨ママは、マジにいぶパパに恋をしているんだ。

突然、昨夜の俊平への電話が脳裏に蘇った。

『正直に言うけど、あたしはあなたが好きだったわ。あなたといる時は本当に楽しかった。花奈が生まれて嬉しかったし、あなたの妻になれて本当に幸せだと思ったのよ。だから、聞きたいの』

本当、本当と俊平に繰り返した自分。でも、果たして「本当」なのだろうか。「本当」に自分は俊平が好きなのか。美雨ママといぶパパのように、苦しくなるほど恋し合った時期などなかった癖に、「本当」に好き、と無理やり思おうとしているだけではないのか。

今まで、「本当」に好きな人に出会ったことなどあるのかしら。有紗はぼんやりとそんなことを考えている。美雨ママの恋愛の余波が及んだのか、久しぶりに俊平に電話したせいか、心が騒がしかった。

有紗が俊平と初めて会ったのは、五月の連休が終わった頃だった。バイト先の広告代理店の後輩、調子のいい梨香《りか》ちゃんに誘われて、「合コン」に出掛けることになった。

梨香ちゃんが言うには、知り合いの男性社員に、いろんな業種の独身男を集めるから、「ともかく女の子を調達してほしい、できれば可愛い子を」と頼まれたのだとか。聞いてすぐに有紗は、自分は員数合わせだと思った。可愛くはないし、センスだってよくはない。「知り合い」や梨香ちゃんは、きっとそういう企画で儲けているに違いないと思った。なぜなら、有紗は一万五千円も払わされたのだから。

でも、あの時の有紗は二十九歳。若くはなかったけれども、年を取っているほどでもなく、中途半端な年齢だった。どうやら自分は、バイトの身分から一生抜け出せそうにないことに気付いた頃だ。そのバイトだって、来年は契約切れでお払い箱になるのはわかっていたから、仕事に対する意欲はなくなりかけていた。しかし、田舎に戻るのだけは絶対に嫌で、何とか東京に永住したい、と必死だった。

すべてをやり直そうと新潟を出て三年。東京の生活には慣れたけれども、孤独から逃れる術があるとしたら、そして、この先も東京に住み続けられるとしたら、結婚以外に手がないのは自明の理だった。だから、員数合わせだとて、チャンスに懸けるべきだったのだ。

合コンの場所は、六本木のベトナム料理店の個室だった。男女合わせて二十人近く集まるということだったから、有紗は服装に迷った。悪目立ちは避けたいが、ダサいと思われても困る。ほどほどに気合いの入ったセンスのいい服など選ぶこともできず、また、新たに買う余裕もなく、確かＢＥＡＭＳで買った花柄チュニックに黒の短めパンツ、というおとなしめのコーディネイトで店に向かった。

昼間は暖かくても、夜になると冷えるから、と毛玉だらけの黒いカーディガンをそっとバッグに忍ばせたのを覚えている。あのバッグは確か唯一のヴィトンだ。お金がなくて、ブランド品は中古の店で買っていた。

いざ店に入ると、有紗はたちまち気《き》後《おく》れした。女たちはみんな、有紗よりも若くて美しく、明るく陽気だった。ギャルめいた格好をしている者は一人もおらず、ＦＯＸＥＹやＴＯＣＣＡなどの可愛いドレスを着て、センスのいいパールやビーズのアクセサリーを付け、プラダ、ミュウミュウ、エルメスなどのブランドバッグや靴をさりげなく身に着けていた。有紗は早くも敗北感でいっぱいになり、真ん中の席には近付こうともしなかった。自分程度の女が真ん中にしゃしゃり出れば、男からも女からも露骨に嫌な顔をされるだろうと思ったのだ。

その時、端っこで真っ赤な顔をして、ビールを呷《あお》っている俊平に気が付いた。俊平の周りには誰もいない。合コンで酔うなんて、空気の読めない男だ、と誰もがそう思ったのだろう。有紗はさりげなく近付いて話しかけた。

『こういうのって、何か気恥ずかしくないですか』

俊平は突然話しかけられたので、びくっとしたように有紗を見た。はあ、と頷いた後、『そうなんですよね』と呟いた。次第に嬉しそうに顔が輝くのを見て、有紗はこの男とずっと話していようと思った。

『あたし、合コンって初めてなんです。だから、勝手がわからなくて、どのくらい飲んだらいいのかとか、どのくらい食べたらいいのかもわからないし、悪目立ちしちゃいけないとか、いろいろ思うとガチガチになっちゃって緊張しているんです』

有紗は手にしたグラスを眺め、迷うように喋った。グラスには当然、ウーロン茶が入っている。

『同感です』

俊平がそう言って笑った。おでこが秀でて前髪が少しおでこにかかっている。目と目の間が離れ、ひと重瞼《えまぶた》のあどけない顔立ちをしていた。でも、背は高く、育ちの良さそうなところが何よりも気に入った。

『合コンに何度もいらしてるんですか?』

有紗は、俊平に生春巻を勧めながら言った。一人一本は当たるはずだが、皆、話に夢中なふりをして、食べようとはしなかった。

『いや初めてです』俊平は頭を掻いた。『ここだけの話、幹事にお前は員数合わせだとはっきり言われました。でも、合コンってどういうものか興味があるから来てしまった』

『あ、あたしも員数合わせですよ』

『いや、あなたは違いますよ。絶対に違う』

俊平が断固として言い張るので、有紗はいい気分だった。一本ずつ生春巻を頬張り、共犯めいた顔で笑い合う。それから、春雨サラダをひとくち食べて、『これ、辛ーい』と大袈裟に声を上げて眉を顰めた。俊平も同じ皿に箸を伸ばして『あ、ほんとに辛いね。駄目だ、俺、汗出ちゃう』と言ってくれた。

互いに食べ、飲み、それから二人は仕事の話をした。有紗は、広告代理店でアルバイトしていることを告げ、正社員になりたいのに会社のシステムとして許されないのだ、と仕事への意欲があるふりをした。

俊平はIT企業に勤めているけれど、忙しくて大変だから、知り合いのいる食品産業に転職しようかと思っている、でも、母親が転職には絶対に反対なんだ、などと話してくれた。三十一歳。町田に家があって一人息子だという。父親は一流企業のサラリーマン。母親は専業主婦。有紗は密かに、自分は俊平の母親に気に入られるだろうか、とそんな心配までした。

『普段だったら、こんな時間になんか帰れっこないんです』

俊平が腕時計を見ながら言った。九時だ。

『ええっ、じゃ今日はどうしたんですか』

有紗は大袈裟に驚いてみせた。

『合コンだから、帰らせてくれと上司に泣き付いたんです』

『じゃ、成果を上げないと駄目ですね』

確か、有紗はそう言って笑ったのだ。成果を上げたかったのは自分の方だったのに。

帰りしなに二人はメアドを交換し、有紗は黒いカーディガンを羽織って意気揚々と地下鉄で帰った。俊平と知り合えて嬉しかった。

翌週には有紗の方から誘って居酒屋でデート。その後は俊平が誘ってくれた。隔週末には飲みに行って、泥酔した俊平とラブホテルに入ること数回。

自分は、俊平が照れると酒を飲んで、容易に酔う男だと知っていたのではなかったか。首尾よく妊娠した後、出来ちゃった婚への突入だと小躍りした自分は、あのFOXEYやTOCCAのドレスを着た若い女たちに勝った、と優越感に浸らなかったか。でも、妊娠を告げた時、俊平はこう言ったのだ。

『よかった。こういう形でなきゃ、なかなか落ち着けないだろうと思ってた』

『どういう意味』

『いや、俺って優柔不断だからさ』

そうなのだ。俊平は優柔不断だったから有紗は結婚できたのに、今、俊平は別人のように決然と、離婚を迫っている。自分はそんなに許されないことをしてきたのだろうか。いや、そんなはずはない。俊平は子供だから、女の人生がわかっていないのだ。有紗は両手を冷たい頬に当てた。

「ほら、忘れ物」

美雨ママのハスキーボイスが聞こえた。我に返った有紗は、手に押し込まれたロバの人形を見遣った。晴子のお土産。どう贔屓目《ひいきめ》に見ても、可愛くも何ともないロバの縫いぐるみは、有紗の手の中で目を閉じ、フェルト地で出来た黒く長い睫《まつげ》を見せている。

「ありがとう」

「これ、どうしたの」

美雨ママが可笑《おか》しそうに聞く。

「ダンナのお母さんがデパートの物産展で買ってくれたの」

へえ、と美雨ママが肩を竦めた。こんなダサいの貰ってあなたも大変ね、という暗黙のサインを読み取った有紗は声を潜めた。

「メール来た?」

美雨ママが軽く首を振った。一瞬暗い顔をした後、有紗を責める。

「ねえねえ、それよっかメールの返信忘れちゃったでしょう?」

「あ、ごめん。忘れちゃった」

二人でこそこそ話していると、ブランコの順番を待っていた美雨ちゃんが、回らぬ口で皆に言い放った。

「ママとかなちゃんのママね、のみにいったんだよ。みうとかなちゃんね、ゆっこおばちゃんといっしょにおるすばんしてたの」

立ち話を始めたいぶママたちが、あら、という表情で振り向いた。すると、花奈も負けずに喋ろうとする。

「ゆっこおばちゃん、おうたがじょうずなの」

ねえ、と美雨ちゃんが花奈と声を合わせて頷いた。美雨ちゃんが、マイクを握った真似をして喋る。

「うん。みうちゃんのまいくもってね、いろんなおうたうたってみせるの」

いつもは仲がよくない二人が急に接近し、競い合って喋ろうとするので、いぶママたちが面白そうに身を乗り出した。

「わー、飲みに行ったの。いいな。どこに行ったの」

有紗の脇腹を突いて聞いたのは、真恋ママだった。真恋ママは、BWTグループの中では、一番気が合う。花奈が好きなのも、おっとりした真恋ちゃんだ。真恋ママは、すばしこそうな芽玖ママと違い、グループ内では一番太めで優しい面立ちをしている。実家は、伊勢《いせ》の方の牛肉屋で、以前、実家の商品だという、牛肉の佃煮を貰ったことがあった。そのせいか、豊かな感じがした。

「今度、あたしも誘ってよ」

真恋ママは、カラオケのマイクを持つ真似をした。

「カラオケに行ったんじゃないのよ」

「へえ、完全な飲み会だったの？　二人で何を話したの」

真恋ママが、腕組みをして聞いてきた。有紗はちらりと美雨ママを見遣った。美雨ママは、難しい顔をしてメールチェックをしている。いぶパパからメールが来ないのだろう。

「いろいろ。子供の幼稚園のこととか」

有紗は適当に言っていぶママの方をちらりと見た。いぶママは、芽玖ママとひそひそ何ごとか相談していた。

「花奈ちゃんはどこの幼稚園にするか決めたの？」

「まだ。迷ってるの」

嘘だった。花奈が行ける幼稚園と言ったら、近所のわかば幼稚園しかない。公立小学校に行く子供が選ぶコースだった。私立を目指すＢＷＴグループは選ばないだろう。

真恋ママは、微妙な話題を避けようと思ったのか、思い出したように明るい声で言った。

「そうそう、今度みんなでクリスマスパーティを盛大にやりましょうって言ってたの」

「あら、いいわね。やりましょうよ」

有紗が同調すると、真恋ママが左手の結婚指輪をいじりながら言った。

「みんな大きくなって公園遊びでもないじゃない。幼稚園もきっとばらばらだし、過ごし方も変わってくるでしょう。それじゃ寂しいからパーティやろうってことになったの。ラウンジ借りるか、誰かのうちでやるか」

公園要員はそろそろ必要ない、ということだろうか。わかってはいたけれども、有紗は切られるような痛みを感じた。俊平に切られる痛み。BWTグループに切られる痛み。タワマンの住人に切られる痛み。切られて捨てられてばかりいる自分。有紗はアスファルトで固められた地面を見ながら言った。

「ところで、真恋ママに聞きたいんだけどさ」

「何?」と、真恋ママは人の好さそうな目を向ける。

「真恋ちゃんの真恋ってどういう意味」

「嫌だ、何言うかと思った。決まってるじゃない。あたしとパパは真実の恋で結ばれたから、その子供は真恋だって」

真恋ママは屈託のない笑い声を上げた。

「すごいなあ」

臆面もなくのろける真恋ママに、有紗は気圧されて呟く。

「すごいかなあ」

真恋ママは首を傾げた。

「男の子なら、何て付けるつもりだったの」

「真実の恋の人で、まこと」

有紗は思わず吹きだした。いつもは当たり障りのない話しかしない真恋ママと、珍しく話し込んでいる。俄に興味を感じて、もっと突っ込んだ話をしたくなる。

「ねえねえ、真恋ちゃんママっていつも暖かそうにしてるけど、今日暖かいから暑くない？」

暖かい日なのに、真恋ママは茶のレザージャケットの前ボタンをすべて留め、丸い顎を埋めるようにして、大きなショールを巻き付けていた。

「埋め立て地は風が冷たいんだもん。埃っぽいし」

新潟で育った有紗には、関東地方の風は確かに乾いて冷たい。けれども、新潟の湿り気を帯びた冷気よりは、遥かに好ましく感じられるのだった。新潟の冬の風は、大陸から運ばれて来る、凍《い》てついた大地の匂いがするからだった。

「海風だからかしら。真恋ちゃんママは、海が嫌いなの？」

「そんなことないよ。だって、いつかは逗子《ずし》か鎌倉《かまくら》に住みたいねって、主人と言ってるくらいだもん。うちの主人って、若い時に外房《そとぼう》でがんがんサーフィンやってたんだって。笑えるでしょう、今はあんなお腹出てる癖に」

真恋ママは、目で子供たちを追いながら、おどけて答えた。真恋ママの旦那様は、堅いメーカー勤めとやらで、ダークスーツ姿しか見たことがなかった。

「へえ、カッコいい」

いやいや、と真恋ママは笑い顔を向けた。

「でもさ、湘南《しょうなん》に住んだら、学校の選択が限られちゃうでしょう。だから、『格落ち』だけど仕方ないねって、主人が言うの。ここは便利だもの。真恋の学校が決まって、せめて小学校高学年になるまでは、しばらくこっちで頑張ることにしたの」

格落ち。そんな言葉がいとも簡単に放たれたので、有紗はどきりとした。有紗は、都内のタワマンに住めて嬉しかったのに。真恋ママは、有紗の表情に気が付いたのか、笑ってごまかした。

「あ、言い過ぎちゃった。言葉の綾だから気にしないでね。だって、ここはチョー便利だもん。何を取るか、じゃない？」

「そうだよね。銀座まですぐだしね」

有紗は話を合わせるふりをした。銀座は、運河を隔てたすぐ対岸にある。子供を都心の私立小学校に通わせるには、都下の住宅街や湘南より、よい立地であることは間違いなかった。

勿論、有紗だって、この地に住むことになった時、いずれは花奈を都心の私立小学校に通わせたい、とうっすら考えたのではなかったか。いや、今でも考えている。

「ほんと、すぐそば」

はからずも本音を喋ってしまったらしい真恋ママは、適当に調子を合わせて、バッグの中からお茶のペットボトルを取り出し、口を付けた。

有紗は、真恋ママの横顔を眺めた。ゴールドのフープ型のピアスが、ショールに押し上げられて捻《ねじ》れ、真恋ママのふっくらした耳たぶを折っている。

有紗は、俊平から誕生祝いに貰ったアメジストのピアスを思い出した。華奢《きやしや》な金鎖の先に、涙の粒のような紫色の石が付いていた美しいピアス。あんなに大事にしていたのに、片方だけなくしてしまったのは、ショールに押し上げられたせいだった。ピアスはペアでなければ意味がないのに。そう、夫婦のように。

「ねえねえ、じゃ、花奈ちゃんて名前は？」

いきなり真恋ママに聞かれて、有紗は戸惑った。

「花奈がどうしたの」

「やだやだ、しっかりして」

真恋ママは大袈裟な声で、有紗の肩を叩いた。

「ごめん、何だっけ」

「どうして、子供にその名前を付けたのかって話、してたじゃない」

ああ、そうだった。有紗は我に返った。「真恋」という変わった名前の由来を聞いていたのが、いつしか受験の話になったのだ。

「うちはね、主人が付けたの。『花』という漢字が好きだから、万一、女の子を持つことがあったら、その字をどうしても入れたかったんだって」

「へえ、ご主人が？　いい話だね」

が、有紗は、昨夜のことを思い出して虚しくなっている。花奈が生まれた時、俊平は涙を流して喜んでくれたのに、それがなぜ、こんな沖へ沖へと流されるように、岸辺から離れて行ってしまうのだろう。

「『いぶき』って名前も、実はうちの主人が付けたのよ」

いつの間にか、傍らで二人の会話を聞いていたらしい、いぶママが口を挟んだ。

「いぶきって、あの『息吹』から取ったんですか？」

有紗はいつしか丁寧語を使っていることに気付いて、唇を嚙んだ。だが、いぶママは気付かない様子だ。

「そう、『若い息吹』とか、そういう言葉あるじゃない。それと同じなの。風向きとか気配とか、そんな意味なんだって」

「いい名前だよね。ありそうでないし、男とも女とも付かなくて。それに平仮名だから、いいんだよね」

真恋ママが言った。

「そうそう、中性的よね。きりっとしてて、カッコいい名前だと思う」

ベビーカーを押した芽玖ママも横に来て、口を挟んだ。いつしか、いぶママを囲んで、皆が賛辞を言うような形になっていた。

「うちの主人って編集の方だから、そういう言葉に凝るのよ」

「マスコミだもんね」と芽玖ママ。

「さすがによく言葉を知ってるね。うちなんか、そんな言葉があるのも知らないんじゃないかな」

真恋ママの台詞に、「まさかあ」といぶママが大きな声を上げたので、皆で笑った。ベビーカーに横たえられた芽玖ちゃんの弟が、母親たちが楽しげに談笑しているので、仲間に加わりたいのか、手足をばたつかせている。

「ねえ、何の話してんの」

美雨ママがやって来て尋ねた。機嫌が悪そうに腕組みしているので、有紗は内心はらはらした。

「子供の名前の話をしてるの」

「へえ、そう」と、美雨ママが気のない返事をした。

「ねえ、『美雨』って名前は誰が付けたの」

真恋ママが尋ねた。美雨ママが大きな目をぎょろりと真恋ママに向けた。

「あたしよ。いい名前でしょ？　響きもいいし」

自画自賛する美雨ママの態度に、誰もが真剣に頷いて見せたのに、真恋ママだけがくすりと笑った。真恋ママは、不用意に地が現れるところがある。

でも、有紗には、自分が「公園要員」と聞いて以来、真恋ママの正直さの方が信頼できるもののように映るのだった。他の二人は、本音を絶対に出さない癖に、陰ではそんな風に思っているのだろうか。

「美雨ちゃんて響きが可愛いよね。字も綺麗だし、美雨ちゃんは顔も可愛いから、とっても雰囲気に合ってると思うな」

いぶママが穏やかに言うと、そうそう、と他のママたちも同意した。

「うちも、そういう名前にすればよかったな。いぶきに言われるのよ。どうして、いぶちゃんだけ、『い、ぶ、き』って三つの音なのって。ほら、今の子って、みんな二文字じゃない。めぐちゃん、まこちゃん、みうちゃん、かなちゃん」

いぶママが、一人ずつ子供の顔を見て言った。有紗には、子供の名前の順が、いぶママの好むママ友の順に思えてならない。

「でも、いぶちゃんも大きくなったら、自分の名前がいい名前だってわかるんじゃない？」

適当に取りなすのは、いつも芽玖ママだ。

「今だって、本当はわかっているのよ」

真恋ママが自信たっぷりに言うと、皆がどっと笑った。いつの間にか、五人で輪になり、立ち話をしていた。傍目《はため》には、仲良しのママ友たちが井戸端会議に花を咲かせているように見えるだろう。

「そうそう、美雨ちゃんママ、今、花奈ちゃんママに言ってたんだけど、来年はみんな幼稚園じゃない。もしかすると、バラバラになるかもしれないから、今年のクリスマスパーティは盛大にやりましょうって、言ってたの」

真恋ママが、携帯のストラップをいじりながら言った。真恋ママのストラップは、女の子たちが大好きな、ANTEPRIMAのプードルだった。

「そうそう、持ち寄りでどうかしら。ローストチキンと、ロールサンドとかでいいんじゃない。あとケーキ焼いて。サラダも要るね」

いぶママが、美雨ママに笑いかけた。が、美雨ママは笑わない。

「そうか。うちだけ再来年だけど、みんな来年は幼稚園に入れちゃうんだね。花奈ちゃんのとこも三年保育にするわけ?」

有紗はどきりとした。俊平とこんな状態だから、まだ何も決まっていない、と答える方が正しいのだが、気持ちはいつも、一度口にしたことは訂正できずに、どんどん袋小路に追いやられるのだった。

「そのつもりだけど。だって、三年保育の方がいいって聞いたし」

「そうなんだって。二年保育で入ると、三年で入っているお友達とうまくいかないとか、いろいろあるらしいの。幼児教育って難しいね」

芽玖ママが、訳知りに断言する。

「だいたい集団生活の訓練ができていないのに、いきなり二年で来られても困るわよねえ。保育園からいらっしゃるお子さんもいるらしいの。信じられない」

はっきり言ったのは、真恋ママである。

「あら、保育園の何が悪いの。あたし、保育園育ちだよ」

美雨ママが、ますます態度を硬化させている。皆は、美雨ママが何に拘《こだわ》っているのかわからずに、困惑顔だ。

「ねえねえ、皆さん、幼稚園はどこにするの。近くの『わかば』？　それとも都心のブランド幼稚園？」

まるで皆の困る顔を見ていたいとばかりに、美雨ママがずばりと聞いた。微妙な問題なので、誰もが避けたり、曖昧にしていることなのに。

「うちはね」と言葉を切ってから、言ったものかどうか、という風に顔を見合わせたのは、いぶママと芽玖ママだった。それでも、有紗には、誠実な態度に見えた。

「まあ、なるべくだったら、馴染みのある学校に入れたいと思ってるんだけど、入るのは簡単じゃなさそうだし、そんなに大変な思いをさせていいのかとも思うし、でも、親ができることはしてやりたいと思うし。正直言うと、まだ迷ってるの」

「馴染みのある学校」とは、出身校のことだろう。

「悩んでいるってみんな口では言うけどさ。本当は決めてるんじゃないの？　だって、いぶちゃんママんとこだって、プレスクールに行かせてるでしょう？　それに、ご主人は慶應ボーイでしょう。いぶちゃんママはどこだっけ。聖心のお嬢様だっけ」

いぶママが啞然として美雨ママの顔を見たのを、有紗は見逃さなかった。今日の美雨ママは、なぜか挑戦的だ。

「いぶママは青学よ」

芽玖ママが余計な訂正をした。

「そっか、青学か。どっちみち金持ち学校だよね。いいな。いぶちゃんもそういうとこに行かそうと、考えてるんでしょう？」

「いや、わからない」

いぶママが怖《お》じたように首を振った。美雨ママが、ふざけて睨む真似をする。

「またまた。憎いなあ。みんなもう決めてる癖に、ごまかしちゃって。お願いだから、教えてよ。あたしも参考にしたいの」

「べつにごまかしてないのよ。本当に迷ってるだけ。どうするのが、いぶきにとって一番いいかって」

いぶママが、芽玖ママと真恋ママに、助けを求めるように交互に顔を見た。

「仲良し三人組で、同じ幼稚園にやるんじゃないの？　どこ」

美雨ママは攻撃の手をゆるめない。

「決めてないよ、それぞれだもん」

とうとう芽玖ママが苛立った風に叫んだ。

「はいはい、それぞれね。みんな秘密主義なんだから」と、美雨ママ。

「別に、秘密主義じゃないよ」

呆《あき》れ顔で真恋ママが抗弁した。すると、美雨ママの矛先は、いきなり有紗に向けられた。

「じゃ、花奈ちゃんとこはどこにするの。もう決めたんでしょう。だって、もう十一月じゃん。お宅は『わかば』？　それとも、都内の私立幼稚園？」

「うちは、主人がアメリカで育てたいって言ってるの。だから、迷っている」

思わず、口を衝《つ》いて出たのは、嘘だった。それなのに、姑の晴子が、花奈に付き添ってアメリカに行く姿を思い浮かべ、有紗は息苦しくなった。思わず花奈を見遣《みや》る。花奈はブランコの順番を待つ間、真恋ちゃんの持っているバッグの中身を羨ましそうに見ていた。真恋ちゃんは、ピンクのウサギのお財布の中から、ぴかぴかに光った十円玉を出している。

「アメリカ、いいじゃない？　ニューヨークって仰《おつしや》ったわよね？」

話が変わってほっとしたのか、芽玖ママが目を輝かせた。今さら、ウィスコンシン州とも訂正できずに、有紗は曖昧に頷く。

「ねえ、花奈ちゃんママって、英語できんの？」

美雨ママが、顎を突き出すようにして聞いた。

「できない」

有紗が苦笑すると、皆が引きつったままどっと笑った。

「でしょう？　母親ができなくて大丈夫かな」

美雨ママが勝ち誇ったように言う。

「どうするのかしらね」

有紗は苦笑した。が、内心は気を悪くしていた。同じ「公園要員」なのに、皆の前で馬鹿にされたと感じている。

「いぶちゃんママはできるよね。元キャビン・アテンダントだもの」

「何言ってるの。決まったことしか言えないわよ」

いぶママが冗談めかした。いぶママに何か手助けを、と有紗が口を開きかけた時、携帯が鳴った。発信元を見ると「ヒツウチ」とある。誰だろう。

「もしもし、もしもし」

相手は何も言わずに、有紗が必死に喋るのを聞いている気配がする。

「もしもし、ねえ、あなた？　俊ちゃん？」

顔を背けて声を潜め、必死に尋ねる。突然、電話の向こうで、「何してるの」という女の声が聞こえて、いきなり電話が切られた。誰だろう。まさか。まさか。

「やだ、どうしたの」

立ち竦んでいる有紗の腕を、美雨ママが取った。美雨ママの腕は骨が細い。有紗は、先ほどの屈辱を思い出して、その腕を振り払っていた。

「ねえ、どうしたのよ。大丈夫」

「あなたの方こそ大丈夫？」

思わず、そんな言葉が出た。美雨ママがはっとしたように暗い顔をした。


家に戻り、昼ご飯の支度をしていると、美雨ママから電話がかかってきた。

「あたし、さっきごめん」

「いいの。でも、どうしたの。洋子さん、変だったよ」

「うん、わかってる」

「あんなにいぶママに突っかかったら変だってみんな思うよ」

「何かさ、いぶパパにあたしみたいな愛人がいるってわかったら、いぶママはプライド傷付けられるんだろうなと思うのよ。そしたら、無性に腹が立ってきたの。だって、あたしって、あの人たち夫婦から見たら、格落ちの相手じゃない」

またしても格落ち。有紗は、振り向いて窓の外を眺めた。向かい側には企業の入った高いビルがあって、空は見えなかった。

「何か、上から目線なんだよね」

美雨ママの声を聞きながら、有紗は背伸びして空を探した。

第三章　ハピネス

1　非通知

朝から冷たい雨が降っていた。自然、公園遊びは中止になったが、いつものように、ラウンジで集合しましょうよ、という声は一向にかからなかった。

いぶママたちは、昨日の美雨ママの態度に腹を立てているのかもしれない。有紗《ありさ》が気にしていると、美雨ママから、謝罪のメールが来た。


おはよう。ユーウツな雨だね。

昨日はごめんね。あたし、何かヘンだった。

見えない壁があることはわかっているの。

でも、あの人たちは、その壁をもっと高くしているように感じたんだ。

どうせ最初から仲間に入れてもらってないんだから、そんなの放っておけばいいのにね。

でも、あたしってつい言っちゃうんだよ。

KYだったと反省してます(笑)。

ごめんねついでに、ららぽでランチしませんか?

YOKO

ランチに行くべきかどうか。有紗は何と返信していいかわからず、考え込んだ。強気で率直な美雨ママも、「公園要員」と言われたことに傷付いていたんだと同情する反面、言っても詮ないことを敢《あ》えて口にしたことに、反発も感じるのだった。

結い上げた髪も、時間が経てばほつれ落ちてくるように、この小さな集まりが少しずつほらけてきているのは事実だった。

三歳ともなれば、個性が強くなる。みんなで仲良く遊ぼうね、と母親が言って聞かせたところで、気の合う者同士が固まってしまうのは致し方ないことだ。

いぶきちゃんはおとなしい芽玖ちゃんと仲良しで、いつも一緒にいる。そこに美雨ちゃんが入ると、我《が》の強いいぶきちゃんと美雨ちゃんは、すぐに衝突する。

そんな時、芽玖ちゃんは必ず、いぶきちゃんに味方をするのだった。二人の強い絆に閉め出された形になった美雨ちゃんは、今度は、真恋ちゃんと花奈のところにやって来て、腹いせのように八つ当たりすることがある。

真恋ちゃんと花奈は、いぶきちゃんの仲間に入れてもらえないから、仕方なしに一緒に遊んでいるだけで、さほど仲がいいというわけではない。だから、美雨ちゃんの横暴に対して、二人で共闘してまで戦おうという気もない。

美雨ちゃんの態度に白けた二人は、それぞれ一人遊びを始めてしまい、空回りした美雨ちゃんはだだをこね始めて泣き叫ぶ。そして、仲間うちでますます孤立を深める、というのがパターンになりつつあった。

美雨ママが「反乱」を起こしたのは、やんちゃな美雨ちゃんが、子供たちにそっぽを向かれだしたという不満もありそうだった。

しかも、美雨ちゃん以外の四人は、今年度じゅうに三歳になる。三年保育を選ぶなら、十一月中には幼稚園を決めねばならない、微妙な時期に入っていた。何でも口にする美雨ママにとっては、誰もが本音を言おうとしない重苦しさに、苛立《いらだ》ちを感じたのだろうか。

が、それもまた、乱暴ではあった。ママたちが本音を言おうとしないのは、幼稚園選びによって、その後の小学校受験の目論見《もくろみ》が見えてしまうからだ。

目論見が見えたとしても、成功さえすればいい。だが、それは最後までわからないから、万が一、失敗した時に他人の好奇心から子供を守るためには、本音や本心は絶対に言ってはならないのだ。

美雨ママは、その掟《おきて》を敢えて破ろうとしたとしか思えなかった。そして、いぶママへの個人攻撃。有紗は、美雨ママを助けたいのだが、いぶママたちに、美雨ママの仲間だと思われるのは嫌だった。

それに、肝腎の花奈が美雨ちゃんを苦手としていることもある。子供同士の確執があると、それは必ずや母親の人間関係にも跳ね返って影響を及ぼすのだ。そして、美雨ママの恋愛という事情を知らされた自分は、どう振る舞ったらいいのだろう。

有紗は、花奈を振り返った。花奈は朝からテレビの幼児番組を見たり、絵本を眺めたりしてのんびり過ごしている。小さな背中が何となく緩んでいるように見えるのは、友人関係から逃れられてほっとしているからかもしれない。幼いのに頑張っている娘。有紗は花奈が愛おしくなって声をかけた。

「花奈ちゃん、今日は雨降りでつまんないね」

花奈は首を巡らせて窓の外を見た。

「あめふってるの？」

「そう。今日は寒いからおうちにいようね」

「あめ、よくみえないね。ママ」

有紗は苦笑した。確かに高層階からは、雨は水の筋でしかないからよくわからない。有紗が子供だった頃は、雨降りの実感はもっと身近だった。

雨の朝は、まず部屋の雰囲気が違っていた。いつもより薄暗くて黴臭《かび》い。ベッドに横たわって耳を澄ませていると、いろいろな音が聞こえてくる。雨が屋根に当たる音、車が水を勢いよく跳ねて通る音、居間で両親がぼそぼそと話す声や、父親が新聞をめくる音。そして、黴臭さに混じって、家中に立ち込めるコーヒーと味噌汁の匂い。

急に懐かしさを覚えて、有紗は息苦しくなった。すぐにでも、故郷に帰りたい。いや、子供の時分に戻りたかった。庭の花。山の気配。潮の匂い。豊かな自然に囲まれていたのに、どうして自分はこんな人工的な街に来たんだろうか。そして、どうしてたった一人で花奈を育てているのだろうか。

「間違ったんだ」

気が付くと、有紗は額に手を置いて考え込んでいた。寂しさもあったが、これから花奈の幼稚園を決めなければいけない大事な時期にたった一人でどうしようか、という孤独感が襲ってきて、居ても立ってもいられなかった。

「ママ、どしたの。おねつあるの？」

傍らに花奈が来て、心配そうに覗き込んだ。有紗の額に小さな手を置いて、熱を測る仕種《しぐさ》までする。ううん、と有紗は笑って首を振った。

「違うの。何か雨の日って寂しいの」

「かなちゃんいるよ」

悲しそうに、花奈は眉根を寄せる。有紗は花奈を抱き寄せた。

「ありがと。ねえ、花奈ちゃん、パパに会いたい？」

「あいたい」

即座に答えたのには驚いた。そんなに寂しい思いをしていたのかと、有紗は花奈の目を覗き込んだ。

「ごめんね」

「パパはどこにいるの。どうしてかなちゃんのパパだけいないの。ねえ、どうして」

ママがいけないんだよ。パパはママに怒っているんだもの。パパはママを許してくれないの。

有紗はまたしても、小さなボートで暗い海を漂流しているような心許《こころもと》なさを感じ、助けを求めるように花奈の瞳を見つめた。途端に、ざあざあと降る雨の音がすぐ耳許で聞こえ、その飛沫が頬に降りかかったような気がして、有紗ははっと外を見た。窓は二重サッシだから、外の音など聞こえるはずもなく、まして雨が降り込むこともない。

幼い娘と二人だけで部屋に閉じ籠もっていては気がおかしくなりそうだった。有紗はテーブルの上にある携帯電話を取り上げた。やはり、美雨ママとランチに行こうかと思う。

花奈を誘ってみる。

「花奈ちゃん、お昼ご飯、ららぽに食べに行こうか。サンドイッチとかグラタンとか。あ、ツルツルのおうどんでもいいよ。お稲荷さん付けてもらって。花奈ちゃん、お稲荷さん、好きでしょう？　きつねさんの甘ーいご飯だよ」

花奈は迷っているらしく、しばらく返事をしなかった。もともと家の中で一人でも退屈しないで遊んでいる子供だから、雨の中の外出が億劫なのだろう。

「美雨ちゃんたちも来るよ」

はっと息を呑んだ気配があった。有紗はしまったと思ったが、騙《だま》して連れて行けば、いくら三歳の幼女とはいえ、親に裏切られた思いを持つだろう。

「かなちゃん、いかない」

花奈が首を振った。

「どうして」

「いきたくないの」

「グラタン、食べたくないの？」

花奈が小さな声で言いにくそうに呟《つぶや》く。

「たべたいけど、かなちゃん、みうちゃんすきじゃないの」

「わかった。じゃ、おうちにいようね。今メールするから」

花奈が安心したように頷《うなず》き、テレビの前に駆け戻って行った。有紗は携帯電話を手にして、ようやく返信を打った。

おはよう！　メールありがと。
昨日のこと、気にしないでね。
いぶママたちも気にしてないと思うよ。
急に言われたんで、みんなびっくりしただけだよ。
ランチのお誘いありがとう。
行きたいけど、花奈が少し風邪気味なので今日は遠慮します。
またね。
　有紗

数秒を待たずに返信があった。

残念、残念。でも、仕方ないね。
花奈ちゃん、おだいじにね。
また飲みに行こうね。
　YOKO

美雨ママがメールの返信を待っていた気配に、後ろめたさを感じながらもほっとして、有紗は何気なく携帯電話の着信をチェックした。いきなり「非通知」という文字が目に入り、昨日、突然かかった電話を思い出した。あの無言電話は誰だったのだろう。俊平がわざわざ非通知にしてかけ直して来たのだろうか。いや、そんなはずはなかった。アメリカにいるはずなのだから、非通知になるはずもなく、また無言電話などかけてくるはずがない。もうひとつの心当たりは、新潟にいる、ある人物だった。しかし、彼は有紗の携帯の番号を知らないはずだ。

昼過ぎ、有紗は一階のコンビニに買い物に行くため、花奈を連れて部屋を出た。雨脚は強く、中庭を囲む開放廊下にも、雨は容赦なく吹き込んできた。建物内だったから傘など必要ないと言ったのに、無理やり持って出た花奈は、得意そうに幼児用のピンクの傘を差した。風が強いので、傘が煽《あお》られるのが面白いらしく、笑い声を上げている。有紗は、花奈が上機嫌なのが嬉しかった。

エレベーターが下から上がって来るのを待って乗り込んだ。降下を始めたと思ったら、すぐに下の階で停まった。二十八階から、四、五歳くらいの息子を連れた四十がらみの男が乗って来た。

男の子には見覚えがあった。確か小学生の兄がいて、週末はよく二人で遊んでいる。近くの保育園に通っているらしく、いつも黒っぽいスーツ姿の母親が手を引いている。母親とは、目が合えば会釈する程度の付き合いで、話したことはなかったし、父親を見たのは初めてだった。男の子は父親と一緒なのが嬉しいらしく、はしゃいでいた。

「すみません」

エレベーター内で花奈が傘を閉じるのに手間どっているため、有紗は手伝いながら謝った。

「いいですよ。ゆっくりやってください」

父親が優しい声を出した。黒縁の洒落た眼鏡を掛けていて、ジーンズに黒のフリース姿は、ビジネスマンには見えない。サービス業か自由業だろうか。

「こんにちは」

唐突に、男の子が挨拶したので有紗は微笑んだ。

「こんにちは。今日はお母さんは？」

「お母さん、仕事」と、元気よく答える。

「お父さんと一緒でいいね」

「これからね、映画見に行くんだ」

ららぽーとの中にはシネコンがある。よほど嬉しいのだろう、と有紗は父親と顔を見合わせて、軽く会釈した。

「女の子、可愛いですねえ」

「ありがとうございます」

「おいくつですか？」

「花奈ちゃん、いくつ？」

花奈が少し緊張した風に答えた。

「しゃんしゃーい」

「へー、花奈ちゃんっていうの。可愛いね」

父親がへつらったように言ったきり、無言になったのが気になった。

エレベーターホールで別れた後、手紙を寄越した張本人ではないか、と一瞬思った。が、何の証拠もないのだった。ここにいる限り、ずっと不確かな不安は続いていくのだ。有紗は、頬に泥を塗られたような不快な気持ちを抱いて、一階のコンビニに入った。

バナナやおにぎりを籠に放り込んでいると、携帯が鳴った。またも非通知だ。花奈の手を引いたまま、有紗は店の隅に行き電話に出た。

「もしもし、岩見ですが」

またしても無言だった。

「どちら様ですか」

今度は、女の声もしない。が、耳を澄ますと、戸外にいるらしい気配は伝わってくる。

「もしもし、もしもし」

花奈が有紗を見上げたが、気にせずに聞いた。

「もしかすると、雄大《ゆうだい》？　ねえ、そこにいるのゆうちゃん？　ねえ、ゆうちゃんだったら答えてくれない」

いきなり電話は切られた。有紗は床に籠を置き、不安そうな花奈の視線を無視して、新潟の母親に電話をした。しばらくコールが鳴って、出るまでに時間があった。六十六歳になる母親は、手元に携帯を置いていないので、探していたのだろう。

「有紗？　どうしたの、何かあったの」

両親は兄一家と一緒に暮らしている。そのせいか、母親は電話口では、遠慮がちにひそひそ話す。

「何もないよ。元気にしてる。花奈も元気」

母親の声を聞いて、有紗は動転していた自分にやっと気が付いた。自分の部屋で落ち着いて電話すればよかったと周囲を見回した。幸い、雑誌棚の前に一人と、弁当ケースの前に一人いるだけで、店の中は静かだった。

「ならよかった。お父さんは、元気よ。今、温泉旅行に行ってる。ゴルフ付きだって。それがね、山本さんが来られなくなって大変だったの」

「あのね、お母さん」と、有紗はさらに喋《しゃべ》ろうとする母親を遮った。「聞きたいことがあるの」

「何よ」と、母親が緊張したのがわかった。

「瀬島《せじま》の家に、あたしの携帯番号、教えた？」

「私は教えてないけど、お父さんが伝えているかもしれない」

「どうして」

「だって、仕方ないでしょう」

その後に、母親なんだから、と続くのだろうか。そう、有紗にはもう一人子供がいるのだった。雄大という名の、十歳になる息子が。

「あたしのところに二回ほど非通知の電話がかかってきたの。それ、雄大からじゃないかと思うんだけど」

「会いたいんだろうね」

しみじみ言う母親に、有紗は叫びたくなった。あたしだって会いたいわよ、と。しかし、それは不可能だった。だからこそ、すべてをやり直そうと新潟を出て来たのではなかったか。

「わかった。じゃ、また電話するね」

「お父さん、今日帰って来るから、聞いて電話するわ」

母親が電話を切った後、花奈の姿が見えないのに気付いて、有紗は慌てて店内を探した。花奈は傘を持って、店の前にぽつんと立っていた。

「花奈ちゃん、どうしたの。ママ電話終わったよ」

花奈が振り向いた。

「ママ、パパにあいたい」

さっきのエレベーターの親子が羨ましかったのだろうか。

「すぐに会えるよ」

有紗は嘘を吐いた。

「いまあいたい」

「今会いたい」のか。子供は凄いことを言う、と有紗は花奈の冷たい手を摑《つか》んだ。

2　だましたわけじゃない

母からやっと電話がかかってきたのは、夕暮れ時だった。待ちくたびれて、リビングのテーブルで女性誌を眺めていた有紗は、不機嫌な声で出た。

「もしもし、遅かったね」

こんな風に甘えられるのも母親だけだった。母と話していると、心の奥底に注意深く隠している本当の自分が、急に溢れ出てくるような気がして、止めどなく我が儘を言いそうになる。

「ごめんごめん。お父さんたら、さっき帰って来たんだもの」

「もう四時半だよ」

母にだけは文句を言える。

「うん、さっきも言ったけどゴルフ旅行だったのよ。それで、今やっとお風呂入った」

母は機嫌がよかった。

「そっか、ゴルフだったんだ」

有紗は、新潟市の郊外にある実家を思い浮かべた。田んぼだらけの場所に建つ、二世帯住宅。一階には両親が住み、二階に兄夫婦と二人の子供。二世帯住宅と言っても、狭いので、風呂は一階に作って共用にしている。それを兄嫁の優子《ゆうこ》さんが嫌がっている、と母から何度も溜息混じりの愚痴を聞いたっけ。

「そう。今のところは動けるからね。有難いわよ」

母は、父に聞かれたくなさそうに声を潜めた。ガンの疑いで精密検査したことを娘に喋った、と父に言ってないのだろう。

六十八歳の父がガンで倒れたら、優子さんは看病を手伝ってくれるだろうか、と有紗は優子の固い横顔を思い浮かべながら思う。無理だろうな。いつもにこやかに笑ってはいるけれども、決して心を開こうとしない兄嫁。でも、自分だって、婚家とは馴染まなかったのだから お互い様だ。

「そっちは晴れてるの？」

有紗は母に聞いて、バルコニーから表を眺める。外は暗くなっていた。向かい側のビルの窓に、照明が点《とも》っている。相変わらず雨が降っていた。

「うん、曇りだけど、天気は保《も》ってる」

「こっちはずっと雨だよ」

「じゃ、花奈ちゃん、お外に行けなくてつまんないね」

母は心配そうに言った。兄の子供は、やんちゃ盛りの九歳と五歳の男の子二人だ。女の子の花奈の方が可愛い、と公言してやまないのも、兄嫁との折り合いの悪さが原因なのかもしれない。

「そうでもないよ。一人で楽しそうに遊んでるよ」

「何して遊んでるの」

「旅行ごっこ」

花奈は、子供用のキャリーに縫いぐるみや歯ブラシ、タオルを詰め込んでは、一人で出かける遊びを飽きずに繰り返している。空想で旅行に出かけているのだろう。どこで覚えたのか、改札を通るような仕種までしている。

「ママもいっしょにいくの」と、何度か腕を引っ張られたが、適当にあしらっているうちに、一人で遊びだした。一人っきりでいるせいか、花奈は諦めが早く、すぐに切り替えるところがあった。

キャリーは、いぶちゃんたちが持っているのを見て欲しがったので、今年の誕生日に買ってあげた。バレリーナの模様が付いているピンクのボックス型で、キャスターが付いている。花奈は、有紗の視線にも気付かない様子で、玩具を詰め込んだキャリーをコロコロと引きずって、何かぶつぶつ言いながら、部屋じゅうを歩き回っていた。いずれ、真恋ちゃんが持っていたがま口型の小銭入れも欲しがるかもしれない、と有紗は思った。

「旅行ごっこか、可愛いね。一緒に遊びたいよ」

母が笑い声を立てた。目尻の笑い皺《じわ》が一層深まったことだろう。有紗は少し切なくなった。今朝がた、雨の音を聞きながら、故郷に帰りたいと願ったことを思い出したのだった。一人であれこれ悩んでいるから、安心できる場所で、思いっきり泣きたいような危うい気持ちがある。

「で、お父さん、何て言ってた」

有紗は心を占めていることについて尋ねた。

「そんなことしてないって言うのよ。瀬島からは一切連絡もないし、こっちもしてないって」母の声が様子を見ているように離れた。父親が風呂から上がってこないか、確かめているのだろう。「でも、狭いとこだから、誰かから聞けばわかるんじゃないかって」

「お母さん、そう言うけど、あたしの友達はみんな口が堅いから言わないと思うよ。鉄哉《てつや》には」

鉄哉。久しぶりに、前夫の名を口にした有紗は、はっとして黙った。

有紗の前夫、瀬島鉄哉は、有紗の三歳年下だ。地元の短大を出て大型ドラッグストアの化粧品売り場に勤める有紗を、鉄哉が追いかけ回すようになり、ほだされる形で付き合い始めたのは、二十一歳の頃だった。

鉄哉は、白根《しろね》の方にある瀬島農園の次男坊で、新潟市内のアウトドア用品の店で働いていた。体格もよく、冬はスノーボードやスキー、夏は日本海でライフセーバーの真似事もしていたから、ほだされたと言っても、有紗はかなり鉄哉を気に入っていた。

もともと、有紗は見栄えのいい男が好きだったし、大柄でスタイルのいい有紗も、地元では目立つ存在だった。

結婚したのは、二十三歳の時。新潟市内のワンルームマンションで新婚生活が始まった。年下の男は頼りになるようでならない、どっちつかずの存在だった。見栄を張ったり甘えたりで、有紗はそれに合わせて、不快になったり可愛いと思ったり、大きな振幅で揺れるような毎日だった。が、退屈はしなかった。やがて、一年経たないうちに、長男が生まれた。「雄大」という名は、二人で付けた。瀬島雄大。鉄哉にそっくりな、利かん気の強い顔をしていた。

しかし、雄大が二歳になるかならないかの頃、二人の生活は大きな転換点を迎えた。鉄哉の兄が、急性白血病で急死したのだ。鉄哉の兄は、農園の跡を継ぐことが決まっていたが未婚だった。嘆く両親を前にして、次男坊の鉄哉は、自分が農園を継ぐと宣言した。両親は喜んでくれたが、何の相談も受けなかった有紗は腹を立てた。だから、当時は朝から晩まで果てしない口喧嘩を続けていた。

『どうしてそんな大事なことをあたしに相談しないで決めるの』

『おまえが決めるようなことじゃねえよ。俺のうちのことなんだから』

『おまえなんて言わないでよ』

『おまえは俺の女房じゃないか。俺の言うこと聞け』

『言うこと聞けって言われたって、あたしはあなたと結婚したんであって、農園の仕事をするなんて思ってもいなかった』

『じゃ、俺のうちはどうなるんだ。跡取り息子が死んで、オヤジやオフクロはどうするんだ。可哀相だと思わないのか』

では、あたしは可哀相ではないのか。義兄が死んだことは悲しかったが、それとこれとは話が別ではないか。自分は農園の嫁になるために結婚したのではなかった。市内で共働きをしながら、子供を何人も育てていくはずだった。有紗は鉄哉に裏切られた思いがした。

有紗の父は市の職員だったし、母の実家も、長岡《ながおか》の洋品店だ。あまりにも違う世界に放り込まれることに有紗は戸惑い、鉄哉といがみ合った。それでも鉄哉は意志を曲げず、遂に、有紗と雄大を連れて農園に戻った。農園は、鉄哉の両親と、父方の両親が健在で、果樹園を手伝う鉄哉の叔父一家も一緒に住んでいる、大家族だった。

鉄哉の両親は、有紗に遠慮しつつも、雄大という孫を得たことに驚喜した。

『あなたは、自分の息子をお父さんたちに捧げることで、お兄さんの死の埋め合わせするわけね』

何気なく言った時、有紗はいきなり右の側頭部を鉄哉に拳で殴られて昏倒した。それから、気に入らないことがあると、鉄哉の殴る蹴るの暴力が始まった。間に入って嫁を庇《かば》うのは、鉄哉の父親だ。有紗は、鉄哉が怖くて、舅の影に隠れるようにして生活したが、その間、雄大は祖母や、曽祖父母に懐《なつ》いてしまっていた。

ある日、鉄哉が農協の集まりに出かけている間、鉄哉の父が有紗を呼んだ。

『鉄哉は、お兄ちゃんが好きだったから、少しおかしくなっている。もし、あんたが雄大を置いて出て行ってくれたら、すべてが丸く収まる。あんたは農園の仕事が気に入らないみたいだから、もう一度人生をやり直した方がいいんじゃないか』

有紗はすでに物事を突き詰めて考えることをやめていた。毎日が憂鬱で眠れない日が続き、不満だらけだった。ふと息子を見ると、雄大は鉄哉の母の背にもたれて甘えている。

『ゆうちゃん、おいで』

有紗が呼びかけても、雄大は祖母の背に隠れて、上目遣いで見るだけだった。有紗は、鉄哉といつもヒステリックに怒鳴り合ったり、かんしゃくを起こして、皿を投げて割ったりしていたから、怖ろしかったのだろう。

有紗が息子を置いて婚家を出たのは、二十六歳の時だ。雄大は三歳。その後、鉄哉は再婚して、新しい妻との間に子が二人出来たと聞いた。有紗は、雄大を不憫《ふびん》に思ったけれども、雄大には義母が影のようにくっついて離れないのだった。あの電話の背後から聞こえた、「何してるの」という女の声は姑のものではなかったか。

「どうしてあんたの友達は番号を教えないって言えるの」

母がのんびりと尋ねる。

「だって、鉄哉ってドメバ男で有名だったんだよ。あたしの番号なんて、教えるわけないじゃん」

「ドメバって何」

「やだ、お母さん。家庭内暴力のことだよ」

「そうだったね」暗い声で母が同調した。「思い出すのも嫌な話だわ。お父さんも怒ってね。そんなヤツ死ねばいいって、何度も言ってたね」

だけど結局、収まったのだ。鉄哉は再婚した後、手など一度も上げない穏やかな男になったと風の噂で聞いた。自分に対してだけ、鉄哉は怒り、殴り、蹴ったのだ。

自分の何が鉄哉の中にある暴力の種を引き出したというのだろう。以来、有紗は自分に自信がなくなった。だから、俊平にも本当のことを言えなかったのだ。

「雄大は、今頃どうしているんだろう」

「この間、お茶の先生のところに来ている木村《きむら》さんが言ってたけどね。体の大きな子になってサッカーやってるとか言ってた。産みのお母さんだから会いたいんだろうね」

「あたしだって会いたいよ」

そう言ったものの、果たして今の自分は十歳になった息子に会いたいのだろうかと自問する。今の自分は、岩見俊平の妻であり、岩見花奈の母親であり、東京のお洒落なタワマンに住む、素敵なママなのだ。突然、やって来た見知らぬ子に、「お母さん」なんて呼ばれたくないような気がする。呼ばれたら、必死に捨てた自分が戻ってきそうだ。

「今の子って、みんな携帯持ってて、操作もできるらしいから、きっとどっかであんたの番号聞いて非通知でかけてみたんだね。すごいね」

「お母さん、他人事《ひとごと》みたいな言い方しないで」

母親はさすがに言葉を失ったのか何も言わなかった。有紗は謝ろうと思ったが、あることに心が囚われて謝罪の言葉が出なかった。それは、あの非通知の電話が雄大からだとしたら、息子は母からの折り返す電話は欲しくなかった、という事実だった。好奇心はあっても拒絶する息子。鉄哉、俊平、そして雄大。自分の周りの男は拒絶するばかり。有紗は苦笑した後、寂しくなった。

初冬に向かっていた。雨は何日も続いて降りやまない。当然、砂場や公園でのママたちとの集まりも、ラウンジで集まろうという呼びかけもないままに日が過ぎていった。

有紗は、雨を衝《つ》いて出かけたスーパーで、芽玖ママの後ろ姿を見たように思ったが、平日なのに夫や母親らしき人たちと賑やかに歩いていたので、声をかけそびれた。美雨ママからも連絡はない。

芽玖ママを見かけた日、花奈と天麩羅うどんの夕食を食べている時、姑の晴子から電話があった。

「もしもし、有紗さん。お元気にしてますか?」

晴子は後ろに順番を待つ人がいるかのように、なぜか急《せ》いた口調だった。

「ご無沙汰しています。おかげさまで元気にしてます」

有紗は、慌ててうどんを飲み込みながら答えた。晴子は、有紗の都合も聞かずにいきなり本題に入った。

「ねえ、花奈ちゃんの幼稚園、どうするか決まりました?」

「いえ」と、有紗は固い声を出した。「まだ結論は出ていません」

「あら、そうなの。もうそんな時期じゃないの。あたしはとっくに決めたのかと思ってました」

「だって、俊平さんと相談しないとどうにもならないし」

少し恨む調子が出たかもしれない。晴子はその言葉が終わらないうちに、畳みかけるように言った。

「俊平にはこないだ電話したんでしょう？」

晴子は何のことを言っているのだろう。有紗は混乱して言葉を継げなかった。

「俊平に電話したら、あなたから電話貰ったって言ってたわよ」

「はい、留守電に吹き込みましたけど、返事はありません」

有紗はむっとしながら答えた。すると、晴子は突然言った。

「ねえ、有紗さん、あなた、あっちに行って話してきませんか？」

「ウィスコンシンですか」

「そうなの。あたしと主人とで、年末にウィスコンシンに行ってみようと思うのよ。それであなたたちも一緒にどうかしらと思って。放っておけば、あの子はいつまででも帰って来ないでしょう。だから、活を入れてやろうかと思って」

今日の晴子は元気がいい。だが、有紗は行きたくない。舅と姑に、自分が俊平に冷たくされる場面を見られたくなかった。

「あたしは飛行機が苦手なのでやめておきます」

有紗が断った途端、晴子が張り切ったように思えたのは、気のせいだろうか。

「そう、残念だわ。じゃ、花奈ちゃんをあたしたちが連れて行きましょうか。あの子もパパと会いたいでしょうし、俊平も花奈ちゃんには会いたいでしょうからね」

「花奈ちゃんには会いたい」。有紗は晴子の言葉に傷付けられて、思わず叫んでいた。

「花奈も行かせません。花奈はあたしと一緒ですから」

「そんな、大きな声出さないでちょうだい。誰も取りゃしませんよ」

晴子の笑い顔が目に浮かんだ。嘘、嘘、嘘。自分から花奈を取り上げて、いいように育てる癖に、雄大と同じように。気が付いたら、有紗は電話を切っていた。

「ママ、でんわだれ」

食欲がないので、箸の先でうどんを摘《つま》んで遊んでいた花奈が顔を上げた。

「花奈ちゃんの知らない人」

有紗は嘘を言い、どんぶりを持って立ち上がった。誰もが皆、自分を母親失格と罵《ののし》り、自分を孤独の中に追い立てているとしか感じられなかった。目を閉じると、怒りで青くなった俊平の顔が浮かんだ。

『今日、病院でさ。有紗が経産婦だって言われたけど、それってどういうこと』

産科の医者には黙っているわけにはいかず、七年前に男児を出産したことがある、と答えた。勿論、夫には言わないように口止めをしていたはずだった。

『誰に言われたの』

花奈の小さな指をもてあそんでいた有紗の手が止まった。

『助産師の研修の子だ。奥さんは一度お産しているから、さすがに楽でしたねって言われた。俺、耳を疑って何度も聞き返したんだ。ね、これ、どういうこと。何かの間違い？』

次第に憤ってきたのか、いつものんびりと間延びした俊平の顔が青白くなった。

『あたし、子供がいるのよ』

とうとう本当のことを言うと、俊平は頭を抱えた。

『え、俺、わかんないよ。どうしてそんな大事なことを俺に言わないの』

『ごめん。言えなかった』

有紗が、鉄哉のＤＶのことや、雄大を置いて婚家を出ることになった経緯を話す間、俊平は黙って聞いていた。やがて、長い沈黙の後、ぽつりと言った。

『俺のこと、だましてたのか』

『違う』有紗は花奈が驚いてびくっと身を震わせるほど、大きな声で否定した。『違うの。だましたんじゃない。嘘を吐いてたわけでもない。でも、言えなかったの』

『その時言えなくても、いつか言えるだろう。だって、俺たち結婚したんだよ。なのに、かみさんが結婚したことあって、赤ん坊産んだことあるなんて、俺まったく知らなかったんだぜ。こんなことあるか？　ないだろ、普通』

俊平の目に涙が溜まって、それから頬を伝って流れるのを、有紗は呆然として見ていた。

『ごめん。ほんとにごめん。このこと言ったら、俊ちゃんはあたしのことが嫌いになると思ったの』

『嫌いになるってか』俊平は言った後、大きく息を吐いた。『そりゃ、ショックかもしれないけど、最初に聞くしかないだろう』

『ごめん、だましたんじゃないのよ。本当にごめん。あたし、言えなかっただけなの』

有紗が繰り返すと、俊平は拳で涙を拭いた。

『逆ならどう。俺にだまされたと思わない？』

『思わない。俊ちゃんのことなら思わないよ』

俊平は少し考えてから、有紗の目を見ずに言った。

『嘘だ。そう思わなかったから、俺をだましたんだ。有紗という人間は、その程度の人なんだよ』

この時、有紗は本心から俊平を愛していると思った。と同時に、その俊平を自分は失いかけていることに気付いて怯《おび》えたのだった。

3　嫌いになりたい

冷たい雨が降りしきった昨夜とは打って変わり、翌朝はよく晴れた。薄い色の青空がどこまでも広がって雲ひとつ見えない。バルコニーのガラス戸を開けると、まだ湿気を含んだ冷たい空気に混じって、はっきりと潮の香が漂っていた。有紗は思いきり大気を吸い込んだ。天気が回復するとともに、有紗の気分もよくなっていた。

顔をよじって西側に聳《そび》え立つＢＷＴの方を眺める。今日は久しぶりに、いぶママから集合のメールが来るだろうか。もし来なかったら、花奈と一日、何をして過ごそうか。

そんなことを考えた時、自分から皆に、集まろうというメールを出したことが一度もないと気が付いた。いつも受け身で、誰かがお膳立てしてくれるのを待っている自分。

新潟から出て来て、広告代理店でバイトをしている時は、誰とでも仲良くなって積極的に飲み、食べ、遊んだものだ。新しい土地で新しい自分を作る、と張り切っていた。それなのに、俊平とこじれてからは自信を失い、引っ込み思案になってしまったのだ。どれが本当の自分なのかわからない。

花奈はまだパジャマのまま、ベッドに寝転がり、リモコンでテレビのチャンネルを替えている。俊平がアメリカに行った後、広くなったベッドで一緒に眠っているうちに、花奈は目に見えて怠惰になっていた。

「花奈ちゃん、早く起きてお顔洗いなさい。朝ご飯食べよう」

「かなちゃん、ねむいもん」

わざとのように目をこする。ベッドでテレビを見るのは、明らかに有紗の真似をしているのだった。

「だらしないよ」

声を荒らげても、どこか後ろめたいのはそのせいだろう。有紗がリモコンを取り上げてテレビを消すと、花奈はいやいやベッドから這い出て来た。マンションの密室で、二人きりで気楽に過ごしているのがよくないのだろうか。毎日、会社に出勤する父親がいると、子供もリズムができて、規律のある生活を送れるのかもしれない、と負い目を感じる日も多くある。

有紗は、昨夜、姑の晴子と話している最中に、思わず電話を切ってしまったことを思い起こして、身を竦《すく》めた。あの無礼な態度を謝らなくてはならないのに、きっかけをどう作ったらいいのかがわからなかった。一度こじれてしまうと、うまく収拾できないのは、自分がどこか不器用なせいだろうか。湯を沸かしながら、そんなことを考えている。

紅茶とハムトースト、トマトサラダの朝食を摂《と》っている時、メールの着信音がした。いちはやく花奈が、携帯電話を持って来てくれた。有紗がメールを開く間も、「ね、だれからめえる。だれからめえる」とうるさい。

おはよう！　お久しぶりです。元気だった？

今日はやっと晴れたね。いい天気で嬉しいっ。

でも、風が冷たいみたいだからラウンジにしない？

美雨ちゃんママにも声かけてね～

じゃ、十時半頃にね。楽しみにしてます。

いぶママから、久しぶりの集合メールだった。オレンジ色のお天気マークや、ピンクのケーキ、クマさん、プードルなどのデコメが画面上でちかちかと躍っている。

よかった、まだ仲間に入れてもらっている。ほっとした有紗はすぐに「喜んで行きます」というメールを返した。

美雨ママには、有紗から連絡してくれ、というのは、BETに一度入らなければ、西側のBWTには行けないのだから、理に適《かな》っていた。いつものように二人で来て、ということなのだろう。いぶママは、美雨ママの態度をもう気にしていないようだ。

有紗は安堵して、すぐにいぶママからのメールを美雨ママに転送した。すると、美雨ママから、直接電話がかかってきた。

「おはよう」

美雨ママの懐かしい掠《かす》れ声。こんなに寂しかったのに、どうして美雨ママと話してなかったのだろう。長雨に降り籠められている間、いろんなことがあったのに。

「久しぶり。今日、どうするの？」

「それがさ、妹と出かける約束しちゃったんだよ。だから、行けない」

本当かな、と訝《いぶか》しんだが、無理に聞きだすこともできない。

「何だあ、残念だね」

「ごめんごめん」

情けない話、美雨ママが来ないと思うと、たった一人でいぶママたちBWTグループと対《たい》峙《じ》できるだろうかと不安になる。有紗は気をとり直して聞いた。

「しょうがないね。で、美雨ちゃん、元気？」

「うん、元気。風邪流行《はや》ってるって聞いたけど、花奈ちゃんも大丈夫？」

「うん、ありがと。大丈夫よ。雨でちっとも外に行かなかったからね」

「お宅は、下にコンビニがあるから濡れないで暮らせるもんね」

「まあね。でも、ずっとコンビニじゃ飽きちゃう」

「そりゃそうだ。ところで、今夜また門仲に飲みに行かない？　妹が暇だっていうから、預けられるよ。トモヒサも休みだから是非って」

誘いに乗りたかったが、そうなるとあまり仲のよくない美雨ちゃんの家に、花奈を長時間置いておかねばならない。有紗は迷った末に断った。

「ごめん。行きたいけど、花奈が夜出掛けたがらないのよね」

「いいママだなあ」

美雨ママは明るく笑って、「じゃ、またね」と切った。「いいママだなあ」。その声が耳に残った。違う、あたしはいいママなんかじゃない。有紗は今すぐにでもかけ直して、「行くよ」と答えたかった。

だけど、眠っている花奈を連れて、暗い夜道を歩いた時の孤独感を思い出すと、どうしても決心が付かないのだった。夫がいて、子供を一緒に育てることができたら、どんなに心強いだろうと思う。


花奈に着替えさせて、ラウンジに行く準備をしているところに、電話がかかってきた。また美雨ママかと思って発信元を見た有紗は驚いた。舅の陽平からだった。

「有紗さん、朝からごめんなさい。今、マンションの下に来てるんだけど、会えませんか。女房が心配しているんで、様子を見に来ました」

「あら、申し訳ありません」

有紗は驚愕して謝った。昨夜、気が動転して通話の途中で切ってしまったから、何が起きたのかと不安になったのだろう。

「私一人なんだけど、今、お邪魔してもいいかな」

「はい。散らかっていますけど、どうぞ」

有紗はオートロックのドアを開錠すると、慌ててキッチンの換気扇を掛けて、花奈の玩具を片付け、玄関付近のゴミを拾った。

「これからお祖父《じい》ちゃんがおうちに来るよ」

花奈は不思議そうにぽかんとしている。無理もなかった。陽平や晴子がBETの中に足を踏み入れたことはない。来ても、一緒にららぽーとで食事するのみで、遠慮しているのか、家に行きたいと言ったこともない。

やがて、インターホンが鳴った。ドアを開けると、陽平が申し訳なさそうに立っていた。今日は黒いジャケットに白の立て襟シャツ。臙脂色《えんじいろ》のマフラーを手にしている。ひと月前に食事した時よりも、目許が疲れているように見える。

「いやあ、朝からすみません。お邪魔してもいいですか」

陽平は手にした紙袋を差し出した。大衆的ブランドのシュークリームの箱と、駅の売店で売っているような幼児用の絵本が二冊入っていた。

有紗がダイニングに案内すると、陽平はもの珍しそうにあちこち眺め回した。俊平が年を取ったらこうなるのだろう、と思わせられる、そっくりな表情や仕種にどきりとした。

「昨日はすみません。あたし、混乱してしまって失礼なことをしました。お義母様《かあ》に謝らなくちゃ」

「こちらこそ、突然変なこと言って悪かったね」

陽平は穏やかに笑った後、椅子から伸び上がって、バルコニーからの景色を眺めた。独り言のように言う。

「ほう、二十九階からの景色って、何か現実感がないね。毎日、こういう景色を見て育つとどうなるのかな」

有紗は生返事をしながら、キッチンカウンターの下で素早く、いぶママに断りのメールを打った。


急のお客さんで行けなくなりました。

ごめんなさい。

美雨ちゃんママも都合悪くて欠席だそうです。

皆さんによろしくって。

　有紗

少し迷って、最後の「よろしく」の後に「って」を付け足し、美雨ママからの伝言のように繕った。

有紗が緑茶を運んで行くと、陽平が床に座り込んで絵本を読んでいる花奈を気にした上で、声を潜めた。

「有紗さん。晴子のこと、誤解してほしくないんだけどね。あの人は、心の底から、あなたと俊平が元に戻ってほしいと願っているんだよ。そして、あなたのことをとても心配している」

「ありがとうございます。あたしもわかっているつもりです」

「いや、あの人は結構ちゃきちゃき言っちゃう人なので、誤解を受けることもあるんだよね。職場でも、若い人としょっちゅうぶつかっていると聞いた。だから、この間のことも、とても気にしていました。電話も唐突だったし、花奈ちゃんだけ連れて行くとか先走ったことを言って、あなたに申し訳なかったと反省してました。すみません、許してやってください」

陽平に頭を下げられ、有紗も意外な念に打たれながら頭を下げた。

「こちらこそ、すみません。あたしもアメリカに行って、徹底的に話し合った方がいいと思うのですが、皆で行くのも変かなと思って」

陽平が頷いた。

「まったくその通りだ」

「いえ、お義父《とう》様に謝ってもらうなんて。こっちこそ至らなくてすみません」

有紗は予想外の展開に戸惑った。

「それでね、こうしていても始まらないので、はっきり具体的な提案をしに来ました。夫婦の一人がアメリカに行ってしまって、ずっとこんな状態なのもみんな困るでしょう。あなたも面目を潰された形だし、花奈の養育も放棄したまま。あなたが自分から赴くのが腹立たしいのもよくわかる。我が息子ながら、本当に仕方ない奴だと呆《あき》れてますよ。で、有り体に言えばね、有紗さん。我が家も退職老人の世帯なのに、負担が大きいんです」

有紗は申し訳なさに身を竦めた。

「よくわかっています」

「いや、あなたはおわかりになっていない」陽平に遮られて、有紗は唖然《あぜん》とした。「有紗さん、あなたはわかっていない。いいですか、この素敵なマンションの家賃が二十三万円でしたっけ。それから生活費として十万円。都合、三十三万円のお金をあいつはあなたに仕送りしています。そのうち十万は、到底払えないというので、私たちが貸しています。勿論、無利子だし、あいつが返せる頃には、私たちはこの世にいないかもしれないから、やったも同然の金です。しかし、あなたの生活ぶりを見ていると、果たしてこれでいいのかと思わなくもない。だって、あなたにしてみれば、たった十万じゃ、この先足りない額でしょう。だから、あなたも自立を考えた方がいいように思うのです。失礼だったらごめんなさい」

「そうかもしれません」

いつもと違う陽平の態度に気圧《けお》され、有紗は頷くしかなかった。

結婚と共にタワマンに移り、幸せに暮らしたのは二カ月。花奈が生まれ、すぐに有紗の過去が発覚した。そして、何も解決しないままに、八カ月後、俊平はアメリカに単身赴任した。以後、二年半、有紗は俊平を待ち続けて暮らしているのだ。

「前にも言ったけど、あなたは離婚はしたくないんでしょう」

「はい、ちゃんと話し合うまでは」

有紗は早くも、舅から発せられる非難を全身で受け止めていた。花奈が気付かない様子で、一心に絵本を眺めているのだけが救いだった。

「その話し合いにも行きたくないと言っている」

「本当に離婚したいのなら、俊平さんが帰って来るべきじゃないでしょうか」

それは、有紗の最後の意地だった。

「それはそうだね。理に適っている」陽平が落ち着いて同意してくれたので、有紗はほっとした。「だけど、あなたが本当に関係を修復したいのなら、いつまでも我を張ってないで、自分から行ってみなくちゃ駄目じゃないの」

「でも、花奈もいるし、旅費もないし」

有紗の悄然《しょうぜん》とした言い方が哀れだったのか、陽平が目を細めた。

「有紗さん、あなた、花奈ちゃんとずっと二人きりで暮らしているでしょう。それも、こんな空に浮かんだ部屋で。だから、一人になって考えてみたらどうですか。結論が出るまで、うちで責任を持って花奈を預かります。勿論、あなたから取り上げたりしない。誤解のないように言っておくけど、うちはもう老人世帯で、むしろ二人でのんびり暮らしたいんだ。それとね。別の提案もあるんです。あなたがどうしても離婚するのが嫌で、俊平が帰るのを待っていると言うのなら、町田に来て、私たちと一緒に暮らしませんか。花奈ちゃんを保育園に入れて勤めに出てもいいいし、うちで家事を手伝ってもいい。仲良く暮らせるかどうかはわからないけど、少なくとも、ここの家賃は浮くでしょう。現実的過ぎるかもしれないけど、それほど逼迫《ひっぱく》した話でもあるんですよ。だけど、花奈ちゃんは私たちの大事な孫だし、あなたも大事な嫁さんなんだから、新潟のご両親にも申し訳なくてね」

思ってもいない提案だった。勿論、花奈を連れて実家に帰ろうと思ったことは何度もある。しかし、実家はすでに兄夫婦の住みかとなっていて、帰るに帰れないのだった。有紗は思いきって言った。

「わかりました。もう幼稚園のこともあるし、ぐずぐずしててもしょうがないですね。あたしが話し合いにアメリカに行くか、行かずに離婚に同意するか、どっちか決めます」

陽平がほっとしたように有紗の顔を見た。

「ありがとう。そうしてくれますか」

「お義父さん、だったら、一週間だけ花奈を預かって頂けますか。あたし、母に相談したり、ちょっと旅行に行ったりして、考えてみます」

有紗がそう言って花奈を見遣《みや》ると、下から不審な表情で見上げている花奈と目が合った。パパのこと嫌いになれたらいいのにね。ただ、それだけの問題なんだよね。有紗は心の中で花奈に話しかけ、陽平に向き直った。

「だったら、急だけど、今日は車で来ているから、このまま連れて行こうか」

町田の俊平の家は、結婚前に何度も遊びに行った。芝生の庭に季節の花が咲き乱れる、いかにも幸せそうな家族の住む家だった。だから、俊平は無機的なタワーマンションに住みたがらなかったのだ、と思い出す。ぼんやりしていると、陽平が心配そうにこちらを見ていた。

「有紗さん。花奈ちゃん、預かって本当に大丈夫ですか？　寂しいんじゃないの。だったら、うちに来なさい。晴子も喜ぶよ」

「ありがとうございます。でも、大丈夫です」

有紗は頭を下げた。この人たちを、俊平の両親だからと慈しんで暮らせると思っていたのに。どうして何もかもがうまくいかないのだろう。

「さ、花奈ちゃん。お祖父ちゃんのおうちに旅行だよ」

有紗がキャリーを持って行くと、花奈は嬉しそうに、歯ブラシや気に入りの玩具をいそいそと詰め始めた。

「ほら、お祖母《ばあ》ちゃんに頂いたロバさん、忘れないで」

最近はキャリーに夢中で、この間まで大の気に入りだったロバさんは打ち捨てられている。有紗が玩具箱の中から取り出して渡すと、花奈は愛おしそうに頬ずりした。

「花奈ちゃん、ロバさんに、忘れててごめんねって言わなきゃ駄目よ」

有紗の言葉を聞いて、花奈は素直に「わしゅれててごめんね」と言う。急に切なさが込み上げてきて、有紗は泣きそうになった。

昼過ぎ、有紗はバルコニーから外を眺めていた。西の空に白い雲が浮かんでいる。今頃、花奈はどうしているだろう。急に空腹を感じた。陽平が来なければ、ラウンジでの遊びから帰って来て、昼ご飯の用意をしている頃なのに、となぜか可笑《おか》しくなる。俊平がアメリカに行ってから、一人きりになったことはなかったから、何をしていいのかわからないのだった。

有紗は、美雨ママにメールした。

飲みに行く話、オッケーになりました。
今日、町田の義父が来て、花奈を預かってくれることになったの。
花奈は、楽しそうにキャリー引いて出掛けました（笑）。
寂しいような、嬉しいような……
私もいろいろ考えなくちゃならないことがあるんだよね。

洋子さん、今度は私の話、聞いてくれる?
　有紗

やったね!
じゃ、またうちのマンションの前に5時半集合ね。
トモヒサにも声かけとく。
さあ、今日は飲むぞ!
　YOKO

夕方まで、時間がたくさんある。久しぶりに銀座に出て、映画でも見ようかな、と有紗は大きく息を吐いた。「寂しいような、嬉しいような」有紗はそう呟き、陽平が持って来てくれたシュークリームをひとつ頬張った。とてつもなく甘く、柔らかかったが、舌の両端に微かな苦味が残った。

有紗は、ポリエチレン製のゴミ袋の口をぎゅっと縛って、納戸《なんど》と化した玄関脇の四畳半に入れた。ゴミ袋の中には、花奈の赤ん坊の頃の玩具や、服が入っている。花奈が不在の時にしたいと思っていた片付け仕事だ。

袋を透かして、花奈が生まれる寸前に、俊平と買いに行ったピンクのロンパースが見えた。とても捨てられない、と有紗は、袋の口を開けて取り出した。こうして、入れたり出したり、さんざん悩んだ末に四つのゴミ袋が出来たのは、午後三時近かった。映画を見るには時間が足りないが、家で美雨ママとの待ち合わせ時間が来るのをじっと待つのも勿体ない気がした。

しかし、銀座に出て来たものの、久しぶりに一人きりでする買い物は、調子が出なかった。ウィンドウショッピングもすぐに飽き、歩き疲れた有紗は、松屋通りのスタバに入った。ガラス張りの店内は、冷たい風を避けたい買い物客や、休憩中のビジネスマンで溢れていた。ようやく隅に席を見付けて腰を下ろす。すると、今まで味わったことのない感情が突き上げてきた。どこにでも行けそうな解放感と、どこにも行き場がないような寂しさ。そして、なぜか胸を焦がす焦りがあった。

有紗は、唇を火傷《やけど》しそうな熱いコーヒーをこわごわ口に含んで、携帯電話を眺めた。そろそろ岩見家に電話を入れて、花奈の様子を聞いてみた方がいいだろう。早くも花奈が恋しくて遣《や》る瀬ない。

陽平には、母に相談したい、と告げたものの、両親は花奈を伴わない帰郷をあまり喜ばない。それに、相談したところで、「もう少し様子を見なさい」と消極策を繰り返すに決まっていた。有紗は、前の結婚のことを俊平に黙っていたことは、母にも打ち明けていなかった。

「もしもし、有紗ですが」

有紗は声を潜めて岩見家に電話を入れた。陽平がすぐに受話器を取った。

「有紗さんか。さっきは失礼しました。花奈ちゃん、元気だよ。呼ぼうか」

「お願いします」

ところが、電話口に出て来たのは晴子だった。

「有紗さん。花奈ちゃん、ご機嫌ですよ。今ね、あたしとご近所にお買い物に行って来たの」

「あ、そうですか。今日は思ったより風が冷たいから、フリースで大丈夫かしら、と心配になったところです」

「大丈夫ですよ。あたしのストールをさせてるし」

「ありがとうございます」と、有紗は神妙に礼を言う。

「あとね、聞きたいことがあったの。花奈ちゃん、白身のお魚だったら何が好きなの」

白身魚。有紗は一瞬、気の利いた答えを探したが、知識がないので思い付かなかった。滅多に魚料理をしないからだ。

「カレイとか？」

「カレイ？　あら、贅沢な子ね」

晴子は上機嫌で笑った。遠くの方で、陽平と喋っている花奈の声が聞こえた。有紗は花奈と話したくてうずうずした。

「でも、花奈はお肉の方が好きだと思います」

「本人もそう言ってたわ」

晴子はまるでクイズに勝ったかのように、あっけらかんとそんなことを明かすのだった。

「すみません」

なぜか謝ってしまうのは、晴子がどこか居丈高だからか。

「あ、ちょっと待ってね。花奈ちゃん、ママよー」

ぎゅっと受話器を不器用に握る音がして、花奈が出た。

「ママー」

少し舌足らずで口の回らない可愛い声。有紗は、愛おしさに胸が詰まった。

「花奈ちゃん、お祖母ちゃんのところでお行儀よくしてる?」

「うん。あのね、かなちゃんね、しゅーぱーのちゃいろいいぬがいいの」

花奈はわけのわからないことを言った。

「犬がどうしたの」

すると、素早く晴子が受話器を取ったらしく、声が替わった。

「あのね、有紗さん。花奈ちゃんは、犬が大好きでしょう。だから、うちで花奈ちゃんのために犬を買ってあげようかと思ってるの」

「それはスーパーでですか」

やっと謎が解けた思いで言ったのだが、晴子の声には少し苛立ちが含まれているように感じた。

「あのね、こっちにおっきなスーパーがあるのよ。そこは、ペット売り場が充実してるのね。そこにいるプードルが少し大きくなって安くなったから、今日、花奈ちゃんと下見して来たの。そしたら、さらに値引きしてくれるっていうから、買おうかなと思って」

有紗は嫌な気がした。犬を買って貰った花奈は、犬と同様、そのまま岩見家に居着いてしまうのではなかろうか。そしたら、自分も岩見の家に吸い込まれてしまう。あるいは、花奈だけが岩見の家に残るかもしれない。

一人きりの解放感は、たちまち花奈を喪失するのではないかという怖れへと変わり、有紗は焦った。スタバで感じた焦りとは、このことだったのかと初めて思い至る。

「ママ、いぬね、おめめがかくれんぼしてるんだよ」

花奈の弾んだ声がする。

「そう、よかったね」

「かなちゃんね、おばあちゃんとなまえちゅけるの」

「へえ、何てつけるの」

「ちょこれえとか、ここあちゃん。あのね、おかしのなまえでしょ。しょれでね、かなちゃんもしゅきだからなの」

幼い娘のたどたどしいながら、必死に伝えようとする思いがいじらしくてならなかった。会いたい。だけど、早くも奪われてしまったみたいで気が気でない。

「というわけでね、有紗さん。花奈ちゃんはこの通りで元気だから、あなたも安心して仕事見付けてね。そして、こちらにいらしてちょうだいな」

そういう作戦だったのか。やはり、仕事を見付けてから行かないと、花奈を返してくれそうもない。

有紗はじっとりと背中が汗ばむのを意識しながら、スタバの店内を見回した。誰もが一人きりで、携帯をいじったり、新聞を広げ、充実しているように見える。

だったら、働いてみようか。思いがけない気持ちが湧いてきた。しかし、働き始めたら、いぶママや芽玖ママ、真恋ママたちの、母親としての充実とは違う生活を選ぶことになる。まだ、その決心は付かないのだった。

美雨ママなら、何と言ってくれるだろう。有紗は相談したくなった。晴子との電話の後、有紗は美雨ママにメールを打った。

今、銀座で買い物してます。

よかったら、最初だけはトモヒサさんに遠慮してもらって、ちょっと相談乗ってもらってもいいかな。

話したいことがあるんだ。

有紗

すぐさま返信が来る。


いいよ、トモヒサなんか（笑）。あいつは終わりくらいに呼ぼう。

ところで、銀座にいるなら、銀座で待ち合わせようか。

六時に銀座一丁目のインド料理、『カイバル』でどう。

あそこのビリヤニ、うまいよ。

たまには辛い物食べたい！

YOKO

店も知らないし、ビリヤニが何かわからないが、ときめくものがあった。辛い大人だけの食事。

いいよ。場所、教えて。

メールを返すと、すぐに手際よく、食べログの地図が携帯に送られてきた。

有紗は、美雨ママにすべてを打ち明ける決心をすると、少し気が楽になって立ち上がった。六時まで、まだ一時間以上ある。ブランド店でもゆっくり眺めて時間を潰すつもりだった。

有紗は、銀座通りを京橋《きょうばし》方向に歩き、「シャネル」の路面店に入った。化粧品売り場で口紅の一本でも買おうかと奥に入りかける。その時、有紗はよく知った顔を見付けて立ち止まった。

いぶママが、いぶパパと一緒にアクセサリー売り場のショウウィンドウを覗き込んでいた。トレンチコートの中に、黒いワンピースを着てパールのネックレスをしていた。ワンピースの丈と黒いブーツのバランスが絶妙で、店内でも目立っていた。いぶパパは、白いシャツに黒のジャケット、グレイのパンツというすっきりした格好だ。

有紗は、咄嗟《とっさ》に陰に隠れ、美雨ママにメールを打った。

ごめん。やっぱ門仲に行きたい。

待ち合わせは、あなたのマンションの前でいい？

すると、メールでは歯痒《はがゆ》いと思ったのか、すぐに本人から電話がかかってきた。

「どしたの、いったい」

美雨ママの威勢のいい掠れ声が店に響き渡る気がして、有紗は慌てた。そっと顔を伏せて店の外に出て話す。

「ごめん。家に用事を思い出したから、いったん戻るね」

「何だー、がっかり。せっかく『カイバル』行けると思ったのに。そこね、いぶパパに教えて貰った店なんだよ」

いぶパパが銀座にある大手出版社勤務だったことを思い出す。だったら、尚更避けるべきだった。

「また今度にしようよ、お願い。今日は門仲がいい。どっかお鮨屋さんでも行こうよ。あたし、日本酒飲んで話したい」

「了解。鮨屋なら死ぬほど知ってる。じゃ、六時にマンション前ね」

「ごめん。じゃ、後で」

ほっとして携帯をバッグに仕舞うと、後ろから肩を叩かれた。

「花奈ちゃんママじゃない」

いぶママと、いぶパパが笑いながら立っていた。いぶパパは遠慮気味で、少し後ろに立っている。その手には、小さなシャネルのロゴ入りの紙袋が提げられていた。

「珍しいね、こんなところで会うの」いぶママが屈託なく笑った。「花奈ちゃん、どうしたの」

「花奈は、お祖父ちゃんが迎えに来たので、町田の実家にいます」

いぶママにも、「町田の実家」が自分の家のように言ったような気がする。有紗は、突っ込まれないように注意しながら、お祖父ちゃまだったのね」

「今日のお客様って、お祖父ちゃまだったのね」

「そうなのよ」

「今日は久しぶりだったのに、花奈ちゃんママも美雨ちゃんママも来られなくて、すごく残念だったわ」

いつもより親しげに話そうとするいぶママに、有紗は心を動かされた。これから、あなたの夫の愛人と会うのよ、と打ち明けたい気がした。いぶパパは、そんな有紗の思いも知らずに、愛想がいい。

「あれ、いぶきちゃんはどうしたの」

ふふ、と笑いながら、いぶママは背後の夫の目を見上げた。悪戯《いたずら》っぽく二人の視線が絡み合うのを見て、有紗は目を伏せる。

「笑っちゃうんだけどさ。今日は、『いい夫婦ごっこ』してるの。だから、いぶきは芽玖ちゃんのところでお好み焼き食べてる。あたしたち、これから二人でお食事なのよ」

「わ、羨ましい」と、有紗は複雑な思いが顔に出ないよう、笑った。

「そっか。あなたのところ、ご主人、単身赴任ですものね。あ、そうだ。忘れないうちに言わなきゃ。あのね、そろそろクリスマス会の相談しようって皆で言ってたの」

「それ、いいですね」

有紗は適当に話を合わせた。

「みんなで遊ぶのも今年で最後かもしれないじゃない。だから、盛大にやりましょうよ。じゃ、またね」

いぶママはそう言いながら、有紗の肩を軽く叩いた。いぶパパが礼儀正しく頭を下げて、いぶママの細い腰に手を添えた。有紗は何となく敗北感を抱いて、二人の後ろ姿が夕闇に消えて行くのを眺めていた。

4　いい夫婦

マンションの前で、美雨ママはすでに待っていた。今日はトレードマークの黒いニット帽は被らず、長い髪をぐるぐると巻いて黒いバレッタで留めていた。明るいブルーのダウンベストも、色落ちしたジーンズも相変わらずだったが、白地に黒の大胆なペーズリー模様のストールを巻いていた。身に着けている物は安物かもしれないが、やはり美雨ママはカッコいいな、と感心しながら有紗は挨拶した。

「久しぶり。どうしてた」

「ん、元気だったよ」

美雨ママは、何となく不機嫌な様子だった。だが、いぶママたちが銀座で食事しているから銀座を避けたとも言えずに、有紗も言葉を呑む。やや気詰まりだった。

「ねえ、何で鮨屋なの」

「いや、何となく」

「うちの鮨屋は嫌だからね」

「わかってるってば」苦笑いしながらも、美雨ママの年上の夫を見たくもある。「あたしはお鮨屋さんでなくてもいいの。ともかく、門仲の飲み屋に行きましょう」

有紗は美雨ママの細い腕を取って、自らタクシーを止めた。美雨ママが不思議そうに見遣った。

「何かあったの」

「花奈が町田に連れて行かれちゃったの」

有紗が落ち着いて答えると、タクシーに乗り込もうとした美雨ママがぎょっとした様子で振り向いた。

「もう帰って来ないの」

「まさか、預かって貰っているだけよ」

有紗は笑ったが、固い表情を崩せないことに気付いている。

「何で預かって貰ったのよ」

「その話をしたいんだ」

有紗の表情を確かめたらしい美雨ママが、生真面目な顔で頷いた。

「そっか、わかった。で、トモヒサだけどさ、九時頃から合流で平気？」

「うん。あたし、今日は遅くまでいられるけど、洋子さんはどう？」

「うん、大丈夫だよ。だって、遅くなってもダンナが帰って来るもん」

「よかった」

有紗は、自分が強くなった気がした。自由は余裕を作るんだ、とも思う。俊平が不在の自分は、いつもママ友たちに引け目を感じていた。自分だけで花奈を育てなければならない、いい母親でいなければならない、と肩肘を張っていたからだ。そう思うと、そこまで自分を追い詰めた俊平に怒りを感じるのだった。新しい感情だった。

「ここでいい？」

タクシーを降りて、美雨ママが指差したのは、「さかな割烹」と書かれた暖簾《のれん》の下がる店だった。

「お鮨もあるよ」

「お鮨に拘《こだわ》ってるわけじゃないの」

口から出任せだったとも言えずに、有紗は苦笑した。しかし、そんな言葉が聞こえたのか聞こえないのか、美雨ママは先に暖簾をくぐって店に入って行く。「らっしゃい」という威勢のいい声がした。続いて有紗が入ると、店内は薄暗く、カウンターに常連らしい数人の男客しかいない落ち着いた店だった。

「小上がり空いてる?」

美雨ママが尋ねると、顔見知りらしい店の女の人が笑いながら促した。

「空いてるよ。奥にどうぞ」

小上がりは掘り炬燵《ごたつ》形式になっていて、テーブルの下に足が入るようになっていた。隅に小さな古い電気ストーブが置かれていて、女の人がスイッチを入れた。たちまち、部屋がかっと暑くなった。話がある、と有紗が言ったので、美雨ママが気を遣って小上がりのある店を選んでくれたのだと気が付いた。

「いいお店ね、ありがとう」

有紗が礼を言うと、美雨ママが声を潜めた。

「ね、早速だけど、何があったの」

「うちね、ダンナが離婚したいって言ってるの」

正直に言うと、美雨ママが大きな舌打ちをした。

「そんなこっちゃないかと思っていたんだよ。あなた、苦しそうだったから。ね、原因は何。あっちに女でも出来たの？」

いぶママたち、ＢＷＴのグループは、こんなあけすけな話題は絶対にしないだろうと思いながら、有紗は首を横に振った。

「違うの。あたしの過去が問題なの」

「過去って何、過去って。そんなの誰にでもあるじゃん」

美雨ママは怒ったように小さな声で叫んだ。注文した瓶ビールが運ばれて来たので、話を中断して口を付ける。美雨ママがメニューを見ながら、適当に料理を頼んでくれている。

「カレイの煮付け」という語が聞こえて、有紗は姑に吐いた嘘を思い出し、苦い顔をした。

「ちょっと待って。トモヒサに今日は来るなって断るから」

美雨ママが携帯電話を取り出して、素早くメールを打っている。

「どうして」

「だって、あなたの話、結構深刻じゃない」

そうなんだ、深刻なことなんだ。それでも、他人事のような気がした。まるで酩酊《めいてい》しているみたいに、頭が働かない。糸が切れた凧《たこ》になったような気がして放心していると、美雨ママが有紗の腕を摑んだ。

「ちょっとしっかりしなよ」

「全然しっかりしてるよ」

頼りなく見えるのかしら。有紗はいつの間にか滲《にじ》んでいる涙に気付かず、大きな声で言い返した。

狭い部屋を暖める電気ストーブの赤い光が懐かしかった。有紗は、酔いとストーブの熱で赤くなった頰に両手を当てた。

「電気ストーブって試験勉強を思い出すね。足だけ寒いから、点《つ》けてなかった？」

「うちは炬燵派だから」

美雨ママが笑って、煙草に火を点けた。旨そうに煙を吐きながら、冗談めかして言う。

「煙草吸ってるところをいぶママたちに見られたら、呆れられちゃうね。だって煙草とか絶対に嫌いでしょ、あの人たち。子供に悪い影響を与えることはしないもん」

美雨ママの目は笑っていない。有紗は曖昧に首を傾げる。今さっき、銀座で仲良く買い物をしていたいぶママといぶパパのことは絶対に言うまいと思う。

有紗は、いぶママの言葉を聞き流した時に感じた、微かな違和感を思い出した。なぜ、いぶママは「いい夫婦ごっこ」なんてわざわざ言ったのだろう。仲がいいことをアピールしようとしたのかしら。

「それよっか、あなたの話、聞かせてよ。何よ、あなたの過去って。何であなたのダンナはあなたと離婚したいわけ？」

美雨ママが身を乗り出したので、有紗は、突き出しの小鉢に伸ばした箸を止めた。美雨ママには、洗いざらい話して相談する気でいたのに、いざとなると怖《お》じてしまって、世間話に終始していた。こんなことを打ち明けて軽蔑されないだろうか、母親失格と詰《なじ》られたらどうしよう、美雨ママはこのことを誰かに喋らないかしら。あれこれ考え始めると、臆してしまうのだった。有紗が言い淀んでいると、美雨ママが有紗の目を覗き込んだ。

「どうしたの。あたし誰にも言わないよ。だって、あたしだって、あなたにしか言ってないんだよ、あの話。秘密中の秘密なんだからさ。同じ公園要員のあたしとあなたの仲じゃん」

「わかってる」

「遠慮しないでよ。力になれるかもしれないじゃん」

「そうだね。じゃ、話す」

「じゃ、有紗さんの秘密に乾杯」

美雨ママがふざけて焼酎のお湯割りの入った琉球ガラス製のグラスを、有紗のグラスにぶつけた。厚手のガラスなので、鈍い音がした。有紗は少し温《ぬる》くなったお湯割りに口を付けてから、思い切って言った。

「あたし、結婚してたことがあるの」

「何だ、そんなの珍しくないじゃん。あたしだって、今のダンナと会う前に、彼氏と同棲してたよ」

美雨ママが意外に器用な手付きで、ブリ大根を箸で分けながら呟いた。有紗は小さな声で続けた。

「子供もいたの。男の子」

「えっ、マジ？」と、美雨ママがのけぞってみせた。「男の子がいたの。すごい」

「やっぱ、それってすごいことかな？」有紗は急に自信がなくなって声が小さくなった。

「そうだよね、普通、母親は子供を手放さないものね」

そう言った時、有紗は、自分のコンプレックスの源に触れたような気がした。雄大を連れて出なかった疚《やま》しさと悔しさ。自分を責めたり、あれでいいのだと思い込んだり。離婚後は、「母親失格」という言葉を誰からも言われたくない一心で、必死に忘れようと努めてきたのだ。

「すごいってか、意外だったの。あたしは有紗さんは初婚で、花奈ちゃんは初めての子供だとばかり思ってた。みんなもそう思ってるはずだよ。だってさ、あなたって、何か初々しいじゃない。いつも自信なさそうだし、ちょっと要領悪そうっていうか。少なくとも、一度子供を産んだ人には見えなかった」

美雨ママは言い過ぎたと気付いたのか、はっとした様子で話すのをやめた。だが、有紗は

「へえ、少年だね。てことは、花奈ちゃんには、そんな大きなお兄ちゃんがいるのか」

「そうなの」

有紗は、花奈にいつか話してやりたいと思った。花奈は喜ぶだろうか。箸の先で、焼酎の中の梅干しを潰していた美雨ママが、大きな目を剝《む》いた。

「それでさ、あたしが聞きたいのは、何であなたの今のダンナが離婚したがってるのかってことなのよ。あなたのそういう過去が嫌なの？　だとしたら、ちょっと心が狭いんじゃない？」

「違うの。あたしが昔結婚していたことや、息子がいることを話さなかったから、だまされたって怒ってるの」

有紗はカレイの身をむしりながら打ち明けた。返事が聞こえないので顔を上げると、美雨ママが啞然とした顔をしている。

「ダンナに言わないで結婚したの？」

有紗は慌てて言い訳した。

「言おうと思ってたんだけど、うちはデキ婚でバタバタしてたじゃない。つい、言いそびれたのよ。だって、妊娠したと告げたら、あっちは喜んで、すぐに結婚しようって言うし。何か言えなくて」

いや、俊平は喜ぶ前に戸惑っていたではないか。有紗は、俊平に妊娠を打ち明けた時のことを思い出している。俊平は、一瞬、困惑した様子だったが、すぐに笑った。

『よかった。こういう形でなきゃ、なかなか落ち着けないだろうと思ってた』

『どういう意味』

『いや、俺って優柔不断だからさ』

有紗が妊娠しなければ、俊平は結婚する気にならなかったかもしれない。デートをしていても上の空だったことがしょっちゅうあるし、遠い距離を感じさせる目で有紗を眺めているのに気付いたことも二度三度ではない。

俊平は、有紗の中にある怯えを感じ取っていたのではないか。母親失格と指摘されたくない怯え、妻失格と詰られたくない怯えを。俊平の訝る気配を察する度に、二度と人生に失敗したくない有紗は、俊平を繋ぎ止める決定打が欲しいと思ったのだ。


「ねえ、それってちょっと変な話だと思うんだけど」

美雨ママが、遠慮がちだがはっきりと言ったので、有紗は驚いて美雨ママの顔を見た。

「何のこと」

「だってさ、あなたは妊娠したって告げる前に、今のダンナさんと長い間付き合っていたわけでしょう?」

「そうね、そんなに長くないけど。半年くらいかしら」

「その時に過去の話とかしなかったの?」

「過去の話って、結婚してたことがあるってこと?」

「そう。そして、子供がいて、子供を置いて出て来たって」

美雨ママの眼差《まなざ》しにあるのは、非難ではないだろうか。晴子と同じように自分を責めるのか。有紗の中の怯えが、再び防御の姿勢を取った。

「言う必要を感じなかったの。そんな結婚まで進むようには思えなかったから」

「だけど、妊娠したのね。ある意味、うまくやったわけだ」

美雨ママが少し笑った。有紗はむっとしたが、美雨ママに本質を突かれて怖ろしくもあった。

「あなたは、あたしが結婚したくて妊娠したと思ってるのね」

「ちょっと待ってよ。あたし、別に責めてるんじゃないよ。そういう作戦を練る女はたくさんいるよ」

「違うとも言えないし、そうとも言えない。いっそ、うまく妊娠して、結婚にまで進んだらいいなと考えたこともなくはないよ。だって、あたしは今のダンナ好きだったから。東京の人だし、こっちで結婚したら、もう新潟に帰らなくて済むじゃない。でも、本当に妊娠して、あの人が結婚しようと言ってくれるとは思ってなかったの。これはほんとよ」

「そうかなあ。危ない日だったのに、今日は大丈夫とか言って会ったんじゃないの?」

美雨ママがふざけて言うので、有紗は顔を顰《しか》めた。

「どうだったか忘れちゃった」

「ごめん、責めてるんじゃないんだよ」と、美雨ママは前置きした。「好きなんだったら、どうしたって手に入れたい男なんだから、何したっていいじゃん」

率直な美雨ママらしい言葉だった。こんな発想をする人もいるんだ、と有紗は新鮮な思いで美雨ママの横顔に見入った。

「そんなこと考える人がいるんだ」

「何言ってるの。いぶママだって、芽玖ママだって、真恋ママだって、みんな同じようなものだよ。上品ぶってるけど、心の底では打算だらけだよ」

美雨ママの罵倒が激しくなったので、有紗は目を伏せた。自分も「打算だらけ」と責められたような気がしたのだ。

「で、あなたはダンナさんに結婚を申し込まれた時も、本当のことは言わなかったんだよね」

尋問みたいだと感じたが、有紗は正直に言った。

「てか、言えなかったの。せっかく申し込まれたのに、嫌われたくなかったから」

「やっぱり、本当のこと言ったら嫌われると思ったんだ」

「そう。失敗体験って、人を臆病にするんだよ」

「切ない話だね」

美雨ママが顔を背けて低い声で言ったので、有紗も悲しくなった。

「花奈を産んだ時に、研修の助産師の言葉からばれて、ダンナに問い詰められた。でも、生まれたばっかりだったし、そのまま見捨てるわけにもいかないと思って、あの人も悩んだんじゃないかな。そのうち、アメリカに単身赴任になったので、さっさと行ってしまって、それっきり。一度だけメール来て、離婚したいって。連絡が途絶えている」

「どうするの、あなた」

美雨ママが焦ったように大きな声を上げたが、有紗はゆっくり首を振った。

「花奈は絶対に渡さない。今度ばかりはあたしも頑張るの」

「ねえ、ダンナさんて、あなたの話を実家にしてるの？」

「してないと思う。だって、お義父さんもお義母さんもあたしに何も言わないもの」

だが、二人がアメリカに様子を見に行くと言いだしてからの態度は、あまりにも強引だった。俊平が両親に話したのだとしたら、自分が自立する以外に勝ち目はなさそうだ。このまま花奈を取られて、自分は一人で生きていくのか。

「泣かないでよ」

美雨ママに言われて、有紗は自分が静かに涙を流していることに気付いた。ハンカチを出して目の辺りを拭う。こんなに弱くてどうする、と自分で叱咤《しった》する。

「離婚して、花奈ちゃん引き取って仕事しなよ」

「そうだね。それも考えてる」

俊平を諦めて自立する。本当のやり直しをする。有紗がそんなことを考えていると、美雨ママが突然言った。

「あたしもね、離婚しようかと思ってるんだ」

「どうして」

いきなり、美雨ママが細い首に巻いていたスカーフを取った。首筋に紫色の痣《あざ》がふたつもあった。キスマーク。

「見て。あの人はあたしのことが好きで好きで仕方がないんだって。苦しいって。こんなところに付けたら、ダンナにばれちゃうじゃんって怒ったんだけど、構わないって言うの」

浮ついた調子はなりを潜め、口ぶりは暗い歓びに満ちていた。誰とも共有できない二人だけの歓びは暗く深い。美雨ママは、いぶパパとの二人だけの世界に引きずり込まれているのだ、と有紗は思った。

「じゃ、どうするの」

「わかんない。ともかく、家を出る。もうダンナと一緒に暮らすの苦痛なんだもん」

美雨ママはバッグから取り出した携帯電話に素早く目を走らせながら言った。連絡がなかったらしく、落胆したようにバッグに戻す。有紗はこう言ってやりたかった。「今夜は、いぶママとお食事しているからメールは来ないよ」と。だが、勿論言えない。

「美雨ちゃんはどうするの」

「妹に預ける。妹はあたしたちのこと知ってるから、応援するって。お姉ちゃんを公園要員にするなんて、いぶママはとっても無礼だって怒ってる」

「いぶパパは何て言ってるの」

「あの人は、あたしが家を出たら嬉しいって。でも、責任があるから、自分から家を出ることはできないって言うの」いっそ妻のほうから離婚してくれたらいいのにって。

美雨ママは本当にいぶパパが好きなのだ。自分はそんな熱い思いを誰にも抱くことはなかった。もしかしたら、俊平とはそうなるかもしれなかったのに、その前に妊娠して培う時間もなかった。失われた時間は何を損じるのだろう。部屋が暑く感じられる。有紗は電気ストーブを消した。急速に部屋が冷えていく。

5　タワママの会

ベッドに横たわり、ひゅーひゅーと微かな喘鳴《ぜんめい》のような北風の音を聞いている。有紗の三歳上の兄は、小児喘息だった。梅雨時や、急に冷え込んだ冬の朝などは決まって、兄の気管文からこんな風な音が聞こえたものだ。

その兄が早々と結婚して実家を占領し、両親と有紗の居場所をなくしてしまうなんて、誰が想像しただろうか。発作が起きる度に、家中の者が気を揉んだというのに、兄はそんなこともすっかり忘れて威張っている。有紗は、少年の頃の兄の姿を思い出して、懐かしくなった。たった一人で遠いところに来てしまったようで、無性に両親や兄に会いたい。

有紗は、枕元の携帯電話で時間を確かめた。午前八時。昨夜遅かったせいで寝坊している。花奈はとっくに起きて、ホイップクリームやフルーツを盛った、晴子特製のパンケーキでも食べていることだろう。

誰に見せても、知られても、恥ずかしくない食事。それは、家族同様、自分がうまく作れなかったもののひとつでもある。

苦笑いした有紗は、薄暗い部屋の中で母親にメールを打った。


おはよう、お母さん。

今日、新潟に帰ろうかと思ってます。

ひと晩、泊めて貰っても大丈夫？

ちなみに、花奈は町田のおばあちゃんのとこなので、私一人です。

なかなか返信が来ないので、有紗は起き上がってカーテンを開けた。風の強い日特有の、よく晴れ渡った朝だった。美雨ママと話した昨夜は、あんなに寂しさを感じたのに、今は解放感と勇気のようなものが有紗の胸を満たしていた。美雨ママに、罪悪感を吐き出してしまったからだろうか。やっと空《から》になった心の中が、再び罪悪感でいっぱいになるのはいつ頃だろう。

夫の俊平が、有紗の罪悪感をいや増す存在になったことが、今朝は腹立たしくてならなかった。俊平は、自分をそんなに好きじゃなかったのだ。だから、こんなに花奈と自分を放ったらかしておいても平気なのだ。

決して認めたくなかった事実が、今朝だけは、すとんと胸に落ちる。そして、有紗の肩を竦めさせる。考えたってしょうがないじゃない、と。

有紗はカーディガンを羽織り、バルコニーのガラス戸を開けて、スリッパのまま外に出た。風は冷たかったが、積極的な気分のせいか爽快だった。思い切って、身を乗り出して右手の海を眺める。小さな波が無数に立っていた。その波の頂点が、朝陽を浴びてきらきら輝いているのが美しい。

潮風を吸い込んだ途端、強い煙草の臭いがして、有紗は不快さに顔を顰めた。近所の誰かがバルコニーで喫煙しているらしい。左下のバルコニーに、白いワイシャツ姿の男が立って煙草を吸っているのが見えた。出勤前の一服だろうか。

有紗が覗き込むと、視線を感じたのか、男が頭を巡らせて上を見た。以前、男の子連れでエレベーターで会った男だった。

有紗は慌てて引っ込もうとしたが、目が合ってしまった。男が会釈したので、仕方なく頭を下げる。斜め下のバルコニーは、驚くほど近かった。

「すみません」と、男が謝った。

「いえ、おはようございます」

有紗が神妙にお辞儀をすると、男は指に挟んだ煙草を見せた。

「もう消しますんで」

申し訳なさそうに眉を寄せている。有紗は、なぜか大胆にこんなことを聞いていた。

「以前、娘のシャベルがお宅に落ちませんでしたか」

男の弱気に付け込んだのかもしれなかった。

「あ、そんなことありましたかね」

男の顔に疚しさが募った。手紙のことだろう。

有紗は一応謝った。

「すみませんでした」

男も曖昧に頭を下げ返し、気詰まりな様子で家の中に引っ込んだ。有紗は顔を上げて、向かい側のまだ誰も働いていないビルの窓を見る。青空が映っていた。

「だらしのない生活」と断じられた自分は、男の喫煙を見咎《みとが》める視線で断じ返した。暮らしの中での、細かい揚げ足取りは不毛に感じられる。こんな暮らしはごめんだ。どこかに行ってしまおうか、と有紗は初めて思うのだった。

有紗はコーヒーを飲みながら、携帯サイトで電車の時間を調べている。「とき」に乗れば、ほんの二時間で新潟に着くのに、東京に出て来て以来、郷里に帰ったのは、ほんの数回しかなかった。有紗が帰って来ないので、今年の正月も盆も、花奈会いたさに両親の方から出向いてくれた。有紗の中に、新潟は失敗した土地だから帰るわけにはいかない、早く忘れたい、という思いがある。

コーヒーカップを流しに置いて、朝食は何にしようかと考える。食べてもいいし、食べなくてもいい。花奈がいれば、今日は何を食べさせようか、と常に頭を悩ませていた。花奈が人に喋っても、恥ずかしくない物を食べさせなくてはならない、と気が気でなかったっけ。

朝からインスタントラーメンを食べさせた時の罪悪感。食の細い花奈はどうせ食べないからと昼食を抜いた時の罪悪感。コンビニおにぎりだけの食事で済ませた罪悪感。野菜料理がひとつもない時の罪悪感。罪悪感だらけの自分。

突然、メールの着信音が鳴った。やっと母からかと思って発信元を見ると、驚いたことに、いぶママからだった。

おはよう。昨日は偶然でびっくりしたね。

花奈ちゃん、いなくて寂しくない？（笑）

今日の午前中だけど、芽玖ちゃんが英語教室。いぶきもプレスクール。真恋ちゃんは午後出社のパパが見てくれるそうだから、久しぶりにママたちだけでお茶しませんか？

ららぽのスタバに10時半集合です。

ゆっくりお話しできるのを楽しみにしてます。来てね。


ママだけのお茶会になど誘われたことのない有紗は嬉しかった。だが、メールには「久しぶりに」とある。有紗抜きで集まっていたのだろう。「公園要員」にされている痛みがぶり返した。

しかも、いぶママのメールには、いつものように、「美雨ママにも連絡して」とは書いていない。有紗は迷ったが、昨夜の美雨ママの暗い表情が頭を過《よ》ぎったので、とりあえず「ありがとう。行くね」とだけ書いて、イチゴパフェやケーキの絵文字と共に送ったのだった。

化粧をしていると、携帯が鳴った。ようやく母からだった。メールを打つのが面倒臭いので、電話をかけてきたのだろう。

「有紗、どうしたの。何かあったの」

挨拶もなく、いきなり訝る調子で話す母に、有紗は努めて明るい声を出した。

「何でもないよ。今、花奈は町田に行ってるので、この隙にそっちに帰ろうかと思ったのよ。あたし、しばらく帰ってないから、何か懐かしくなっちゃって」

「そんならいいんだけど、何だか心配になっちゃってね」

「何が心配なの」

「花奈ちゃんがいないこととか、いろいろ」

「ごめんごめん。何も起きてないから安心してよ」

有紗は笑ってはみたものの、婚家から、あたかも最後通牒《つうちょう》のように、子供を預かるから自立を考えろと言われていることを告げたら、母はどんな反応をするだろうと心配になった。

「どうして花奈ちゃんだけ、町田のお宅にいるの？」

「俊平さんがアメリカに行ったきりだから、花奈を連れて行くこともないでしょう。あっちのお義父さんたちも、たまには花奈と一緒にいたいんじゃない？」

母親が大きく溜息を吐いたのが聞こえた。

「本当に、俊平さんもどういうつもりなのかしらね。いくら生活費を送ってきたって、男の責任てものがあるでしょうに」

「お母さん、そのことなんだけど。ちょっと相談したいことがあるんだ」

とうとう言ってしまった。母がはっと息を呑んだ風に黙り、やがてこう言った。

「やっぱりね」

「やだ、お母さん。勝手なこと考えないでよ」

が、母も思いがけないことを言うのだった。

「あのね、有紗。こっちも話があるのよ。実はね、豊《とよ》ちゃんがね、少年サッカー教室で一緒になったんだって」

豊ちゃんというのは、豊一郎《とよいちろう》という名の、兄の子供だ。

「誰と一緒になったの」

嫌な予感がした。

「雄大と」

家は離れていても同じ新潟市にいるのだから、どこかで出会っても不思議はないのだった。

しかも、豊一郎と雄大は一歳しか違わない。

「そう。そのこと、いつ聞いたの?」

「一週間くらい前かしらね。優子さんから聞いたのよ。優子さんがサッカー教室に連れて行ったら、他にも保護者が来ていて、あっちから話しかけてきたって」

「あっちって?」

「鉄哉さんだよ」

有紗は苛立った。

「お母さん、鉄哉さんなんて言わないでよ。もう関係ないんだからさ」

「じゃ、何て言えばいいの」

「瀬島でいいじゃん、瀬島で」

呆れたような沈黙があった。さすがに子供っぽい反応だったかと有紗が反省した時、母が言い直して話し始めた。

「ともかく、瀬島さんはいきなり、『すみません、加納《かのう》さんですか?』って聞いてきたそうだよ。優子さんが、『そうです』と答えたら、私は『南区の瀬島と申します。以前、有紗さんと結婚してました』って自己紹介したんだって」

「そんな突然話しかけて、赤裸々に喋るなんて、図々しくない? 優子さんは詳しく知らないんだし。しかも、他の保護者が聞いていたら、みんな呆れるような話じゃない」

まあまあ、と母はいきりたつ有紗を抑えるように低い声で遮った。

「同じサッカー教室に入ってるんだから、無視もできないでしょう」

「そうだろうけどさ」

自分は雄大の実の母親なのに、一人蚊帳《かや》の外にいるような不快さがあった。

「それで、『お宅の息子さんとうちの息子は一応、従兄弟《いとこ》同士になるのだから、ご挨拶をしなくちゃいけないかと思って』と言ったんだそうだ。優子さんは、そんなこと言われたんでびっくり仰天しちゃって、その場で久志《ひさし》に電話してきたんだって」

「それでどうしたわけ」

「それでって何よ。喧嘩腰になりなさんな」母もむっとしたような声をあげた。「それだけの話よ。そんなことがあったから、どうしましょうってことでしょう」

「豊ちゃん、やめればいいじゃない、サッカー教室」

「何、無茶なこと言って」

自分が幼稚なことを口走っているのは百も承知だった。ただ、感情の収まりがつかないのだった。

「わかったよ。ともかく、午後二時くらいの電車で帰るからさ。夕方着いたら、新潟駅から電話する」

「はいはい」

母との電話を切った後、有紗は憂鬱になった。東京の人気あるタワーマンションに住み、カッコいいママたちと友達になって楽しく暮らしていても、過去を完全に捨て去ることなどできないのだ。だから、雄大は自分に電話をしてきたのではないのか。

有紗の胸に新たに溜まっていくものがあった。罪悪感などではなく、切なさだった。

三階のスタバに入って行くと、奥の席から白い手がひらひらと揺れた。

「花奈ちゃんママ。こっちこっち」

明るい笑顔のいぶママが、わざわざ立ち上がった。白いタンクトップに、明るいグレーのカーディガン。黒いパンツ。フェイクパールの長いネックレス。相変わらず、趣味のいい服装をしていた。自分に合図してくれているのがいぶママだと知って、有紗の胸は熱くなる。昨日、銀座で会ってよかった、と親身になってくれた美雨ママの心も忘れて、そんなことを思うのだった。

見渡すと、やはり美雨ママの姿はなかった。急に疚しさが増した。

「久しぶりじゃない？　どうしてたの」

真恋ママが不満そうに唇を尖らせた。あたかも、有紗の方が無精をして連絡していないかのようだった。真恋ママは、黒のニットとデニムのミニスカート。黒いタイツ。去年と同じチェスナット色のUGGを履いている。

「お天気悪かったから、ずっと家にいたの。花奈と二人きりだから飽きちゃった」

「メールくれれば、ラウンジにでも集まったのにね」

「ごめんね」

自分から声をかける勇気がなかったのだ、と思い出す。

「ほんとに雨が降ってると嫌になるわね」ベビーカーの中の息子の顔を覗き込んでいたジー

ンズ姿の芽玖ママが、笑いながら顔を上げた。「ベビーカーにシートかけて、芽玖にレインコート着せて傘持たせて出掛けることを思うと、憂鬱になっちゃう」

「まるで梅雨時みたいに降ったものね」

真恋ママと芽玖ママが交互に喋った。

「昨日、来ればよかったのに。久しぶりにラウンジ行ったから、盛り上がって面白かったよね。今、写真見せてあげる」

いぶママがバッグを探っている。有紗は、遠く感じているママ友たちだが、実は自分を大事に思ってくれていたのではないか、という幸福感に包まれかかった。

「行きたかったんだけど、お祖父ちゃんが花奈を連れて行ったもんだから」

意味ありげに真恋ママが目を剝いた。

「花奈ちゃんを連れて行ったの？　どうして」

「たまには、手元におきたいんでしょう」

有紗は本当のことを言えなくて、目を伏せた。

「あなたのところは、あまり旦那様のご実家とかに行かないの？」

芽玖ママが尋ねる。

「行きたいけど、車の運転もできないし、電車で行くのは遠いしね」

「義理ママのところに、ご主人がいなくて行ってもちょっとね」

いぶママがようやくバッグからiPhoneを取り出し、細い指でパネルにタッチして、有紗に写真を見せてくれた。

「昨日、ラウンジで集まった時の記念写真。あんまりお天気がいいんで撮っちゃったの」

明るい青空を背景に、女の子たち三人と男の子が一緒に写っていた。その後ろには、芽玖ママ、真恋ママと一緒に、見知らぬ男の子のママたちも入っていた。

「男の子たちも来てたから、一緒に写しちゃったの」

男の子は、誰も見覚えがなかった。女の子の親になると、女の子のママたちとしか友達にならないのだった。

「楽しそう」

「そうなの。案外、女の子たちは男の子と、男の子たちは女の子とも遊ばせた方が、今後のためにはいいのかもしれないって、皆で喋ったのね」

真恋ママがコーヒーを飲みながら言った。

「そう。いずれは幼稚園に入って、男の子たちとも仲良くしていかなきゃならないじゃない。それは男の子のママたちも同じでしょう。だから、たまにはラウンジで遊ばせたりして会いましょうって話したの」

芽玖ママがベビーカーを指差した。

「今のうちに、この子の仲間やママ友を探しておかないとね」

有紗は眠っている芽玖ちゃんの弟の顔を見た。ふと、自分が男の子の母親だったことを打ち明けたら、三人はどんな反応をするだろう、と思うのだった。

「男の子って、力も強いし、大変でしょう?」

芽玖ママが頷いた。

「そうなのよ。こんな小さいのに、気に入らないことがあると、きーきー、顔を真っ赤にして奇声をあげるのよね。気に入らないことをされると怒って、力いっぱい足で蹴るのよ。それがまたすごい力なの。爆発するっていうの。ほんとに女の子とは全然違うから戸惑うばかりよ」

「その点、女の子は楽よね。ママの真似するし」

いぶママが楽しそうに笑った。ついでに、腕時計を覗く。今日の時計は、前にもしていたカルティエのタンクだった。いぶきちゃんのお迎えの時間が気になるのだろう。

「でね、その男の子のママたちとも仲良くなって、ベイタワーのママたちの会みたいなの作ろうかって話になったの」と、真恋ママ。

「ベイタワーのママたちの会?」

それなら、美雨ママは閉め出されてしまう。自分だとて、陽平や晴子に引っ越しを迫られているのだった。しかし、それを、今ここで言う勇気はなかった。

「そう、タワママたちの会よ。タワママの会みたいなのをやって、いずれはタワパパの会にも広げて、皆で情報交換したり、育児の手助けしたりしようかって話したの」

「でも、みんな幼稚園に行くんでしょ？　だったら、ばらばらになっちゃうんじゃないの」

有紗が口を挟むと、芽玖ママがむっとしたように反論した。

「だって、うちはまだ小さいのいるもの。こうやって基礎を作っておいた方が今後のためにもいいと思うんだよね」

いぶママも真恋ママも真剣な顔で頷いている。自分たちが考えて決断したことに十全の自信を持っている人たち。追いかけてくる過去がないと、ここまで堂々としていられるのか。有紗は店内を見渡した。「だらしのない生活」と断じられた自分がいる場所ではないような気がした。

ストローをくわえた真恋ママが、激しい音を立ててソイラテを啜《すす》った後、恥ずかしそうにスタバの店内を見回した。

「ごめん、すごい音立てちゃった」

「肺活量すごいね。出そうったって出せないいんじゃない、そんな音」

いぶママがからかった。華奢《きゃしゃ》な手を組んだ上に、細い顎を乗せて優雅に笑う。栗色の髪がひと筋、うまい具合に額にかかっていた。まるでモデルみたい、と有紗は不思議な思いで、いぶママを眺めた。

こんなに完璧な女でも、夫に浮気されているのだ。自分に秘密があるように、いぶママにも、真恋ママにも、芽玖ママにも、秘密があるのだろうか。それがすごく知りたい。美雨ママのように、率直に話してくれるにはどれだけ仲良くなったらいいのだろう。それとも、この人たちは、秘密があっても、決して他人になんか喋らないのかもしれない。それだけ自分よりも強いのだろう。

三人のママたちは、有紗の思いをよそに、明るく笑い転げていた。

「真恋がいなくてよかったわ。いつも、そんな下品な音を立てちゃいけないって、叱ってるんだもん」

真恋ママが大ぶりのパールピアスに触りながら、照れくさそうに言った。

「ねえねえ、子供って、注意するとわざとやったりしない？」

芽玖ママはそう言った後、ベビーカーの中でおとなしく寝ている息子に優しく微笑んだ。

「するする。うちの子はほんとにヘソ曲がりよ」と、いぶママが即座に答えた。

「でも、いぶちゃんは、やんちゃだけど根はいい子だもの。うちは悪乗りしてやる時があるのよね。お調子者なの。あれって、教育評論家の人の意見だと、親を試しているんだってね。だけど、男の子は半端じゃないらしいわよ。もう、むちゃくちゃするって」

「そうらしいわね。とどまるところを知らないって、あのラウンジで会った人たちもそう言ってたじゃない」

何とか三人の会話に入ろうとタイミングを計っていた有紗は、ようやく口を挟むことができた。

「その人たちって、前にあそこで会った、ラウンジママたちのこと？」

三人は顔を見合わせた。

「そうだっけ？　どの時」と、いぶママ。

「ラウンジに行ったら、先に三人の男の子が来てて、二人のママがふてくされた感じで付いていたでしょう。ペットボトルとかが転がってて、そのママたち、挨拶もしなかった。で、二人の男の子が喧嘩を始めたの」

「ああ、思い出した。でも、あれはBETの人たちよ」

芽玖ママが蔑《さげす》んだ口調で言った後、まずいとばかりに唇を噛むのがわかった。ベイタワーのラウンジは、勿論、どちらの棟に住んでいても利用できるのだが、海沿いのBWT側にあるため、BETに住む者には、やや敷居が高いのは事実だった。

「さっき言ったタワママの会は、どっちのタワーの人でもいいのよ。だから、あの人たちにも会ったら、当然声をかけるつもりよ」

いぶママがうまく取りなしたが、三人の表情はやや硬い。日頃から、あの人はBWT高層グループとか、BET賃貸組、などといろいろ小さな差異を問題にしているのだろうと想像すると不快だった。差異のあげつらいは、住まいから始まって、いずれ幼稚園の選択、そして小学校受験の可否にかかっていくのだろう。有紗は溜息が出そうだった。憧れのタワマンに住めたのに、すでに自分は負け組なのだ。

「花奈ちゃんママ、何かぼうっとしてない？　今日はこれからどうするの」

有紗の屈託を悟ったのか、いぶママが機嫌を伺うように聞いた。

「そうね。急に一人になったから、何をしていいかわからないの」

有紗が正直に言うと、芽玖ママが両頰に手を当てた。

「あたしなら絶対にエステに行くな。最近、お膚《はだ》の乾燥がすごいのよ。二人目を産むと、てきめんにくるわね」

真恋ママが頷いた。

「あたしは映画見て、一人でのんびりショッピングして、やっぱりエステに行く。あと、ネイルサロンにも寄って美容院も行く」

「一日じゃ足りないじゃん」と、芽玖ママが呆れている。

「ほんと、欲張り」

いぶママが白い歯を見せて笑った。

「ああ、エステ行きたいな。アンチエイジングしなくっちゃ」

芽玖ママはよほど気になるのか、頰を押さえたままだ。すると、真恋ママが身を乗り出した。

「そう言えばさ、白金《しろかね》の美容院からＤＭ来なかった？　あそこネイルも始めるらしいよ。ただし、他より高いのよね」

「え、ほんと？　ジェルでいくら？」

「一本千円だって」

「それじゃ、ストーンとか付けたら、あっという間に二万近くなるね」

最初は話しかけられても、結局、三人の会話は見えない膜で被われているかのように、有紗を弾いてしまう。三人は、有紗とも会話しているつもりでも、三人共通の話題に終始して、積極的に話題を変えようとはしないのだった。

「あ、そろそろ、お迎えに行かなきゃ」

いぶママが慌てた風に腕時計を覗きながら言った。有紗も釣られて携帯の画面を見る。ちょうど昼時だった。いぶママが「じゃあね、じゃあね」と皆に手を振って、慌ただしく消えた途端、残った二人もそそくさと立ち上がり、有紗に別れを告げた。

「花奈ちゃんママ、今日は会えて嬉しかった」

「また皆で遊ぼうね。花奈ちゃんによろしく。バイバーイ」

「頑張ってね、いろいろ」

真恋ママは、ベビーカーを押す芽玖ママのバッグを持ってやって、二人は談笑しながらエレベーターホールに向かって行く。有紗が見送っているのに、一度も振り返らなかった。何のために呼ばれたのだろう、と苦笑いをする。特に、真恋ママの「頑張ってね、いろいろ」

という言葉が気になった。自分の知らないところで、花奈ちゃんのおうちは事情があるらしい、と噂になっているのだろうか。つまらないことを考えてはいけない、と有紗は首を振った。だが、町田の義父が花奈を連れて行って以来、何かが急展開で変わりつつあるのを意識しないわけにはいかなかった。

有紗は、部屋に戻ってから、町田の家に電話をかけてみた。晴子の携帯にかけるのを躊躇《ためら》ったのは、花奈は晴子に預けたのではなく、あくまで町田にある俊平の実家に預けた、と思いたいからだった。

「もしもし、岩見です」

陽平が風邪を引いたような嗄《しやが》れ声で出た。

「お義父さん、有紗です。お風邪ですか?」

義父を案ずるものの、内心では花奈に感染《うつ》しはしないかと心配している。すると、陽平の方から気を回した。

「大丈夫だよ。花奈ちゃんには近付かないようにしてるから」

有紗は冷や汗をかいた。夫の家族との付き合いは難しい。陽平や晴子は決して嫌な人間ではない。だが、ふとした弾みで、違和を感じる時があった。普段は、自分という嫁を我慢しているのだろうか。俊平に相応《ふさわ》しくないと思っているのだろうか。そういうことを考え始めると、有紗の罪悪感やコンプレックスが噴き出してきそうだった。

「すみません、そういう意味じゃなかったのですが」

「いやいや、大丈夫だからね。気にしないで。花奈ちゃん、呼ぼうか？」

陽平は優しく言った。

「お願いします」

有紗は、電話に出たのが陽平で、すぐに花奈を呼んでくれたのでほっとした。晴子は苦手だ、とはっきり認識する。

「ママー」

電話を握りしめたらしい音と共に、花奈の大声が飛び込んできた。有紗はわけもなく安堵して泣きそうになる。

「はーい」

「ママー、なあしてえの」

「ママね、今、いぶきちゃんのママたちとお茶してた。ごめんね」

聞いているのかいないのか、花奈が切実さを帯びた声で聞いた。

「ママ、いちゅくるの？」

有紗はどきりとした。

「もうじき」

「うじきって、いちゅ？」

「あさってくらい」

「あしゃってって、いちゅ？」

「ふたつ寝たくらいかな」

「ふたちゅねるって、どうして」

花奈はまだ時間の観念がないから、とりとめがない。困ったと思っていると、「ちょっとおばあちゃんに代わってね」と脇から晴子の声が聞こえて、義母が取って代わった。

「有紗さん、そちらはいかがですか」

やれやれと思ったが、今日の晴子は機嫌がいいらしいのでほっとする。

「はあ、今日は新潟で相談してきます。また、ご報告しますから」

「そうですか」一瞬、間が空いた。「では、もう一人のお子さんとお会いになるの？」

有紗の目の前が暗くなった。やはり知っていたのだ。

「それはないと思います。あの、あの、すみません」

「謝ることはないですよ。あなたも苦労なすったのね」

義母からこう労《ねぎら》われた時、夫に疎《うと》まれた嫁は何と答えればいいのか。有紗は、困惑して点けっぱなしのテレビ画面に目を遣った。連続テレビ小説が終わるところだった。幸せで優しい人ばかりが出てくるドラマ。

「あの、そのことは俊平さんから聞いたのでしょうか？」

「そうなの。あの子が何も言わないし、まったく帰っても来ないから、主人が焦《じ》れてね。花奈ちゃんの幼稚園のこともあるって、あなた仰《おつしや》っていたじゃない。その通りだと思って、この間、電話であれこれ聞いたんですよ。それでも埒《らち》が明かないので、これからアメリカに行って問い質《ただ》す、と怒鳴って聞き出したらしいの」

「そうですか。ご心配かけてすみません」

「息子は、あなたが過去を隠してたんじゃないか、と疑っているの。本当ですか？」

また、そこか。機嫌がいいと思ったのに、晴子の側に、次第に激昂《げきこう》する気配があった。敏感な花奈は、晴子に有紗が叱られていると感じて怯えるだろう。

「隠したわけではありません」

「そうよね、あなたはそういう打算的な人じゃないものね」

はい、と言った方がいいのか、混乱したまま、有紗は曖昧な声を出した。

「そうだと思います」

「正直な方だと思うわ」

急に会話が途絶え、意外なことに、涙ぐんでいる気配があった。有紗も黙っていると、晴子の方から言った。

「あたしたちは、あなた方が元に戻るといいと願っているの。そうでしょう？　だって、こんな可愛い子がいて、その子を産んでくれたあなたがいるのに、些細《ささい》なことを許そうとしない俊平が狭量なんですよ。ほんとに家族を顧みない馬鹿な息子だと思います。主人もそう言ってます。いえね、あたしも正直に言いますけど、あなたのこと、よくわからなかったの。突然、幼稚園どうする？　なんて言いだすし。でも、あなたがそういう言い方になるのも仕方ないのよね。無理もないのよね。俊平はあなたを捨ててしまったんだものね」

晴子の思いがけない公平さに緩み、安心しかかった心が、急に冷ややかな空気に触れた気がした。

「それは本当ですか？」

思ったよりも強い声が出たので、自分でも驚いた。

「え、何が」と、晴子があの綺麗な眉を上に上げたのが見えた気がした。

「俊平さんが、あたしたちを捨てたってことです」

「いいえ、花奈ちゃんは捨ててませんよ」

「あたしだけ捨てたってことですか」

「そうは言ってないわよ」

「今、そう仰いました。俊平はあなたを捨ててしまったんだものね、と」

やめろやめろ、と自分が自分に囁《ささや》く。しかし、我慢していたものが堰《せき》を切ったように流れ出して止まらないのだった。

「言葉の綾よ。落ち着いて、有紗さん。あたしたちは、さっき言ったように、あなたたちが元に戻ることだけを願っているのよ」

「あたしもそう願っていたから、ずっと待っていました。でも、捨てられたのなら、それはそれで仕方ありません。あたしは、お義母さんが仰ったように、俊平さんは狭量な人だと思います。あたしは確かに、離婚歴があります。息子もおります。でも、それが恥ずかしいことだとは思ったことありません。秘密にしようなんて思ってなかった」

嘘吐け、嘘吐け。恥ずかしいと思ってはいないが、人には言えない秘密、と思っていなかったか。どうして正直にならなかったのだ。身内に自分の声がこだまする。

「そうですよ。決して、恥ずかしいことなんかじゃありません。誰だってありますよ、秘密のひとつやふたつ」

「じゃ、お義母さんの秘密は何ですか」

「何を言うの、あたしはありませんよ。公明正大。秘密なんてありません」

晴子の苛立ちを感じたが、途中でやめることはできなかった。

「でも、今、誰にでも秘密のひとつやふたつあるって仰った」

「言葉の綾でしょう」

「また綾ですか。だったら、どうして俊平さんは許そうとしないのですか。自分が知らなかったから？　騙してなんかいないのに、勝手にそう思っているだけじゃないですか。あたしのことを知りたいという熱意が薄かったんじゃないですか。冷たいんです。花奈だけ取り上げて、あたしを捨てるというのなら、あたしにも考えがあります」

急に何も聞こえなくなった。切られたかと慌てて見ると、携帯電話のバッテリーが切れていた。充電器に差し入れたが、晴子からかけ直しては来ない。嫁が口喧嘩をしかけてきたのだから、岩見家ではさぞ怒っていることだろう。

有紗は、猛然と一泊旅行の支度を始めた。替えの下着を畳みながら、これじゃ駄目だ、これじゃ駄目だ、と混乱する頭の中で必死に考えている。糸は千切れてしまったのだから、花奈を取り戻して二人で生きるしかないのだ。それには、まず仕事を探すしかない。だが、保育園は順番待ちだと言うし、職もおいそれとは見つからないだろう。スーパーのレジだって、競争が激しいと聞いた。あれこれ考えると、動悸が激しくなった。しかし、今度ばかりは前に進むしかないと思うと、逆にすっきりするのは不思議だった。

旅支度を整えてから、新潟に帰ることを伝えようと、美雨ママに電話をした。コールがしばらく鳴った後、いつもより低い声の美雨ママが出た。

「ねえ、さっきさ、ららぽのスタバにいたでしょう?」

喋る前に、いきなり美雨ママから言われたので驚いた。「タワママの会」を見られていたのかと思うと、後ろめたかった。

「そうなのよ。いぶママから呼ばれて」

「あたしは員数外なわけ？」

どうして美雨ママは、率直過ぎるほど率直で人を困らせるのだろう、と有紗は苛立った。暴力的な美雨ママ。いつだってそうなのだ。

「そうじゃないの。タワママの会をやるんだって。ベイタワーのママとパパの会だって」

「何だよ、それ」と、美雨ママは嘲笑《あざわら》った。「また、いぶママの思い付き？　あの人って、何したって皆のセンターにいないと気が済まないんだよね。センター女か。呆れちゃう」

ベイタワーのママと「パパ」、という語に強く反応したのだろう。しまった、と思ったが、もう遅かった。

「ごめん」

「何で謝るの」

「わからない。あなた機嫌悪いから。機嫌のいい時にかけ直してくれる？」

有紗が切ろうとすると、美雨ママが慌てた風に言った。

「あ、ごめん。あなたからくれたのに、いきなり怒って悪かった」

気が抜けるほどあっさりと非を認めるのも、美雨ママなのだった。

「いいよ。あたしね、今日、新潟に帰ることにしたの」

「息子に会いに行くの？」

「違う。母に会って相談するの」

「やめなよ。お母さんに相談するなんて。悪いけど、親なんかろくなこと言わないって」

美雨ママの言い方には迫力があった。確かに、両親から積極的打開策を助言されたことなど一度もなかったと思い出す。鉄哉との離婚の時も今回も、様子見を勧められたのだった。行き場をなくして、単に故郷に逃げ帰りたいだけなのかもしれない。

「じゃ、息子を見て来ようかな」

「それがいいよ、それがいい」美雨ママは声を弾ませた。「ね、あたしも行っていいかな？新潟って行ったことないから行ってみたいんだ。美雨は妹に見て貰うから、一緒に行かない？」

「遠足じゃないんだから」

有紗は思わず苦笑いしていた。

第四章　イメチェン

1　トンネル抜けたら

「ねえ、上越《じょうえつ》新幹線ってさ、何でこんなにトンネル長いの。景色見られると思ったのに、さっきから真っ暗闇じゃん」

窓際の席に座った美雨ママが、うんざり顔で文句をつけた。

「山があるんだもの、仕方ないよ」

「へえ、そうなんだ。でも、飽きたな」美雨ママは、爽健美茶のラベルを睨《にら》んだ。「これじゃ夜みたいなもんだから、ビールにすりゃよかった」

美雨ママは、いつも着ているユニクロのダウンベストではなく、カウチン風のニットジャケットを羽織っていた。ジーンズを茶色のブーツの中にインして、いっそう長く見える脚を組み、退屈そうに揺らしている。対して有紗は、グレーのニットドレスに黒のコートという対照的な格好だった。七年ぶりに息子に会うかもしれないのだから、きちんとした姿でいたかった。

突然、トンネル内で対向列車と擦れ違った。が、それも一瞬のことで、光の帯が轟音《ごうおん》を立てて通り過ぎて行っただけだった。

「ああ、びっくりした」と、美雨ママが胸を押さえた。

「この後も、長岡までずっとトンネルが続くのよ」

「やれやれ」

美雨ママはあくびを嚙み殺して、リュックのポケットから取り出した携帯電話をちらりと見遣《みや》った。いぶパパからのメールを待っているのだろう。

「トンネルの中じゃ、メール取れないいんじゃない？」

有紗がからかうと、美雨ママは素直に頷《うなず》いた。

「そうだね。まったくもって退屈だな」

「確か三国峠《みくにとうげ》だからさ」

「あれ、三国峠って聞いたことある」美雨ママは首を傾げた。「あたし、学生の頃にスノボかなんかに誘われて行ったような気がする」

「どこに行ったの。湯沢《ゆざわ》？　上毛高原《じょうもうこうげん》？」

「彼氏の車で行ったから覚えてない」

美雨ママはあっけらかんと笑った。有紗は、美雨ママの明るい横顔の向こうの、暗い窓ガラスに映る自分の顔を眺めた。寝不足のせいか、目の下に隈《くま》がある。

昨夜、長い時間をかけて、俊平に手紙を書いたのだ。メールの方が気楽に書けるのはわかっているのだが、パソコンを持たない有紗は、携帯電話でメールするしかない。それでは複雑なことは書けないし、無視されると困る。仕方なくレターセットを買いに行って、何度も直しながら、やっと書き上げたのだった。

そして、その手紙は、夕べ、郵便局でさっさと投函してしまった。もう、いいや。なるようになれ。気分が昂揚《こうよう》しているのは、これまで言いたかったことを思い切り書いてしまったからだろうか。

「ねえ、あなたのお母さん、帰るのやめたって言ったら、何て言ってた?」

美雨ママが愉快そうに聞いた。

「口先じゃ、『そんなころころ変わって、いったいどうしたの』とか言って心配そうだったけど、ちょっとほっとしてるみたいだった」

有紗はそう答えて苦く笑う。母には昨日、『帰るのやめたから、安心してよ』と嘘を吐いて、翌朝、ちゃっかり新潟に向かっているのだから。

「そんなもんだよ、親なんて。心配していると言いながらも、もう年だから面倒は避けたいのよ。だけどさ、こんなこと言って悪いけど、あなたのダンナって幼稚だと思うよ。結局、親がかりで解決して貰おうってことじゃない。違う?」

「ほんとね。あたしもそう思う」

有紗は意気込んで答えた。まったくその通りのことを手紙に書いたのだった。

岩見俊平様
お元気ですか？

私と花奈は元気に暮らしています。

さて、今日ははっきりさせたいことがいろいろとありますので、遠慮せずに率直に書きたいと思います。あなたも正直に、そして誠意をもって、答えてください。

あなたは、手紙はもちろんのこと、私からの電話にまったく出ないし、携帯メールにも返事をくれなくなりましたね。それがいつの頃からか調べてみたのですが、去年の暮れからでした。去年は、あなたは帰国もしなかった（いえ、もしかしたら、私に内緒で帰国していたのかもしれませんね）。つまり、あなたは夫でありながら、父親でありながら、一年近くも、自分から進んで家族に連絡を取ろうとはしなかったのです。

それは、配偶者である私に対して、とても無責任、かつ不誠実な態度ではありませんか？花奈へのネグレクトではありませんか？　あなたのご両親への依存ではありませんか？

あまり言いたくはありませんが、私の両親もあなたの冷酷さを薄々感じて、不安と苛立ちを募らせています（私は何も喋《しゃべ》っていませんが）。

あなたが私に連絡をくれない理由は何ですか？
まず、この質問にはっきり答えてください。

次に今後のことです。電話でも話しましたが、花奈は来年四歳ですから、三年保育の幼稚園を選ぶ時期に来ています。私はかつかつの生活費を送ってもらっているだけなので、この上、幼稚園に通わせるだけのお金はありません。ママ友たちにも、このことは言えずに一人でずっと悩んできました。花奈の将来のためにも、真剣に相談に乗ってくれないと困ります。あなたがどうしても私と離婚したいのなら、それはそれで仕方のないことですから、話し合いには応じたいと思います。しかし、花奈は絶対に手放しません。そしてあなたのこの間の責任放棄に関して、それなりの対価を払ってもらわねば、私も収まりません。今後の見通しについてと、その予定も一緒に答えてください。

次に、あなたのご両親のことです。先日、お義父《とう》様がいらして、花奈を町田のお宅に連れて行きました。花奈を預かるから、その間、私は自立への道を探りなさい、と仰《おっしゃ》ってくれました。

なぜ急にこんな展開になったのだろう、と不思議でならなかったのですが、お義母《かあ》様と電話で話している時に、あなたが私との行き違いの中身をご両親に報告したということを知りました。

あなたは、ご両親に、私の何をどう告げたのですか？　私の名誉の問題ですから、あなたは答える義務があります。

そして、最後にあなたに伺いたいことがあります。

私、そんなにあなたに酷《ひど》いことしましたか？

あなたは結婚を決めた時、私のことが好きではなかったのですか？

ぜひ、答えてください。

有紗

何度も書き直したから、手紙の文面はほぼ暗記していた。有紗は、手紙の内容を反芻《はんすう》しているうちに、またしても怒りがこみ上げてきたので、思わず美雨ママに告げた。

「あたしね、アメリカのダンナに手紙書いたのよ。夕べ投函したんだ」

美雨ママは大きな目をぎょろりと動かして有紗を見た。

「手紙って、どんな」

「はっきりと何でも書いた。箇条書きに近い形で、これに答えろ、あれにも答えろ、という風にね。その中で、離婚には応じてもいいけど、花奈は絶対に渡さないって書いた」

よく決断した、と褒められるかと思ったのに、美雨ママは呆《あき》れたように目を剝《む》いた。

「うわっ、信じられない」

「どうして」

「だって、今、そんなこと書いたら、花奈ちゃんは手元にいないんだから、取られちゃうじゃん。そんな事例、いくらでもあるらしいよ。うちの妹は保育士やってたじゃない。最近、離婚とかが多いから、結構揉めるのを見てきたらしいのよ。でね、子供は何てったって母親にくっついていくじゃない。だから、夫の実家の方もいろいろ策を練るんだって。絶対的に母親の方が有利だからさ。それで、なんだかんだと揉め始める前に、さっさと子供を連れてって隠しちゃうんだって。それで母親の方は、返してほしいと頼んでも会わせてもらえなくてさ。最悪の場合、一生会えなくなったりするらしいよ。きっとあなたのダンナはそうする決心が付かないから、あなたに離婚のこと、はっきり言わなかっただけなのよ。で、ダンナの両親が乗り出して来て、その計画に協力することになったのよ。あなたが自立したら、お金も払わなくていいし、預かっているうちに花奈ちゃんを懐かせて、あなたのこと忘れさせてしまうのよ」

有紗から血の気が引いた。それでは、雄大の時と同じではないか。母親から子供を引き離すのは、たいがい祖母だ。

「てことは、町田の家はダンナとグルになって、あたしから花奈を引き離そうとしてるってこと?」

「当たり前じゃない。何で気が付かないの」

美雨ママは自信たっぷりに言った。

「ああ、どうしよう。夕べ、手紙出しちゃったよ」

有紗はパニックになって、両頬を手で押さえた。雄大に続いて花奈も失うのだろうか。花奈の気を惹《ひ》くための茶色い子犬。手の込んだおかずに可愛い服。そして、ホイップクリームやフルーツを盛った朝の香ばしいパンケーキ。花奈は晴子に取られてしまうのだろうか。

「大丈夫だってば」

美雨ママが、真剣な表情で有紗の肩を押さえた。その力が強いので、有紗は逆にたじろいだ。

「何が大丈夫？」

「落ち着きなよ、大丈夫だったら。間に合うって。あなた、メールじゃなくて手紙で出したんでしょう。だったら、早くても三四日かかるじゃない。その間に花奈ちゃんを取り返しに行けばいいのよ。何なら、あたしが一緒に行ってあげるよ」

そうか、と胸を撫で下ろす。今日は新潟に日帰りだから遅くなるけれども、明日、町田に迎えに行けば充分間に合うのだ。

「よかった。あたし、明日迎えに行くわ」

「うん、それなら大丈夫だよ。だって、あなたが手紙出したことは、まだ誰も知らないんだよ。今頃、仕分けされて、明日あたりに太平洋を渡るよ。いい？　あなたのところは離婚にまで発展しつつあるんだから、片付くまでは、花奈ちゃんとなるべく離れないようにしてなよ」

「うん、絶対に離さない」

そう言いつつも、有紗は敗北感にも似た感情に襲われて、言葉もなかった。あれほど失敗を怖れていたのに、とうとう離婚するのだ。またしても失敗。

美雨ママが有紗の手を取って、甲をぽんぽんと叩いた。

「しっかりしなよ。花奈ちゃんさえいればいいんでしょ？　あとは何とかなるんでしょ？」

有紗はうんうんと頷いた。そう、たいしたことではないのだ。今の状況よりもきっとよくなる。それを信じていればいい。急に勇気が湧いてきたちょうどその時、列車がトンネルから脱け出た。

「トンネルを抜けると雪国だった、なんちゃって」

美雨ママがふざけて叫んだが、外は雨が降っていた。有紗の眼前に、雨に煙る晩秋の新潟平野が広がっていた。有紗は、七年ぶりに故郷に戻って来たのだった。

「あたし、あのずっと向こうの方に住んでいたんだよ」

有紗は、稲刈りの終わった水田の遥か彼方を指差した。平野をずっと日本海の方に行けば、そこに瀬島農園があって、有紗のもう一人の子供が住んでいるのだった。

「え、もう新潟なの？」

「ここは長岡で、あたしのお母さんの実家があるところ。うちがあるのは次の燕三条《つばめさんじょう》と新潟のあいだくらい。もうちょっと先になるの」

有紗はそう言った後、座席に身を沈めて目を瞑《つむ》った。反対に、美雨ママが景色を見ようと、身を乗り出したのを感じた。

新潟駅には、昼過ぎに到着した。二人は万代橋《ばんだいばし》の方に出て、有紗も知らない新しい店で名物のへぎ蕎麦を食べた。「こんなの初めて食べた」と美雨ママは喜んでいたが、有紗は知り合いにでも会いそうで気が気ではなかった。

蕎麦屋を出ると、雨はいっそう激しく降っていた。有紗は折り畳み傘を持っていたが、美雨ママは傘がないので、コンビニに寄ってビニール傘を買う。

「ねえ、新潟、久しぶりなんでしょう。懐かしくない？」

美雨ママははしゃいでそんなことを聞く。

「懐かしいけど、それどこじゃない感じかな。何かさ、わかってもらえるかどうかわからないけど、失敗した場所に戻って来るって、あれこれ思い出して辛いよ」

正直に答える。美雨ママが寒そうに身を縮めながら雨空を見上げた。

「わかるかも。だけど、失敗のうちに入らないと思うけどな」

「それは、あなたが失敗してないからだよ」

美雨ママが傘の陰で煙草に火を点《つ》けてから、顔を上げた。目が笑っていなかった。

「そうかな。あなたは失敗失敗って言うけどさ。人生の理想が高いんじゃないの？」

有紗ははっとして立ち止まった。スエードのブーツの先が雨に濡れて、ほんの少し爪先が冷たかった。

「どういうこと」

「誰だって、いろんなことあるってことだよ。そんな気にするのって何か変」

美雨ママはくわえ煙草で、携帯電話の着信を確かめた。失望した顔を隠さずに、まっすぐ有紗の顔を見つめる。有紗も美雨ママの大きな目を見返した。

「じゃ、こう言ったらわかってくれるかしら。あたし、後悔してるのよ。その後悔が激しいから、大きな失敗と感じられるの」

なるほど、と美雨ママが目を落として呟《つぶや》いた。しばしあってから、「今日は憂鬱な日だものね。涙の再会って感じじゃないね」と、ふざけて言う。

「どんな日ならいいんだろうね」

「そりゃ、晴れ渡った日の、満開の桜の樹の下とかじゃね？」

美雨ママが笑った。

「入学式じゃないんだよ」

軽口を叩いていると、少し気が休まってくる。そうだ。自分は雄大をさっさと諦めて置いて来たことを後悔しているのだ、と気付く。取り返しの付かないことをしてきたのに、今更、会いに行ってどうするんだろうと怖《お》じてくる。でも、来た以上は、その姿を見て帰りたいと思うのだった。

母から聞いた話では、瀬島農園は梨もぎや葡萄狩りなどの体験農園を始めて観光客を呼び込んでいるという。食堂も作り、ラーメンや蕎麦、ジンギスカン鍋を食べさせたり、最近はバーベキュー施設も作って、持ち込み可で手広くやっているのだそうだ。

有紗はタクシー乗り場に向かった。瀬島農園はバスでは不便な場所なので、タクシーで往復する他はない。その代わり、果物を買いに来た客のふりをすれば、何とかなりそうでもあった。有紗は、運転手に顔を伏せて行き先を告げた。

「ねえ、あなたのおうちもこっちなの？」

美雨ママが雨に濡れた街を眺めながら尋ねる。

「ううん、うちはもっと東の方なのよ」

すると、話が聞こえたらしい運転手が、ふと興味を感じたように顔を上げたので、有紗は黙った。

新幹線と逆行するように、タクシーは南に向かった。ふと静かになった美雨ママを見遣《みや》ると、頭をヘッドレストにもたせかけて眠っていた。微かに口を開けている。暢気《のんき》でいいな、と有紗は苦笑した。

息子と会ったら何と話しかけようかと考えると、動悸がしてくる。さらには、息子がどんな反応をするか想像して、不安になるのだった。

雄大、あたしがあなたの本当のお母さんなのよ。

雄大、お母さんのこと覚えてる？

雄大、あなた電話くれたんじゃない？

雄大、新しいお母さんとはうまくいってるの？

ひと言目をどうしようかと考え始めると、何もかもがうまくいかない気がして、自分は何のために帰って来たのだろうと気に病んだ。

「どうしたの」

気配を察したのか、薄目を開けた美雨ママが眠そうな声で聞く。

「いや、ちょっと心配になったの」

「またか」と、美雨ママが笑った。

一緒に笑っているうちに、有紗は重大なことに気付いた。今の自分が不幸せだから、七年前の経験を失敗と感じるのだ、と。いぶパパと恋愛している美雨ママには、決してわからないだろう。有紗は雨の中、一人きりで彷徨《さまよ》っている気がした。

国道の右手に、「瀬島アグリランド」の看板が見えた。洋梨やイチゴ、葡萄などが色鮮やかに描かれた洒落た看板だ。葡萄園の一角を塀で囲み、ガラス張りの入り口から入場して、イチゴ摘みや葡萄狩りをさせる仕組みになっているらしい。一緒に暮らしていた頃は、野菜や果物を出荷する農家でしかなかったのに、変われば変わるものだと有紗は驚いた。

雨のせいか、だだっ広い駐車場には数台の車しか停まっていなかった。しかし、瀬島家の新商売はうまくいっているらしい。国道を隔てて反対側に建つ、鉄哉の古い実家は変わっていないものの、門は重厚な石造りに建て替えられて、塀はなまこ壁になり、元は竹藪《たけやぶ》だった庭にも手が加えられて屋敷然としていた。家の前には、ランドクルーザーの新車が停まっている。

「ここで待ちましょうか?」

閑散とした駐車場に車を入れたタクシーの運転手が、振り向いて尋ねた。

「お願いします。そう時間はかからないと思います」

再び眠っていた美雨ママが目を覚まし、驚いた様子で周囲を見回した。「着いたよ」と、有紗が囁《ささや》くと、その緊張が伝わったのか、美雨ママは無言で頷《うなず》いた。

ドアを開けて外に出た途端、冷気が膚《はだ》を刺した。雪に変わってもおかしくない冷たい雨だ。有紗は、黒いコートの上からベージュのカシミヤストールを巻いて、口許まで被った。顔を隠したいわけではなかったが、かつての舅や姑に会ったら、何と言っていいのかわからない。

「広い農園だね。あなた、こんなところにいたんだ」

美雨ママが寒そうに腕組みをして言った。

「そう、たった一年だったけどね」

「ふうん、こんな広いんじゃ、仕事大変だったでしょう」

美雨ママは、同情した口調になった。

「ううん、駄目な嫁だったから」と、苦笑する。

有紗はガラス戸を開けて、アグリランドに入った。ドライブインのような簡素な建物で、果物やジャムを売る売店の奥に厨房がある。厨房の横にはカウンターが設《しつら》えてある。そこで食物を受け取って、葡萄棚の下のテーブルで食べるのだろう。

カウンターの中で、キャンバス地のエプロンをした若い女性が、アイスクリーム・マシーンを掃除していた。顔を上げて有紗と美雨ママを見たが、微笑んだだけで何も言わなかった。ショートカットで化粧気がなく、黒いフリースにジーンズという地味な格好をしている。

「こんにちは」

美雨ママが挨拶すると、手を止めて軽く会釈した。

「いらっしゃいませ」澄んだ声だった。

「今日は寒いですね」

「ええ。でも、ロザリオビアンコとか、まだなってますから、もいで行ってください」

葡萄園への入り口を指で示す。

「ありがとう」美雨ママが愛想よく返した後、すぐに有紗の背中に囁いた。「ねえねえ、あの人、後妻じゃないの」

「まさか、若過ぎるよ」

「そんなのわかんないじゃん」

それもそうだ、鉄哉は有紗より年下だったのだから。有紗はちらりと若い女性の方を見遣ったが、女性は一生懸命作業していて、気付かない様子だった。

有紗は、葡萄棚が広がる葡萄園の中に入った。葡萄の木は、低い天井のように鬱蒼《うっそう》と生い茂り、踏み固められた地面を薄暗く覆っている。そして、まるでプラスチック製の飾りと見間違いそうな、熟れた葡萄が垂れ下がっていた。小さなテーブルに、カゴと鋏が綺麗に並べられて、横には葡萄の説明パンフが置いてあった。一枚取ると、鉄哉の字だった。

葡萄園から厨房がカウンター越しによく見える。湯気の立つ鍋の前に、割烹着姿の老女が立っていた。かつて姑だった人だ。少し背が丸くなったが、厳しい横顔はあまり変わっていない。動悸が速くなった。有紗は美雨ママの腕を取った。

「ね、中にいるのが前の義母なの」

「へえ、そう。ファミリービジネスなんだね」

美雨ママが感心したように言った。ファミリービジネス。突然、有紗は羨望に駆られた。家族全員で働いて、家族みんなで助け合って生きていく暮らし。自分はどうしてそこから外れたのだろう。いや、あの時の自分は、鉄哉の家族の一員にはなりたくなかったのだ。鉄哉と雄大だけで生きていくことを望んだのだから。

「うちも最初は小さな鮨屋だったじゃん。だから、よくわかるんだ。父親が握って、母親がレジに立つの。あたしも中学生の時は運んだり、愛想振りまいたりして手伝ってた。妹は小学生だったから留守番なの。夕方になると母親は家に帰って、あたしたちのご飯作るんだよ。そうやって皆で暮らしてたの。懐かしいな」

美雨ママは夢見るように話しながら、垂れ下がった葡萄に指で触れた。その時、有紗は、葡萄棚が途切れる辺りに、一人の少年の姿を発見して息が詰まった。少年は紺色のジャージ姿で、一心不乱にサッカーボールをリフトする練習をしている。あまり上手ではないので、リフティングは十回ほどしか続かず、ボールは始終、下に落ちる。その度に、少年はボールを拾い、飽きずにリフティングに挑戦している。葡萄棚の端にいるのは、体だけでも雨に濡れないようにしているからだろう。

「あれが、あたしの息子みたい」

「息子」という語を発した途端、有紗は泣きそうになった。雄大とは、三歳の頃に別れて以来の再会だったが、当時の面影はしっかり残っていた。

「行ってといでよ」

美雨ママが背中を押した。有紗はその力に抗《あらが》った。

「嫌だ、何て言っていいかわからないもん」

「あたしが本当のママよって、言えばいいじゃん」

美雨ママが力を籠めて背中を押す。有紗は美雨ママに抗議した。

「そんな乱暴なこと、いきなり言えないよ」

「乱暴じゃないじゃない。事実じゃんか。早く行きなさいよ、チャンスなんだから」

「チャンスって言うけど」

「だってさ。あっちはわざわざ電話してきたんでしょ？　だったら、あなたに会いたいに決まってるよ」

「そんな軽はずみに会ったら、瀬島の方だって困るでしょう」

「そんなのどうだっていいじゃん」

「どうだってよくないよ」

薄暗い葡萄棚の下で、有紗は真剣に美雨ママと揉み合った。ふと気が付くと、不思議そうに少年がこちらを見ている。

「ほらあ」と美雨ママが呆れ声を上げた。「あの子に気付かれちゃったじゃない」

こうなれば仕方がない。有紗は度胸を決めて、雄大に近付いて行った。

「こんにちは」

「こんちは」

雄大は有紗の顔をちらりと見た後、興味なさそうにボールを蹴り始めた。少年特有の掠《かす》れ声をしている。驚いたことに、顔立ちは有紗の父親にそっくりだった。だが、体つきは鉄哉によく似て、がっしりと骨太だ。まだ有紗の肩までしか背がないが、シューズが大きいところを見ると、背が高くなりそうだ。

「サッカーうまいね」

「うまくないよ。俺、補欠だもん」

雄大が肩を竦《すく》めた。

「でも、上手に見える」

「駄目だよ。リフティングを五十回以上できないとレギュラーになれないんだ」

雄大は爪先で数回リフティングしたと思ったら、また弾いてしまった。雨に濡れた地面に転がって行くボールを、急いで拾い上げ、溜息混じりに有紗の顔を見上げる。

「ほらね、言ったでしょ」

「頑張って練習したら、できるようになるわよ」

「そりゃ頑張るけどさ。人間の限界ってのもあるわけ」

有紗は思わず笑った。

「限界には挑戦しなくちゃ」

「そうは言っても、無駄ってこともあるでしょう。俺も頑張るけどさ、向き不向きがあるような気がするんだよ」

生意気と言えないこともない利発な答えに、有紗は首を傾げた。あの非通知の無言電話は、雄大ではなさそうだ。この子はそんなに幼稚ではない。

「なるほどね」と相槌《あいづち》を打って、葡萄園を見回した。向き不向き。不向きだったのだ、自分は。何も無理することはない。生みの母親と気付かないで喋っている息子に教えられた気がして、有紗は微笑んだ。

「あなた、面白いね」

「何が？」と、雄大は有紗の顔を見た。「面白い？　俺は真剣に悩んでいるんだけどな」

「サッカーに向かないことに悩んでいるわけ？」

「そりゃそうだよ。だって、俺はレギュラーになって、みんなを見返したいのになかなかなれないんだもの。悔しいじゃない。体が固いからかな」

「じゃ、何か他のものに向いているんじゃないの。何に向いているのかな」

雄大は急に恥ずかしそうな顔をして、なかなか答えなかった。

「何に向いているの。教えてよ」

「勉強かな」と、小さな声で答える。

「いいね。勉強して、いい学校に入ればいいよ」

「あのね、学校じゃないんだよ」

サッカーボールを手にした雄大が、真剣な顔で有紗を見た。

「じゃ、何」

「俺はいろんなことを知りたいだけなんだ」

「そうだね。それは大事なことだよ。じゃ、勉強頑張ってね」

「ありがと」

素っ気なく礼を言い、雄大はまたリフティングの練習に夢中になった。有紗は、遠くから見守っていた美雨ママのところに戻った。

「どうだった」

「いい感じだった。あたし、気が済んだから、もういいよ」

「え、もういいの」美雨ママは拍子抜けした様子だった。「何かもっとこう、何て言うのかな。お涙頂戴的なものを期待してたんだけど」

有紗は笑いながら、美雨ママのニットジャケットの袖を摑《つか》んだ。

「いいよ、帰ろうよ。タクシー待ってるし、駅前で飲んで帰ろう」

何度も残念そうに振り返って雄大の方を見る美雨ママの腕を取って、有紗はアグリランドの入り口に戻った。アイスクリーム・マシーンの掃除を終えた若い女性が、三歳くらいの幼女に、ビニール袋に入ったニンジンを渡していた。

「お兄ちゃんに、連れてってって頼んでおいで」

うん、と幼女が張り切った風に走りだして行く。有紗はその後ろ姿を目で追ってから尋ねた。

「お兄ちゃんて、あのサッカーやってる子ですか?」

女性がにっこり笑った。

「そうです。ウサギ小屋が近くにあるので」

「ああ、それでニンジンなのね」

やはり、この女性が鉄哉の後妻で、今の女の子が雄大の母親違いのきょうだいになるのだ。

美雨ママが、有紗の肩をぐっと摑んだので、話しかけられる前に口早に言った。

「そろそろ帰ろうか」

美雨ママが有紗の目を覗き込んだまま、頷いた。

駐車場で待っているタクシーの運転手は、退屈した様子でスポーツ新聞を読んでいた。

「お待たせしました。新潟駅までお願いします」

シートに座ってから、もう一度アグリランドを見ようと顔を上げた有紗は、驚いて目を瞠《みは》った。タクシーの前に、鉄哉が立っていた。グレーの作業着の上から黒いダウンジャケットを羽織って、大きな黒い傘を差している。

「すみません、ドア開けてください」

有紗は慌てて運転手に頼み、何ごとかと身を乗り出した美雨ママに、低い声で説明した。

「前のダンナなの。ちょっと待ってて」

外に出ると、鉄哉が雨がかからないように傘を差しかけてくれた。二人して、人目に立たない駐車場の隅に移動する。鉄哉は十キロ以上は体重が増えて、貫禄が増していた。いかにも外で作業する男らしく、体全体から土と雨の匂いがした。

「久しぶりだね」と、鉄哉がまず言った。

「ほんと、七年ぶりかしら」

「俺、太ったでしょ?」

「うん、太った」

正直に告げると、鉄哉が頭に手を遣《や》った。

「髪も薄くなってきてさ。やばいよ、俺」

有紗が思わず笑うと、鉄哉が感心したように有紗の全身を眺めて言った。

「有紗は変わらないね」

「嘘。老けたよ」

「老けてないよ、全然。すごく垢抜けてるし、綺麗だよ」

二十歳の頃に出会って結婚し、深く傷付け合って別れた前夫と、懐かしく語る日がくるとは、夢にも思わなかった。

「雄大に会った？」

「会った。うちの父に似ているんで、びっくりしちゃった。でも、いい子に育ててくれて嬉しいわ」

「いやいや、そんなことないけど」

鉄哉は、節の目立つ荒れた指で鼻の下を掻いた。鉄哉の照れた時の癖だった。

「そう言えば、お義母さん、さっき厨房にいらしたでしょう。お元気そうで変わらないので驚いた」

鉄哉が心配そうに眉を顰《ひそ》めた。

「オフクロのこと責めないでくれよ」

「責めてなんかいないよ」

「有紗が来てるって知ったら喜んだのに」

「そうかなあ」

当時の小さな行き違いや、つい声を荒らげた時の後悔の念などが蘇《よみがえ》って、胸がいっぱいになった。

「そりゃ、そうだよ。みんな有紗に悪いことをしたって思ってるよ」

それは、美雨ママが飲み屋で、自分を慰めてくれた時と同じ言葉ではないか。

「そう？」有紗は驚いて顔を上げた。

「特によくなかったのは俺だよ。俺の顔なんか見たくもないだろ」

鉄哉は口を歪め、視線を落としたままで言った。その視線の先には、大きな水たまりがある。

「そうね、やっぱりあなたのドメバが一番ショックだった。あれですべて捨ててもいいと思った」

静かに告げると、はっとしたように頭を下げた。

「ごめんなさい。ほんと、すみませんでした。謝って済むことじゃないけど、あの頃はどうかしてたと思う」

「あたしも若くて、いろんなことが辛抱できなかったのよね。お兄さんが亡くなったことも、どこか他人事だったのかもしれないから、あなたたちも苛々してたかもしれないね」

この場所で、鉄哉や鉄哉の両親たちと暮らしていたはずなのに、雨の中で、こんな風に穏やかに話したことなどなかった。共有していた時間も場所も人も、まるで夢の中での出来事のように遠くにある。

「雄大、大きくなったね」

有紗が沈黙を破ると、「ああ」と、鉄哉が嬉しそうに答えた。

「雄大はどうしてるかなって時々思い出してた。うちの子は女の子だから、何か感じが違うのよ」

「その子のことは聞いてるよ」

有紗は驚いて聞き返した。

「誰に聞いたの」

鉄哉は、母屋の方をちらりと窺《うかが》ってから答えた。

「有紗の兄貴だよ。時折、サッカークラブとかで会うから、有紗の近況も聞いた」

「近況って？」

「何かご主人とあまりうまくいってないって。だから、ちょっと心配だった」

「心配？」心がざわめいた。もしかすると。

「うん、携帯の番号も教えて貰ったんだよ」

「じゃ、非通知で無言電話くれたの、あなた？」

鉄哉が恥ずかしそうに俯《うつむ》いた。

「そう、俺。こないだ、兄貴のお嫁さんにも会って挨拶したことだし、有紗の様子を聞いてみようかなと思って電話したけど、恥ずかしくて何も言えなかった」

「あたし、雄大からかと思った。だから、会いに来たのよ」

鉄哉はふと真剣な顔をした。

「そうだったのか。でも、よかったよ、会ってきて。雄大は、あの時、三歳だったから、母親が違うってことは知ってるんだよ。でも、有紗のことは何も言ってない。いずれ知りたがる時期が来たら、ちゃんと教えるから、その時は正式に会ってやってほしいんだ。大人は別れても子供は違うから」

「そうだね。ところで、どうして、あたしが来てるってわかったの？」

「女房が教えてくれた。前の奥さんが来てるわよって携帯に電話くれたんだ」

「何だ、ばれてたんだ」と、恥ずかしくなった。

「写真を見せたことがあるから、有紗の顔がわかったんだろう。女房とは、絶対に隠しごとはしないって約束してるんだ」

隠しごとはしない、という約束。その言葉は有紗の胸に重く響いた。俊平に隠そうとしたわけではなかったが、積極的に話さなかったツケが、今回ってきている。幸せそうな鉄哉の一家を見ただけに、有紗は孤独感を強めた。

「有紗が東京で幸せに暮らしてるって聞いて、俺、本当に嬉しかった。だから、今心配していた。早く解決して、幸せになってくれよ。そして、いつまでも元気で暮らしてください。雄大のお母さんなんだから」

鉄哉の目に光ったのは涙だった。七年前、「お前は、我が儘過ぎる」と血相を変えて、自分を殴った男が今、泣いている。雄大の実母の不幸せは、幸せな鉄哉一家にとって不安の種なのかもしれない。

「ありがとう。じゃあ、そろそろ帰るね」

タクシーに戻ろうとすると、手の中に紙袋を渡された。

「うちの『ル・レクチエ』だよ。洋梨。ふた箱あるからお友達に」

鉄哉に挨拶し、有紗はタクシーに戻った。タクシーの運転手が、好奇心丸出しでバックミラーに映る自分を眺めているのを意識しながら、「出してください」と頼んだ。

「ほら、あの人」

美雨ママが肘で突いた。アグリランドの前に、後妻の女性が立っていた。エプロンを外して、有紗の方に丁寧なお辞儀をした。もう二度とここには来ないだろう、と有紗は思った。葡萄棚の陰にいる息子の姿を探したが、すでに薄暗くなっていて見付からなかった。

2　冬の桜

有紗は不快な目覚めをした。唾が飲み込めないほど喉が痛く、からだ全体がだるい。風邪を引いたようだ。これでは、花奈を迎えに行っても風邪をうつしてしまうだけだ、と憂鬱になる。念のために体温を計ると、三十八度もあった。

どうして、花奈を迎えに行かなくてはならない大事な時に、風邪なんか引いてしまったのだろう。有紗は羽毛布団で肩を覆った。寒気が治まらない。

昨日は、新潟駅そばの鮨屋で、美雨ママと酒を飲んでから帰京した。美雨ママが、いぶパパの話をやめないので、予定より一本遅れ、二本遅れ、結局、最終の新幹線で帰って来たのだった。

『のろけてばっかり。よっぽどうまくいってるのね』

鮨屋のカウンターで有紗は美雨ママをからかった。

『そうでもないよ。実はさ、一昨日からメール全然来ないのよ。頭に来る』

美雨ママは真剣な顔で、爪を噛み始めた。有紗は、謎が解けた思いで美雨ママの爪を見た。いつも子供のような深爪なので気になっていたのだ。まだ赤ん坊のいる芽玖ママは例外として、いぶママと真恋ママは、ネイルサロンに通い、バイオジェルで綺麗に整えている。有紗の視線に気付いた美雨ママは、恥ずかしそうに爪を隠した。

『きっと仕事が忙しいのよ』

有紗は慰めた。

『忙しくたって、メールくらいできるじゃん』

唇を尖らせた美雨ママは勢いよく立ち上がった。そのまま外に出て行こうとする。有紗は慌てて聞いた。

『どこ行くの』

『電話してくる』

美雨ママの怒った声に、カウンターに居並んでいた男たちが一斉に振り向いた。ほとんどが地元の勤め人らしく、女二人で酒を飲む有紗たちを珍しそうにちらちらと見ていたのだった。

ほどなく、美雨ママが浮かない顔で帰って来た。

『どうだった』

『出ない』と、美雨ママは、可哀相なくらい悄気《しよげ》ていた。そして、迷惑顔の男たちに構うことなく、煙草に火を点けた。一本吸い終わった美雨ママは、有紗の方を見て苦笑いした。

『帰ろうか。寂しくなっちゃったよ』

『ほんとだね』

店を出ると、雨はみぞれに変わっていた。有紗は歩道橋の上から街を見下ろし、もう、ここには自分の居場所はない、と思った。コートの裾を冷たい海風がはためかし、傘を持つ手が凍えた。風邪を引いたのは、その瞬間だろう。

数時間寝たが、症状はさらに重くなった気がする。有紗は、花奈を迎えに行くのが数日延びることを伝えるために、晴子に電話をかけた。

「もしもし」と、晴子。だが、携帯を取り落としそうにでもなったのか、ぎゅっと摑むような音とともに、「あらっ」と慌てる声がした。

その背後に、楽しげな音楽が流れている。聞き覚えのある曲だった。晴子はいったいどこにいるのだろう。やがて、晴子が珍しく言い訳をするように出た。

「今、電話を落としそうになったの」

「すみません、かけ直しましょうか?」

取り込み中かもしれない。有紗は、晴子の機嫌を損ねるのを怖れて先回りして言った。うっかり、晴子の仕事中にかけて、「仕事中。後でかけて」と、不機嫌な声ですぐに切られたことが何度もある。

晴子に悪気がないのはわかっているが、こちらもよほど割り切らないと、感情の収まりの悪い時もあるのだった。しかし、今日の晴子の声は弾んでいる。

「いいわよ、大丈夫。今ね、三人でディズニーランドに来てるのよ。花奈ちゃん、ディズニーランド大好きなのね。すごく喜んでくれて嬉しいわ」

道理で、聞き覚えのある音楽のはずだ。ディズニーランドなら、目と鼻の先なのだから、誘ってくれれば、一緒に出掛けられたかもしれないのに。残念な思いを隠せない。

「あら、そうですか。ディズニーランドだったら近いから、あたしも行けたかもしれないですね。もっとも今日は風邪を引いて伺えませんが」

「あら、そう言えば、有紗さん、すごい鼻声ね」

「そうなんです。新潟が寒かったので」

晴子はとても驚いた様子だった。

「有紗さん、もう東京に帰って来たの？」

「ええ、日帰りで行って来たんです」

「そうだったの」いったん間が空いた後、晴子は言い訳をした。「有紗さんもご一緒だったらよかったんだけど、てっきり、まだご実家にいらっしゃると思ったものだから、お誘いしなくてごめんなさいね」

端《はな》から員数外だったような気がしたが、有紗は礼を述べた。

「いえ、いいんです。花奈を連れて行って頂いてありがとうございます」

「何、水臭いこと言ってるの。うちの孫じゃないの」晴子は高らかに笑った。「ところで、お母様たち何て仰ってました？」

晴子は、有紗が実家に離婚の相談をしに行ったと思い込んでいる。有紗は何と言おうか迷ったが、曖昧にした。

「ひと言では言えないので、今度ご報告します」

「はいはい、そうね」

有紗は早く花奈の声が聞きたくて、うずうずしている。しかし、晴子はなかなか電話口に出してくれない。

「楽しいわね、ここ。小さな子がいると、なおさら楽しいわ」

「ええ、あたしも大好きです。あの、花奈と話したいんで代わって頂けますか？」

有紗は焦《じ》れて、つい本音を洩らした。晴子は気を悪くした様子もなく、のんびり答える。

「花奈ちゃん、今ね、お祖父ちゃんとお菓子買いに行ったの。あの長いドーナツみたいなの何て言うの？」

「チュロスですか」

「そうそう、それね。帰って来たら、こちらからかけるわね。何せ、ここから動くなって言われているから、待つしかないのよ」

「すみません、お願いします」

有紗は再びベッドに潜り込んだ。電話はしばらくかかってこなかった。悪寒に堪えながら、携帯のメールをチェックした。誰からも来ていない。いぶパパが美雨ママにメールをしないのは、数日前に、銀座のシャネルで見た光景と何か関係があるのだろうか、などと考えている。そのうち、うとうとした。

電話の音で目が覚めた。発信元は「晴子」なので、何とか普通の声を出そうと努める。

「もしもし、有紗です」

「ママ？」

突然、花奈の声が響いた。

「そうよ。花奈ちゃん。元気？」

「うん、げんき」

「あのね、ママ、お風邪引いちゃったの」

「ママ、おかぜひいちゃったの。あのね、ママおかぜひいちゃったの」花奈は鸚鵡《おうむ》返しに、晴子や陽平にも伝えているらしい。そして、念入りに繰り返した。「あのね、ママ、おかぜひいちゃったの」

すぐそばで、「はいはい、知ってるわよ」と笑う晴子の声がした。

「だからね、明後日《あさって》くらいにお迎えに行くから、いい子にしててね」

「あさってね」と花奈。

「そう、明後日なら大丈夫だと思う。待っててね」

「うん、バイバーイ」

電話はいきなり切れた。寂しかったが、具合が悪い時だから、一人になれてほっとする思いもある。有紗はゆっくり目を閉じた。

午後になると、少し気分がよくなった。有紗は、紅茶にたっぷりの砂糖とミルクを入れて飲み、やっとの思いで洗顔を済ませた。近くの医療モール内にあるクリニックに行くつもりだ。

十一月だというのに、桜が咲いてもおかしくない陽気だった。新潟のみぞれが嘘のような小春日和だ。大きなマスクをした有紗は、歩いているうちに汗を掻き、首に巻き付けたストールを取った。

クリニックの受付を済ませて、待合室の長椅子に腰掛けた。すでに五、六人の患者が雑誌を眺めて順番を待っている。

「あれ、花奈ちゃんママじゃない」

突然、声をかけられてびっくりした。真恋ママが同じくマスク姿で入って来たところだった。真恋ちゃんは誰かに預けて来たのだろう。

「どうしたの」

二人同時に質問して互いに笑い合った後、「風邪に決まってるじゃん」と、真恋ママがマスクを指差して言った。

「あたしもそう。熱出ちゃった」

「あたしも出た。微熱だけどね」

真恋ママはそう言って笑った。それでも、金の大きなピアスを付けているので、マスクの紐が金具に引っ掛かっている。

「ところでさ、聞いた?」

「何を」

「まだ、知らないのね」真恋ママは嬉しそうに笑う。「やっと解禁したんだから、言わなくちゃ。あのね、いぶきちゃん、青学の幼稚園受かったのよ」

「うわー、ほんと? 凄いわ、素晴らしいわね」

青山学院の幼稚園は、難関中の難関だ。いぶママが青学出身だと知っているから、おそらく狙っているのだろうとは内心思っていたが、聞くのも不躾《ぶしつけ》かと思って、口にしなかったのだ。

「それでね、今だから言うけど、実はうちも、十月に白金の松波《まつなみ》幼稚園に受かってたのよ。あなたに言いたくてうずうずしてたけど、いぶきちゃんの結果がわからないから、うちだけ騒ぐと悪いかしらと思って黙ってたの。松波はずっと前から考えていた幼稚園だから、ほんとに嬉しかったわ。ちょっと遠いけど、送り迎えするから大丈夫なの」

松波幼稚園も幼稚園の名門だと聞いたことがあった。真恋ちゃんの合格を、自分だけが知らされていなかったのかと戸惑いながらも、有紗は懸命に言った。

「あら、それはよかったわね。すごーい。おめでとうございます」

「ありがとうございます」真恋ママは満面の笑みで応えた。「でね、芽玖ちゃんは、東雲《しののめ》の聖くらら幼稚園に決めたそうよ。近場だけどね。でも、あの子、新芽会に入会できたのよ。

これからは幼稚舎目指して頑張るんじゃない。芽玖ちゃんとこって、パパの一家は全員慶應なんだって。だから幼稚舎に入れるのが一族の使命なんだって」

「そう、皆さん、決まってよかったわね。おめでた続きで、本当に嬉しいわ」

有紗はクリニック内だから、そっと手を叩いた。それでも、数人の患者が非難するように、ちらりとこちらを見た。

「この間、スタバでタワママ会の話をした時、あなたに言おうかなと迷ったのよ。でもさ、ほら、いぶきちゃんのところがまだ結果出てなかったし、あなたもアメリカがどうこうって言ってたからわからなくて、ちょっと黙ってた。ごめんね、内緒にしてて」

真恋ママは、両手を合わせて謝る仕種《しぐさ》をした。確かに、あの時は三人が何となく結託しているような雰囲気を漂わせていた。そういう事情だったのかと納得するも、内心は穏やかではない。

「いいのよ。そういうのって言いにくいものよね。うちは、ちょっと主人と相談しないとどうにもならないのよ」

有紗は、マスクをしていてよかったと思った。表情を読まれなくて済む。

九月、十月、十一月。難関の幼稚園を受験させるママたちが、最もぴりぴりする時期を自分はひとり悩んで過ごしてきたのだ。ちょうど長雨でしばらく連絡が途絶えた頃、みんな着々と受験を済ませ、手続きなどに忙殺されていたのだろう。

結局、有紗は花奈に何の対策も取れずに無為に過ごしてしまったことになる。それが不憫《ふびん》だった。

「ねえ、ご主人に相談っていうけどさ。あなたのご主人は、アメリカにいらっしゃるんでしょ？　日本はこの時期にあれこれ決めなくちゃならないんだから、早くした方がよくない？」

真恋ママは、なぜのんびりしている、と言わんばかりに綺麗に描いた眉を顰めた。

「そうよね。今、花奈が町田に行ってるのも、そのことと関係あるのよ」

有紗は仕方なしに明かしたが、はっきり言わなかった。

「花奈ちゃん、町田の幼稚園に行くの？　あっちも選択肢多いでしょう？　だったら、その方がいいかもね」

有紗は何も言わずに首を横に振った。何と答えていいのかわからなかった。すると、真恋ママが真剣な顔で有紗に詰め寄った。

「でも、どのみち三年保育にするんでしょう？」と、追及の手を緩めない。

「ええ、そのつもり。二年保育だと苛《いじ》められると聞いたことがあるし」

「そうよ。世の中、厳しいんだから。ね、行かせるつもりがあるなら、早く決めてしまって、少しでも早く慣れないとね。あなた、花奈ちゃんの将来なんだから、暢気《のんき》にしていると出遅れるわよ」

診察室のドアが開いて、ピンクの制服を着た看護師が顔を出して有紗の名前を呼んだ。

「岩見さん、岩見有紗さん、診察室にお入りください」

はい、と返事をして立ち上がる。

「じゃ、またね」

「いぶママには、あなたに喋ったこと言っておくね。よかったら、メールしてあげて。すごく喜んでいるから」

「わかった。診察終わったらメールするね」

「お大事にね」

真恋ママは、嬉しそうに手を振った。いぶママも真恋ママも芽玖ママも、無事に志望幼稚園に入れて、さぞかし充実した思いでいることだろう。有紗は熱のある額を押さえた。誰にも言ってないが、自分はそろそろ仕事と保育園を探さねばなるまい。今から入れる保育園があるのだろうか。

診察が終わって待合室に戻って来ると、真恋ママは入れ違いで呼ばれて話はできなかった。有紗は会計を待つ間、いぶママにメールを打った。


おめでとうございまーす!!

さっき、真恋ちゃんママとばったり会って、素晴らしいニュースを聞きました。

青学は日本で一番の難関だと聞いています。
そこに入れるのは、いぶきちゃんの実力ですね。
何だか私も嬉しくなっちゃった。
花奈ママ

最後の行がわざとらしい気がして、打ち直す。「何だか私まで嬉しくなってしまいました。ほんとにおめでとう」と。パチパチと拍手のデコメと、桜の花が咲いているデコメを入れて、気が変わらないうちに送信した。

そして、このことを美雨ママにどう伝えようかと思案する。いぶパパからメールが来ないのは、いぶきちゃんの朗報と関係があるような気がした。

会計を済ませて表に出た途端、いぶママから電話がかかってきた。

「もしもし、久しぶり。メールありがとう」

「おめでとう！　ほんとにすごいわ」

「ありがとう。そうなのよ、ほんとに嬉しくて。あたし、受かってるってわかった瞬間、涙が出ちゃったのよ」

「わかるわ」

有紗はしみじみ言った。いつも真剣ないぶママだったらそうだろう、とその姿が見える気がした。

「ありがとう。あなたがそんなに言ってくれるなんて、嬉しいわ。ね、花奈ちゃん、どうした？　芽玖ちゃんは聖くららだそうだから、ご一緒かしらなんて思ってたんだけどね。何か説明会にはいらっしゃらなかったみたいだし」

芽玖ママから、そのあたりは聞いているのだろう。心配そうだった。

「うん、うちは、アメリカで教育するか、それとも町田にするか、それとも、保育園にするか、まだ決めかねているのよ。主人と相談しないとならないんだけど、年末にならないと帰れないみたいだし」

「そう、大変ね」と、いぶママは言葉を切った後、不思議そうに聞き直した。「花奈ちゃん、保育園に入れるの？」

「もしかしたら、働くかもしれないの」

「そうよね。いいわよね、働くのも。ママ業だけじゃね、つまらないわよ。やっぱり社会に繋がっていないと」

「そうね」と、有紗は汗ばむほどの陽気の中で、一人厚着をして立ち尽くしている。自分は社会に繋がるためではなく、食べるために、花奈と別れ別れにならないために、働かねばならないのだ。

「まだわからないけど」と付け足す。が、いぶママは聞いていなかった。

「そうそう。例のクリスマス会だけどね。あまり年末になると、互いに忙しいじゃない。だから、今年は早めの十日にやろうってことになったの。場所は、あたしのうちで、二時くらいから持ち寄りでどうかしら。あと、千円くらいのプレゼントを用意しようかって言ってたけど、喧嘩になるといやだから、プレゼントの持ち寄りはナシね。その代わり、会費貰って、あたしと芽玖ママとで、皆に同じプレゼントを見繕うわね。それでいいかしら?」

「ええ、それがいいと思うわ」

「よかった。じゃ、このこと、美雨ちゃんママにも伝えてくれる? それから男の子のママたちも来るかもしれないの。だから、子供は七、八人くらい。うち汚いけど、我慢してね」

いぶママは上機嫌で電話を切った。とうとう、いぶママの家が見られるという喜びよりも、有紗は美雨ママの反応が心配で唇を噛んだ。

クリニックで貰った薬が効いたのか、夕方になるとやっと熱が下がり始めた。

有紗は、ベッドの中で大量の汗をかきながら、後回しにしていた美雨ママ宛のメールを打った。

洋子様

昨日は付き合ってくれて、ほんとにありがとう。

あなたがいてくれたおかげで助かった。
平常心であの子にも会えたし、前のダンナとも話せたよ。
何つーか、あたしがいなくても、世の中ちゃんと回っていくんだな、と思った(^^)
でも、寒かったせいか、風邪を引いちゃったよ。
あなたは大丈夫?
あたしは熱が出たので、花奈も迎えに行けず、家で寝てます。
ところで、いぶママからの伝言です。
クリスマスパーティは、12月10日になりました。
場所は、いぶママのおうち。時間は2時くらいからだそうです。
それぞれ持ち寄りで、プレゼントは不要だって。
お金を集めて、ケンカにならないように同じ物を買うそうです(^。^)
それから、いぶきちゃんは、青学の幼稚園に受かったんだって。
真恋ちゃんは、白金の松波。芽玖ちゃんは聖くらら。
みんなすごいね!!
うちは出遅れでーす(^^;)
有紗

いぶきちゃんの合格について書こうか書くまいか、さんざん迷ったが、美雨ママに知らせないわけにいかないので、思い切って書いた。

美雨ママが、いぶパパから返信メールが来ない理由を、いぶきちゃんの幼稚園合格と結び付けると嫌だなと思う。でも、それは案外真実かもしれず、そうなれば美雨ママの心境を思って、居ても立ってもいられない。

有紗は、美雨ママの反応を今か今かと待ったが、なかなか来ないので、ベッドから起き上がった。カーテンを開けるために、ふらつく脚で窓辺に向かう。

頭を巡らせて西の方を見ると、空が真っ赤だった。燃えるような夕焼けを背景に、BWTが高く聳《そび》えている。あの上階の見晴らしのいい部屋に、いぶママが住んでいる。今のところは何もかもがうまくいっている、とても幸せな人が。

そう、今のところはね。

有紗はそうつぶやいてから、はっとした。いぶママの不幸せなど願うはずもないのに、いつの間にか、美雨ママに味方しているのだった。美雨ママに勝ってほしかった。でも、何が勝ちで、何が負けなのかもわからない。

不穏な状況を示唆するかのように、空の色が異様に赤い。薄気味悪くなった有紗は、急いでカーテンを閉めた。その時、メールの着信音が響いた。

有紗様
風邪引いたの？　だいじょぶ？
お鮨屋さんを出たあたりから、ちょっと元気なくしてたもんね。
それに、新潟はやっぱ寒い⛄
お大事にね。あたしは全然元気にしてます。美雨ちゃんも元気💪
ところで、いぶきちゃん合格したんだね。すごい、マジびっくりした👀
青学って日本で一番難しい幼稚園なんでしょ？
うちなんか受けさせたいとも思わないものね。
いぶママが出身だから、実力が違うんだね。
みんなにも、一応おめでとうってメールしておきます👋
それからパーティのことも知らせてくれてありがとう。
行けるかどうかわからないけど、考えておくね。
　ＹＯＫＯ

美雨ママにしては、元気のないトーンが心配になった。だが、敢えて電話して喋る元気もない。有紗は、冷凍うどんを煮て、やっとの思いで半分食べた。

またベッドに戻って、見る気もないテレビを点けて、あちこちチャンネルを替える。一人きりでいるのが無性に寂しくて、花奈に早く会いたかった。

枕元に置いた携帯が鳴った。新潟の母親からだった。いつもなら、あれこれ問い質《ただ》されるのが億劫で、出ないこともあるのだが、今日ばかりは心細いので嬉しかった。つい、甘え声で喋った。

「もしもし、お母さん？」

「あら、風邪引いたの？」

母親は開口一番言った。さすがに母親は娘の声を聞いただけでわかるらしい。

「わかるの？」

「熱あるんでしょ。そんな声してるよ」

「でも、もう下がった」

「病院行ったの？」

うん、と子供の声で答える。

「インフルエンザじゃないでしょうね」

「ただの風邪みたい」

「そう、だったらよかった。花奈ちゃんは今、町田のお宅でよかったわね。うつさなくて済んだ」

「そうなのよ」

よほど寂しげに聞こえたのだろう。急に母親が黙った。そして、何か言葉を選んでいる気配を感じて、有紗は身構えた。

「あなた、昨日、瀬島農園に行ったんだってね？」

「どうして知ってるの？」

有紗は驚いて聞き返してから、鉄哉が少年サッカーチームを介して、兄と親しいことを思い出した。

「ま、いいや。それで何が言いたいの？」

今までの懐かしく甘えた気持ちはどこかへ消えて、母親に対して攻撃的な気分になった。母もいささかむっとした口調になる。

「何か言いたいわけじゃないよ。あなたがわざわざ雄大に会いに来たって聞いたから、どういう風の吹き回しかと、ちょっと心配になっただけよ。あたしが、サッカーチームの話したせいじゃない？」

「それもあるけど、非通知の電話がかかってきたから、雄大からかなと思ってさ」

正直に言う。母親が大きな溜息を吐いた。

「あの子も寂しいのかしらね」

違う、そうではない。鉄哉が、有紗が不幸そうだからと心配になってかけてきたのだ。そう言いたかったが、面倒で黙っている。本当は大人の側の身勝手な話なのかもしれないのに、母親がセンチメンタルに作り上げている気がして、何を言ってもわかるまいと意固地になる。

「雄大ね、案外いい感じの子になってたよ」

関係のないことを言ってみる。母親がしみじみと応じた。

「らしいね。新しいお母さんがよくしてくれているみたいだって」

「そんな感じだった」

認めた途端、目の奥がつんとした。自分ができなかったことをきちんとやれて、鉄哉の母親に評価されている、後妻のことを話すのは辛かった。アイスクリーム・マシーンの前に蹲《うずくま》り、真剣な表情で掃除している横顔が蘇った。

母親は何か悟ったらしく、話題を変えた。

「そういや、あなた、何でうちに寄らなかったの？　新潟には帰らないなんて嘘吐いて。何かあったの？」

「いや、友達が一緒だったから、面倒になったのよ」

「じゃ、何で雄大に会いに行ったこと、教えてくれないの？」

「もう、いいじゃない。責めないでよ。ちょっと顔を見てみたかっただけなんだから。ああ、もうほんとに田舎は息が詰まる。すぐに情報が洩れるんだから」

有紗が声を荒らげると、母親は驚いたように呟いた。

「責めてなんかいないわよ。心配しているだけよ」

それっきり、沈黙する。遠くで水の流れるような音がした。父親がトイレの水を流したのか。それとも、風呂の湯か。有紗は、家の気配を感じようと、携帯電話に耳を強く当てた。

「ねえ、あなた、離婚するつもりなんじゃない？」

不意に母親に言われて、有紗は思わず頷いていた。

「うん、埒《らち》が明かないから、そうしようと思っている」

「やっぱりね。何かそんな気がしたのよね。町田のお宅も、急に花奈を預かるって仰ったんでしょう。で、どうなの、俊平さんは？」

「どうなのって、全然連絡もないのよ。それで、花奈も幼稚園の申し込みできなかったし、そんな話し合いもできなかったし、ずっと放っておかれたままなの。勝手にやろうにも、そんなお金ないし。このままでは生活費を貰うだけで、町田の方からも負担だって言われたから、別れて自立しようと思っているの」

晴子たちに、相談してこいと言われたことを、結局電話でしている。有紗は苦笑した。

「そんなあ、酷いじゃないの」

母親が叫んでから、絶句した。

「仕方ないよ、いつの間にか、そうなっちゃったんだから」

両親には詳しいことを報告していなかったから、突然聞かされて、腹が立ったのだろう。

「そうなっちゃったって、そんな無責任なこと許されるわけないじゃない」

「しかもね、それは全部あたしのせいってことになってるの」

「どうして」母親の声が怒りで尖っている。

「子供がいることや離婚のことを、正直に言わなかったって」

「ああ、あなた。だから、雄大を見に来たのね？」

有紗は、その通りだ、と心の中で同意している。そうなのだ。新潟に行ったのは、自分が生きてきた道筋を、この目で確かめたかっただけなのだ。あの時の判断は、決して間違ってはいなかったはずだ。自分が鉄哉とあのまま結婚を続けていて、果樹園で一緒に働く姿など、どうして想像できようか。

「ねえ、離婚してどんな仕事していくつもりなの？」

母親の声は不安で消え入りそうだ。

「まだわからない」

「今はそんなに仕事ないっていうじゃない？」

「らしいけど、探してみるしかないでしょう」

「あなたが仕事に出たら、花奈ちゃんは一人っきりで家にいることになるの？」

「まさか。保育園に預けるしかないよ」

「病気の時とかどうするの？」

心配のあまりか、母親の言い方は、どんどん詰問口調になっていく。

「こうなったら、俊平さんにきちんとお金を払って貰うしかないわね。これはお父さんも同じ意見だと思うわ」

母親が俄《にわか》に感情的になったので、有紗は驚いた。

「慰謝料？」

「そりゃそうだよ。人様の娘と幼い孫を勝手に放り出して、アメリカに逃げて行くなんて、無責任にもほどがある。養育放棄って言うんでしょう。こうなったら、うちだって考えがあるよ。弁護士雇っても訴えてやるから。癪《しゃく》に障るったらないわよ。だいたい、町田の方も何を考えているのかね。見かけは上品だけど、やることはえげつないじゃない。あんたがいくら出戻りだって、過去を責められたって、こっちにだって言い分はあるよ。先に花奈を連れて行くなんて、やり方がえぐい。有紗、花奈ちゃんを取られないようにしなさいよ」

母親の口から、聞いたこともない激越な言葉が飛び出てくる。確かに、正式に別れるとなれば、慰謝料が発生する。有紗はこういう方法も取らざるを得なくなるのかと驚き、結局、自分と俊平が憎み合うことになるのか、と気持ちが落ち込むのだった。

十時頃、うとうとしていると、メールの着信音が鳴った。見ると、美雨ママからだ。長いメールのようなので、読む前に冷蔵庫からミネラルウォーターのボトルを出して、直接口を付けた。早く読みたくて気が急《せ》く。

有紗様
風邪、どうですか？

夕方、あの人に『花奈ママから聞いたけど、合格おめでとう』ってメールしたのよ。

そしたら、すぐに返信が来て、『ありがとう。嬉しいよ』って書いてあった。

あたし、結構傷付いた。酷くない？

だってさ、3日前から、あたしのメールに全然返事くれなかったんだよ。

なのに、いぶきちゃんの合格を祝うメールにはすぐ返事くれるなんて。

あたし、結構頭に来て、もう一回メールしたの。

『何で、あたしのメールに返事くれなかったの』って。

そしたら、何て答えたと思う？

『3日前に機種変したら、うまくメールが届かなかった』だと。

今時、機種変したって、メールは届くよね。こんな変な言い訳、信じられる？

いぶきだよ、有紗さん。あたし、こういうことには勘がいいんだ。

[illegible]の母校にめでたく合格したんで、あの人、里心が付いてるんだよ。

ああ、やんなっちゃった。
あたし、パーティ行かないからね。
YOKO

美雨ママが、このままではおさまるはずがない。有紗は、仕方なく返信した。

洋子様
妄想を働かせるのはやめなよ。
本当に機種変してたんじゃないの。
そんなのすぐわかるから、会って確かめればいいじゃない。
違っていたら、いぶパパが可哀相よ。
ところで、あたし働かなきゃならないようなの。
どこか働き口知りませんか？（関係ないことでゴメンね）
有紗

最後の質問を書いたら、何だかひどく疲れた気がして、有紗は電源を切って布団を被ってしまった。

だが三十分後、気になって電源をオンにすると、やはりメールが来ていた。

有紗様
ねえ、電話に出てくれない。
あたし、もう駄目かもしんない。
お願いだから、ちょっと話して。
　YOKO

何度か電話をくれたのだろう。気付かなかった。有紗は慌てて電話をかけた。

「もしもし」と急いた口調で、美雨ママが出る。

「ごめんね。あたし熱があるんで疲れたの」

「こっちこそ、ごめん」

声が元気なかった。

「どうしたの」

「あたしがまたメールしたら、返信がなかったから、思い切って電話してみたの。そしたら、あっちが、俺はもう続けられないから別れようって、言ったの」

美雨ママの声は悲痛だった。泣いているらしく、時折途切れる。

「それはなぜ」

問い返しながらも、そうなるのはわかっていたんだ、きっとそうなると思っていたんだ、と、心のどこかから何かが冷たく囁くのを感じて、有紗はぞっとした。

「いぶきちゃんが幼稚園に入って、いろいろと状況が変わる時だから、自分も家庭に帰るしかないって言うの。ねえ、酷くない？　今までさんざんさ、いぶママよりもあたしの方が好きとか何とか言っておきながら。今更これって騙《だま》しじゃね？」

「酷いよ」としか答えられなかった。

だが、美雨ママは、そんな有紗の同意など聞いていない。

「あたし、どうしたらいいんだろう。ダンナとももう、ほとんど口利いてないし、美雨も情緒不安定だし。こんな惨《みじ》めな思いさせられたの初めて」

美雨ママが啜《すす》り泣いている。

「洋子さん、しっかりしてよ」

「しっかりなんかできっこないじゃん！」

有紗は怒鳴られて黙った。その後しばらく、美雨ママの言葉が途切れた。有紗が何度か「洋子さん」と呼びかけても、美雨ママは応えない。有紗は体がだるくて、電話で話していることが辛くなってきた。母親との遣り取りで疲れたせいもあるのだろう。

「ねえ、美雨ちゃんママ。悪いけど切っていい？　あたし具合悪いから、また明日話そうよ。

ね、ごめん。悪いけど、切るね」

だが、美雨ママは返答しない。有紗は苛立《いらだ》ってきた。

「実はさ、あたし、三日ぐらい前に、銀座のシャネルで見たんだよね。あの人たちを」

とうとう言ってしまった。

「シャネルでどうしたの？」

美雨ママが急に応じた。

「二人で何か買ってた。あれはきっと合格祝いだったんだなと思った」

「ねえ、何でそのこと黙ってたの。それって新潟に行く前でしょ？」

美雨ママの声が尖る。

「そうだよ。でも、言えなかったのよ。許してよ」

「許さない」

美雨ママの声が激しくなったので、怖くなった有紗は電話を切り、さらに電源をオフにした。どうして自分が責められなくちゃならないのだろう。美雨ママもいぶママもいぶパパも、みんなみんな不幸になればいい。あたしのように。涙が溢れた。

3　おうちに帰ろう

じきに師走になろうとしているのに、自分はいったい何をしているのだろうと、歯痒《はがゆ》さが募る。一昨日の美雨ママとの諍《いさか》いも、花奈の幼稚園が決まらないことも、これから岩見家に迎えに行くことも、すべてが有紗を憂鬱にさせる。

北風が強く、しかも凍るように冷たかった。有紗はマスクをしたまま、上からぐるぐるとストールを巻き付けた。両手をポケットに入れて、駅に向かって歩きだす。自然と肩が怒るのは、無闇に力が入っているせいだろうか。

新潟の母親も、今日花奈を迎えに行くと知って、わざわざ電話をしてきた。

「あんた一人で大丈夫？　これから、あたしも行こうか」

有紗はさすがに辟易《へきえき》して断った。

「やめてよ」

「そうかしら。あっちだって、どう出てくるかわかんないよ」

都会的で、何ごとにも手際のいい晴子に気後《きおく》れしてか、常に低姿勢で控えめだった母が、先夜の電話以来、大きく様変わりしてしまった。あの人たちは狡賢《ずるがしこ》い、最初から花奈だけ奪うつもりだったんだ、何を考えてるかわかったもんじゃない、と声高に言って憚《はばか》らない。

心の底から有紗の味方という意味では、頼もしいし嬉しいのだが、まだ何も起きていないのに、最初から喧嘩腰でいられても疲れるばかりだった。

「大袈裟だよ、お母さん。お義父《とう》さんもお義母《かあ》さんも、そんなことはしない人よ」

そうは言いつつも、花奈の歓心を買おうとするかのように子犬を与えようとしていることを思い出すと、心は到底平静ではいられなかった。気のせいだと思おうとしても、花奈を奪われたらどうしよう、と暗い翳《かげ》りを払拭《ふっしょく》することができない。

だが昨日、明日迎えに行きます、と電話すると、晴子は、「じゃ、夕方来てちょうだい。一緒にお夕飯を食べましょうよ。あなた、何がお好き？」と、屈託ない声で聞いてくるのだった。

「いえ、夜は用事があるので、お昼に伺います」

「あら、そう」晴子はがっかりした様子だった。「じゃ、天麩羅蕎麦か鰻にしますね」

「すみません」どうしても、声が固くなる。

何の予告もなしに車で来て、花奈を連れて行ったのだから、同様に送り届けてくれたらいいのに。わざわざ迎えに行かなければならないのは、有紗がこの先どうするつもりか、徹底的に聞くつもりでいるのだろうか。元はと言えば、俊平の身勝手が原因なのに、なぜ尋問されなくてはならないのか。

有紗は深い溜息を吐いた。互いにそんな気がなくても深読みをすれば、いくらでも事態は悪く転がっていく。悪い方へと考えるのはやめにしよう、と唇を引き結ぶ。

美雨ママの住む、レンガ貼りのマンションが近付いてくる。駅前にある、やや古くなったマンションだ。有紗は、美雨ママが美雨ちゃんと前の空き地で遊んでいないかと目を凝らした。が、人影はない。

銀座でいぶママといぶパパが一緒にいるところを見た、と告げて以来、美雨ママからの連絡は途絶えている。謝ろう、と何度か携帯電話を取り上げたものの、その都度、謝るのも変だ、いや謝らないのも変だ、じゃどうするの、と答えの出ない堂々巡りが始まって、どうにも動けなくなるのだった。だったら、そんな大事な秘密を話さないでほしかったのに、と理不尽な怒りをぶつけたくなったり、聞かなかったら、それはそれで残念だ、と思ったり、正解のない迷いの中にいる。

もし、自分の行為が美雨ママへの裏切りになるとしたら、あの時の呪詛《じゆそ》だろう。「みんな不幸になればいい」と思わず願ってしまった醜い思い。願望ではなく、ただの呪詛だったのに、言葉にした途端、そのように願う自分、というものが出現してしまった気がする。

美雨ママの住むマンションの横を通りかかる。突然、電話が鳴った。美雨ママが上から自分の姿でも認めたのか、と期待を込めて発信元を見る。驚いたことに、芽玖ママからだった。芽玖ママとは、ママ友の中では最も遠い仲だ。二人きりで話したこともない。珍しいこともあるものだ、と有紗は電話に出てみた。

「もしもし、お久しぶり」

「こんにちは。ねえ、花奈ちゃんママ。今、大丈夫？」

芽玖ママの澄んだ声がきんきんと響いた。有紗は、携帯電話から少し耳を遠ざけながら、立ち止まって答える。

「うん、大丈夫。今、歩いているところなの」

「じゃ、かけ直しましょうか？」

そう聞かれたが、これから地下鉄に乗らねばならない。それに、あまり仲のよくない芽玖ママが、わざわざ電話してきた理由を知りたかった。

「ううん、いいのよ。これから花奈を実家に迎えに行くところなの」

「あ、そう」芽玖ママは、言葉の裏を読まない。そのまま受け止めて、すぐに話し始めた。

「あのね、真恋ママから聞いたんだけど、あなたのところ、まだ幼稚園決めてないいんだって？」

「そうなのよ。アメリカに行くかどうするかわからなくて」

「ダンナさんとまだ話し合ってないんだってね。真恋ママが心配してたわ」

「まだアメリカなの」

「保育園って選択もあるんだって聞いたけど、ホント？」

それはいぶママから聞いたのだろうか。有紗は、ママ友間での情報の早さに驚きながら頷いた。

「そうなのよ。それもまだ決めてないんだけどね」

芽玖ママは、有紗の話を聞いてないかのようにせっかちに、有紗の言葉尻におっかぶせて喋る。

「あ、そう。あのね、電話したのは、うちの芽玖が行くことになった『聖くらら』なんだけどね。あそこ、定員割れが出たらしいのよ。だから、今からでも大丈夫だって、それが言いたかったの」

「あら、わざわざありがとう」

芽玖ママの親切に心が動いた。芽玖ママは合理的で、常に無駄なことをしないから、時折怖くもある。しかし、真恋ママのように、有紗と俊平が暢気だ、などと非難しないところが気に入った。

「あなたのとこ、小学校受験とかは考えてないんでしょう?」と、質問も率直だった。

「うちは、そこまで全然考えられない」

正直に答える。

「だったら、近くが一番よ。一緒に『聖くらら』に行きましょうよ」

「ありがとう。考えておくわね」

有紗は嬉しくなった。美雨ママとは思わぬ齟齬《そご》が生じているが、やや苦手だった芽玖ママが声をかけてくれた。決して幼稚園への道が閉ざされたわけではないのだ、と思うと気が楽になる。急に、芽玖ママが声を潜めた。

「ただ、来年ね、美雨ちゃんも来るかもしれないわよ」

芽玖ママが付け加えたのはどういう意味だろう。

「どういう意味？」

「ああ、あなた、美雨ママと仲がいいんだっけ？」

急に警戒した声になった。

「べつに」

なぜか、そんな答えをしてしまった。美雨ママを裏切っている。嘘吐き。一番仲がいいじゃない、美雨ママにいつも助けて貰っているじゃない、と。

「いや、よく話す方だとは思うけど、どうしたの」と、歯切れ悪く言い直した。

「じゃ、言うけど。あの人、いぶママに酷いこと言ったらしいよ」

動悸が激しくなった。

「何て言ったの」

「親が出たからって、そこに子供を入れるなんて安易だって言ったんだって。そういう風に、同じ学校に自分の子供を入れようとするから、受験戦争になって皆が苦しむって。あたしはそういう人にはおめでとうって言わないって」

「そこまで言ったの？」

「そうよ。そんな知りもしないでよく言うと思わない？　そういう個人攻撃って、幼稚な感じがするわ。僻《ひが》みだなんて思わないけど、何も事情を知らない人が知った風に言うのはよくないよ。しかも、クリスマスパーティの相談をしていた時なんだって」

ああ、それは自分のせいだ。あたしが、いぶママといぶパパのことを言いつけたせいだ。

有紗は芽玖ママの声を聞きながら、固く目を閉じた。いくら事実だとて、告げていいことと悪いことがある。言うなら、最初から言えばよかったのだ。タイミングを逃したのなら、絶対に言ってはならなかった。美雨ママは、自分を決して許さないだろう。

電話を切った後、有紗は時間を確かめた。まだ約束の時間まで余裕はあった。

有紗は美雨ママのマンションのエレベーターに乗った。家は六階だ。躊躇《ためら》いながら、美雨ママの部屋のインターホンを押した。何も返答がないので数回押し続けると、中で誰かが動く気配があった。

「どなた？」と、美雨ママの声が聞こえる。

「あたしよ、花奈ママ、有紗」

ドアが開けられた。が、眼前に立っているのは美雨ママの妹だった。声が似ているので間違ったのだ。青々としたスキンヘッドで眉を描いていないから、カツラを付け忘れた人形のように見える。

「姉はいません」

化粧気のない青白い顔で、不機嫌に答えた。

「残念。どこにいらしたんですか」

「深川の実家の方」

妹は顔を背けながら突《つ》っ慳貪《けんどん》に答えた。会えないと思うと、訪ねて来ただけに余計がっかりする。

「じゃ、メールを送っておきます」

「はい、よろしく」

ドアがばたんと閉められたと同時に、「ねえ、だれ。だれがきたの」と聞く美雨ちゃんの声が聞こえたような気がした。もしかすると、美雨ママに居留守を使われたのではないだろうか。有紗は意気阻喪《そそう》した。来なければよかった、と思った。


昼頃に町田市の外れにある岩見家に着いた。小振りな建売住宅だが、洒落た家が建っている一帯で、そう見劣りはしない。ガレージの奥に小さな庭があって、そちらから花奈のはしゃぐ声が聞こえた。有紗はインターホンを押す前に、庭の方を覗いた。花奈が小さなプードルと戯れていた。とうとう犬を買って貰ったとみえる。溜息が出た。

「ママー」

花奈がいち早く有紗を見付けて駆け寄って来た。子犬も一緒に駆けて来る。有紗はガレージの鉄柵越しに花奈の頬を撫でた。

「元気にしてた？」

「うん。ママ、かぜなおった？」と、はっきりした口調で聞く。

「なおったよ」

有紗はマスクを取った。

「あら、いらっしゃい」晴子が奥から現れて、花奈に言う。「花奈ちゃん、ママをずっと待ってたのよねー」

「ねー」と、花奈がお遊戯でもしているように首を傾げた。その仕種《しぐさ》が可愛くて、思わず晴子と目を合わせて笑う。

「どうぞ。待ってたのよ」

晴子は、玄関から入るようにと指差した。姑との再会は、今のところ、何の軋《きし》みもなさそうだ。有紗はほっとして、玄関のドアを開けてブーツを脱いだ。上がり框《かまち》に回った花奈が、「ママー」と走り寄って来る。花奈を抱きしめると、前よりふっくらしているのに気が付く。

「花奈ちゃん、少し太ったんじゃない？」

「かなちゃん、おでぶになってないもん。かなちゃん、おでぶになっちゃいけないんだもん」

花奈がよく言うフレーズを繰り返したので苦笑する。

「花奈ちゃんは、ちっともおでぶじゃないわよ。もっと太ったっていいって、主人と言ってたの」

晴子が真面目に言って、有紗の顔を見た。その目に非難の色がないか、と思わず窺う癖が出て、有紗は自分が嫌になった。

食卓には、漬け物や吸い物椀も出ていた。キッチンのカウンターに鮨桶が見える。有紗の視線の先を見た晴子が、言い訳する。

「花奈ちゃんがお鮨が好きって言うから、お鮨にしたの。いいでしょ?」

「すみません」

花奈を膝の上に抱いて頭を下げた。

「ママもおしゅし、しゅきだもんねー」

花奈が回らない口で言うのが可愛くて、背中から抱き竦めた。何があっても離さないと思う。

「で、どうなさるおつもり?」

吸い物椀に出し汁を張りながら、晴子が早速訊ねてきた。キッチンカウンター越しに目が合った。

「俊平さんと話し合うのが先だと思いますが。でないと、言えません」

思い切って言うと、晴子が苦笑いした。

「そうだけど、あたしが聞いたら駄目かしら」

「いいえ、花奈のお祖母ちゃんで、俊平さんのお母さんなんだから、聞いてくださるのは当然だと思いますけど、あたしの決断はまず夫に言いたいんです」

言った端から動悸がする。こんなことを晴子に言うなんて。有紗は、急に激してきた自分の気持ちを扱いかねていた。熱が出て気分が落ち込むように、今度は怒りで昂揚《こうよう》する自分を制御できなかった。

「わかったわ。じゃ、俊平と話し合ってちょうだいな」

晴子が澄ました表情で、盆にお椀を四つ載せて運んで来た。四つということは、まだ姿は見せないけれども、陽平も現れるのだろう。

「ただいま」と、玄関で声がした。外出していた陽平が、キッチンに顔を出し、テーブルの上に、ワインの包みを置いた。駅前のスーパーに、ワインを買いに行ってくれたらしい。陽平は機嫌よく有紗に挨拶した。

「有紗さん、いらっしゃい」

目尻が下がる笑い顔が俊平によく似ていて、どきりとさせられる。陽平はにこにこしていたが、有紗と晴子の間の緊張を悟ったらしく、謹厳な顔をして席に着いた。

目の前に鮨桶が置かれる。花奈のは、アンパンマンが描かれた子供用の桶だ。巻物がメインで、唐揚げやタコウィンナーも入っている。花奈が子供用のフォークを握った。花奈の膝にタオルを広げながら、晴子が訴える。

「あなた、有紗さんはまず俊平に話したいから、あたしたちには話せないって仰るの」

陽平は何も言わずに頷いた後、顎に手をやって目を閉じた。

「すみません、お義父さん。今日は花奈だけを迎えに来ました。預かって頂いてありがとうございます」

「いいえ、どういたしまして」

強張った顔で陽平が答えて、晴子も軽く頭を下げた。陽平が、三人のワイングラスにスパークリング・ワインを注ぐ。乾杯、と小さな声で言った後、有紗は形式的に口だけ付けた。皆が押し黙って、気まずい雰囲気の中で食事が始まった。

「有紗さん、お父様とお母様は何て仰ってました？」

数日前の電話でも聞かれたのだったと思い出す。

「正直に言いますが、怒っております。両親は訴訟も辞さないと言ってます」

新潟の母のように喧嘩腰になっていく自分がいる。

「訴訟だなんて、そんな」

晴子が絶句した。陽平が黙って、ワインを飲んでいる。

「両親は、責任放棄だとすごく怒っています。あたしも、俊平さんが不在のために、花奈の幼稚園を決められなくてショックでした。いいえ、お金のことではありません。俊平さんに失望したんです。そんな無責任な人だとは思っていませんでした」

「その通りよね。ごめんなさいね」

すっかり悄気《しょげ》た顔で、晴子がぽつんと詫びを言った。

「いいんです。お義母さんに謝って頂きたくて、こんなことを言ってるんじゃないんです」

食欲を失って、有紗は箸を置いた。雰囲気を悟ったらしく、花奈はフォークを置いてわざとらしく伸びをした。

「かなちゃん、ねむぃ」

妙なことを言って、子犬が寝ているリビングに行ってしまったが、誰も注意などせずに、小さな背を見送った。

「有紗さん、今日、夜までいてくれないだろうか」

陽平が苦い顔をして言う。有紗は窓越しに表を見た。初冬の陽が少し傾きかけて、ミモザの茂みに隠れつつあった。庭の大きなミモザは、晴子の自慢の樹だった。

「いいえ、暗くなる前に失礼します」

「お願いだから、少しだけ待っててください。夕方の便で、俊平が帰って来るんですよ」

晴子が訴えるように言ったので、有紗は驚愕した。だから、夕方来い、と上機嫌で言ったのか。ようやく腑に落ちた。しかし。

「俊平さんは、どうしてあたしに一番先に知らせてくれないのでしょうか。あたしは妻なのにおかしくないですか？」

有紗は、バッグから携帯電話を取り出して確かめた。メールが一通来ていたが、俊平ではなく、美雨ママからだった。はっとしたが、晴子と陽平の前では読むこともできない。

「あたしには電話もないし、メールも来てません」

そう言って、二人の顔を正面から見た。さすがに陽平が苦い面持ちで謝った。

「それはすみません」

「あのね、あなたから昨日の夜、連絡があったでしょう。だから、あたし、びっくりさせてあげようと思ったのよ」

晴子が無理に明るい笑顔を作った。

「あたしは妻なのに、何の連絡もないなんておかしいです」

有紗は立ち上がった。リビングにいる花奈を呼ぶ。

「花奈ちゃん」

寝ている子犬の顔をそっと撫でていた花奈が振り向いた。

「なあに、ママ」

「おうちに帰ろう」

有紗はそう言って、両腕を広げた。

有紗は、駆け寄って来た花奈の小さな手をしっかと握ったまま、晴子ご自慢のミモザの樹を眺めていた。見納め。そんな言葉が急に浮かんできて、どこかうろたえている。

「有紗さん、もう少し飲んでから帰りませんか？　気が抜けちゃうよ」

陽平が、微発泡の白ワインのボトルを掲げた。

「いえ、あまり飲めないので」

我に返って断ったが、陽平には聞こえなかったらしい。

「こんなに残っているから、みんなで分けよう」

有紗と晴子のワイングラスに、注意深く均等にワインを注ぎ足す。

「さあ、もう一回、乾杯しましょう」

仕方なしに席に着き、陽平と晴子と乾杯した。花奈は、オレンジジュースの入ったプラスチックのコップをワイングラスとぶつけて喜んでいる。

「花奈ちゃんに」

「花奈ちゃんに乾杯」

陽平と晴子が顔を見合わせた。二人は、先ほどの深刻な話など忘れたかのように、にこやかに笑っている。

有紗は、グラスに口を付けた。昂奮しているのか、微かな泡が舌先にぴりぴりと感じられるだけで、味はわからなかった。初冬の午後の弱々しい光にグラスを透かしてみる。勢いがなくなった金色の泡が、浮かんではすぐに消えていく。

「ねえ、お鮨だってまだ残っているのよ」

晴子が首を伸ばして鮨桶の中を覗いた。その年寄りめいた仕種に胸が痛んだ。以前は、美しい晴子が威圧的に感じられたのに、今日は寂しい老女に見える。

「はい、頂きます」

一度は置いた箸を再び取り上げた。食欲はないが、せめて最後の昼餐《ちゅうさん》を機嫌よく過ごさねば、と思い直す。

「花奈ちゃん、アイスもあるんだからね」晴子は冷蔵庫を指差した後、振り向いて有紗に聞いた。「あんまり食べさせたら、お腹こわしちゃうかしら?」

「かなちゃん、アイスいまたべる」

有紗が答える前に、花奈が慌てて遮ったので皆で笑った。花奈にアイスクリームのカップを渡しながら、晴子が弁解した。

「誤解しないでね、有紗さん。決して、俊平が来るまであなたたちを引き留めようとしているんじゃないのよ」

「わかっています」

「あたし、もう、あなたたちに会えなくなるんじゃないかと思うと、別れるのが惜しいのよ」

不意に言葉が詰まって、晴子の目にみるみる涙が浮かんだ。有紗は意外さに驚いて、泣きそうになった。

「申し訳ありません」

「いや、あなたが謝ることじゃないよ」陽平が厳しい顔をする。「俊平がはっきりしないのが悪いんだ」

晴子が涙を堪《こら》えて再度勧めてくれた。

「ね、もう少し召し上がって。もうちょっと、あなたたちと居させてちょうだいね」

多分、晴子の胸にも、「見納め」という言葉が浮かんでいるに違いなかった。だからこそ一週間、花奈を預かって、別れを惜しんでいたのだろう。三人でディズニーランドに出掛けたり、子犬を買ったり。

それなのに、花奈を取られるなんて被害妄想に陥った自分は、何と醜い想像をしていたのか。有紗は晴子の涙を正視できずに項垂《うなだ》れた。

「有紗さんの言うことは正しいよ。あなたは奥さんなんだから、真っ先に帰国を知らせるべきだよ。あんな甘えたヤツは捨ててしまって結構。有紗さんは自由に生きてください。お願いします」

陽平が頭を下げた。

「だけど、時々は花奈ちゃんの様子を知らせてちょうだいね」

晴子が、アイスクリームを一心に食べている花奈の横顔を愛おしげに見た。

「すみません、お義母さん。あたしは」

言葉を切ったまま、有紗は思いを巡らせている。これまで口を噤《つぐ》んできたことをすべて言おうか言うまいか。この人たちに会うのもこれが最後かもしれない。

「なあに」

晴子が有紗の目を見て優しく問うた。

「さっきは訴訟も辞さないなんて、酷いこと言ってごめんなさい。母も決して本気ではないんです。前に、息子を婚家に置いて出て来てしまったことがあるんです。そのことをあたしたちは今でも後悔しているものですから、疑心暗鬼になったんだと思います」

「えっ、あたしたちが花奈ちゃんを取り上げちゃうっていうの？」

信じられないという風に首を振りながら、晴子が苦笑する。「母親から子供を奪うなんてこと、できっこないわよ。そうでしょ？」

晴子は溜息を吐いてから、有紗の顔をじっと見た。有紗は安堵して頷いた。

「息子さんはいくつなの」と、陽平が尋ねる。

「十歳です」

ほう、と二人から嘆声が上がった。

「花奈ちゃんには、そんな大きなお兄ちゃんがいるのね」

花奈に聞こえないように、晴子が囁く。

「ええ、新潟で会ってきました。すごく大きくなって、しっかりしているので安心しました。『あたしがお母さんよ』と、面と向かって言ったわけではありませんけど」

有紗は、葡萄棚の下でサッカーボールを蹴る息子を思い出して、微かに微笑んだ。

「そうか、それはお互いに寂しいね」

「でも、息子には新しいお母さんも妹もいますから、寂しくないと思います」

「あなたはどうして名乗っちゃいけないの？」

晴子が声を潜めて問うた。

「いきなり実の母親が現れたら、息子も混乱するだろうと思って」

雨の葡萄園で、母親と名乗るべきだと主張する美雨ママと揉み合ったことを思い出した。

つい最近のことなのに、遠い昔のような気がする。

「そりゃそうだわ。突然言われたって、子供にとってはショックよね」

晴子が何ごとか考え込む顔で、茶を啜った。

「親権も何もかも譲って出て来てしまったので、ほんとに馬鹿だったと思います。まだ若くて、先のことなんか何も考えていなかったんです。ともかく東京に出て、新しくやり直すんだと思ってたんです。だから、二度目は絶対に失敗しちゃいけない、と慎重になり過ぎました。俊平さんを騙そうなんて全然思っていなかったのに、こんな結果になってしまって、申し訳ありません」

「いいのよ。あたしたちの本音は、電話でも言ったけど、あなたたちに別れてほしくないと思っているの」

晴子が苦しそうに言った。

「それは無理だと思います。俊平さんのメールには、離婚したいとありました」

「そんな大事なことをメールに書くなんて」

陽平が怒気を含んだ声で呟いた。

「有紗さん、俊平を許してやって。ね、お願いします」

晴子に頭を下げられて、有紗は慌てた。

「やめてください」

「そんなことないわよ、俊平が馬鹿なの。あなたは変わったもの」

晴子が頰杖を突いて、有紗を見つめた。

「変わりましたか？」

「ええ、前のあなたは自信がなさそうだった。いつも寂しそうにしてて、もうちょっとしっかりしてねって言ってあげたい感じだった。でも、最近は違う」晴子が陽平に同意を求めるように顔を見た。「ね、あなた。有紗さん、強くなったわよね」

あまりに率直な晴子の弁に、陽平は戸惑ったように苦笑した。

「元からそういう人なんじゃないの。こっちが見る目がなかったんだよ」

「そうね、そうかもしれないわね」

晴子はぼんやりした顔で中空に目を遣った。

残ったワインを飲み干した有紗は、急に動悸が激しくなったような気がした。ソファに寝転びたいようなだるい気分だ。赤らんだ頰に両手を当てていると、花奈が有紗の横にやって来て腕を強く引いた。

「ママ、おうちにかえろう」

不安そうな表情をしているから、大人たちの話が聞こえていたのかもしれない。あるいは、酔った母親が嫌なのだろう。有紗は、花奈の膨らんだ頰をそっと撫でた。

「わかった。もうちょっと経ったら帰るからね。今、ママは、ばあばたちとお話ししてるんだからね」

「いまかえりたい。いまかえるの、いまかえるの」

急にぐずりだした花奈は、まるで陽平と晴子を拒絶するかのように、二人に背を向けたまま言い張る。

「あらあら、花奈ちゃん。急にどうしたの」

晴子が残念そうに眉根を寄せた。

「そろそろ車を呼びましょう」

陽平が立ち上がったのを潮に、皆で慌ただしく帰る準備を始める。晴子が、花奈の小さなキャリーバッグに玩具を詰め込んでくれた。服や下着は、洗って送ってくれるというので、好意に甘えることにした。

子犬を連れて帰ると言い張るのではないかと冷や冷やしていたが、花奈は、プードルの頭をさっと撫でただけで別れは済ませたらしい。やがてタクシーが到着した。

「お世話になりました」

玄関で有紗が頭を下げると、花奈が機嫌よく手を振った。

「さよならあ」

突然、晴子がスリッパのまま三和土《たたき》に駆け下りて来て、花奈を抱き締めた。

「花奈ちゃん、ばあばのこと忘れないでね。じいじのこともね」

花奈は抱き竦められたまま、驚いた様子で何度も頷いている。陽平が腕組みをしたまま上を向いているのは、涙を堪えているからだろう。

有紗は、「また連れて伺いますから」と言おうとしたが、涙が止まらず、言葉にならなかった。離婚と心はすでに決まっているのだから、この先、町田の岩見家を訪れることはないだろう。別れの時にようやく互いの心が通じるとは、皮肉なことだった。

タクシーに乗り込むと、陽平が窓越しに封筒を渡してくれた。

「疲れただろうから、このタクシーに乗って家まで帰りなさい」

「ありがとうございます。喜んで頂きます」

礼を言った途端、花奈が泣きそうな顔でガラス窓を叩いて叫んだのには驚いた。

「ばあば、ばあば」

晴子がどんな顔をしているのか、有紗はどうしても確かめることができなかった。


午後四時過ぎ。秋の夕暮れは早くて寂しい。首都高速を走るタクシーの中で、有紗はしばし呆然としていた。花奈は有紗に会えて安心したのか、寄りかかってぐっすり眠っている。

携帯電話に目を遣り、美雨ママからのメールを読んでいなかったことを思い出した。

アリサ、今日来てくれたでしょう。ごめん、出られなくて。
居留守じゃないの、マジ二日酔いで寝てた。
あたし、最近飲んだくれてんのよ。
それから、この間はごめんね。あたしが悪かった。
自分のことしか考えられないサイテーな女だよね、あたし。
いぶママにも意地悪しちゃったから、心の狭い女でもある(^^;)
気持ちの整理がつくまで、もうちょっと許して。

ところで、花奈ちゃん取り返して来た？
YOKO

これまでは、名前を呼び捨てにできない照れからか、互いにふざけて「さん」づけだったのに、「アリサ」と書かれて嬉しかった。急に美雨ママとの距離が近付いた気がする。有紗は返信を打った。

ヨーコ、こっちこそごめん。
いぶママたちのことだけど、あなたが不快になるだろうと思って言えなかったの。
でも、たいしたことじゃないから気にしない方がいいよ。
二人で買い物してるとこなんて、しょっちゅう見るじゃない。
今、町田の帰り。花奈と一緒。
あっちのご両親も、あたしたちが離婚するのを知ってるから泣いてた。
もうあたしたちに会えないと思っているの。すごく辛かった。
そうなるまで仲良くなれないんだから、不思議だね。
アリサ

数分後に、美雨ママから返信が来た。

そっか、花奈ちゃんを取られちゃう、なんてテキトーなこと言ってごめん。
立派な人たちなんだね。だったら、ダンナだってわからないよ。
早く結論出すのはやめた方がいいよ。
あたしの方はかなり落ち込んでる。
今度、グチ聞いてね。
YOKO

了解。グチ聞きます。
ところで、保育園の手続きするには、仕事を見付けるのが先？
それとも、保育園を決めてから仕事？
アリサ

バカだなー、アリサは。
仕事が先に決まってるじゃん。

そっか。何か仕事ない？

深川の鮨屋、どう？(^o^)

それでいい。ぜひやらせて！

短いメールの応酬になった。次第に有紗の心がほぐれてくる。こうやって美雨ママと仲良くして、地道に花奈を育てていこう。そして、時々町田に連れて行って、陽平と晴子に成長する姿を見せてやろう、と決心する。

ヨーコ、あたし、タワマン引っ越す。
深川の方にアパート探して、
地に足着けて生きていくんだ。

いいねいいね。あたしも引っ越そっと。
こんな嫌な街、早く出ちゃおうよ。

美雨ママの威勢のいいメールに笑って、ふと目を上げると、タクシーは首都高を降りるところだった。運河の向こう側にタワマンが何本も聳《そび》えているのが見えた。夕陽を浴びて、ねっとりしたオレンジ色に照り輝いている。綺麗だけど、それも一瞬。有紗は呟いて、夕陽が翳っていくところを見つめていた。

眠くて目をこすってばかりいる花奈を叱咤激励して広いロビーを歩かせる。ようやくエレベーターホールに辿り着く。つい最近まで、ベビーカーを使っていたことなど、すっかり忘れてしまった。

エレベーター内で、スーツ姿の中年男に会釈された。見覚えがあるのだが、思い出せない。

「先日は失礼しました」

その声で、バルコニーで煙草を吸っていた斜め下の部屋に住む父親だと思い出す。

「いいえ、こちらこそ」

花奈のシャベルを手紙付きで届けてくれた男だ。前に会った時は、休日だったのか、フリース姿だったので、気が付かなかった。

「あんなことして後悔してます」

三人きりで狭い箱に閉じ込められている緊張感からか、男が洩らした。

「いいんです。気にしていません」

「だらしのない生活」。他人から、そう断じられることが怖かった自分はどこに消えたのだろう。だらしなく見えるかもしれないけれど、自分にとっては花奈とのかけがえのない日々なのだ。

エレベーターは二十八階で停まり、男は後ろも見ずに降りて行った。次は二十九階。

エレベーターを駆け下りた花奈が歌うように繰り返す言葉が、開放廊下に響き渡った。急に元気になった花奈がスキップするのを追いかける。

「おうちにかえろう、おうちにかえろう、おうちにかえろう」

部屋のドアの鍵を開けようとして、有紗は異変に気付いた。ドアが開いている。鍵を掛け忘れて外出していたのか、と肝が冷えた。

「ママ、バカだねえ。鍵かけるの忘れて出ちゃった」と、花奈に言う。

花奈が嬉しそうに、また繰り返す。

「ママばかだねー、ママばかだねー」

ドアを開けると、リビングの照明が点いていて、テレビの音が聞こえてくる。すわ空き巣か、と身構えた時、奥から俊平が現れた。

「ああ、お帰り」

花奈が男の人影に怯えて後退《あとずさ》った。驚いた有紗は、胸を押さえて動悸が治まるのを待ったが、恐怖の後は怒りがこみ上げてきて、動悸はなかなか治まらない。

「いったいどうやって入ったの」

「自分の家なんだから鍵くらい持ってるよ」

俊平は、さっき別れた陽平とそっくりな笑い方をして部屋を見回した。

「広い部屋だと思っていたけど、狭く感じる」

帰ったばかりらしく、皺《しわ》だらけのスーツ姿だった。玄関先で竦んでいる花奈を手招きする。

「花奈ちゃん、おいで。パパだよ」ちっとも緊張を解こうとしない花奈を見て首を傾げた。

「覚えてないのかな」

「何年もいなかったんだから仕方ないよ」

有紗の声が聞こえたのか聞こえなかったのか、俊平は遣る瀬ない表情を隠さなかった。

第五章　セレクト

1　ドロー

俊平は以前より健康そうに見える。陽灼《ひや》けして、体に少し肉が付いた。結婚する前から着ているスーツのジャケットがきつそうで、背中に横皺が寄っているのもそのせいだろう。

「少し太った？」

有紗が聞くと、俊平は分厚くなった胸板を触って苦笑した。

「筋肉が付いた。休みの日は暇だからジムに行くしかないんだ」

一年の半分は雪に閉じ込められるミルウォーキーで、一人、無聊《ぶりよう》をかこっているのだろうか。本当にその隣には誰もいないのか。ほとんど連絡を寄越さなかった夫は、懐かしいと感じられるほど、遠くに行ってしまった気がする。

俊平も有紗を観察しているのを感じて、自分の変化について何か言われるかと身構える。だが、俊平は何も言わない代わりに、花奈《かな》に向かって、もう一度腕を広げた。

「花奈ちゃん、おいで。パパだよ」

花奈は近寄っては来るものの、何となく疑わしげで、決してその腕の中に入ろうとはしない。

「慎重だね。誰に似たのかな」と、俊平が誰にともなく笑った。

「そうだ、お土産があるんだ」

そう言って、大ぶりのアタッシェケースを開けた。書類やパソコンの間に、無造作に突っ込まれた紙袋を取り出す。

「これ、なあに」

花奈が嬉しそうに中を覗いた。

「見てごらん」

俊平が跪《ひざまず》いて一緒に袋を開けてやる。クマの縫いぐるみが現れたが、黒に近い焦げ茶色で、クマにしては鼻が長く、可愛いとは言えなかった。

「クマさん?」

花奈は明らかに失望している。

「そうだよ、アナグマっていうんだ」

「ありがとう」

花奈は礼を言って、一応、胸の前で抱き締めては見せたものの、あまり嬉しそうではない。

有紗は、俊平がアタッシェケースとガーメントケースしか持っていないのを認めて、今度の滞在は長くはないだろうと見て取っている。離婚の話し合いをするために帰って来たのだろうか。早くはっきりさせることを望んでいる癖に、いざその事態になると寂しさが募った。

「ママにおみやげはないの？」

花奈が痛々しいほど気を遣っているのがわかって、有紗は口を挟んだ。

「ママはいいのよ」

俊平が、父親譲りの人の好い笑顔になった。

「ママにもあるよ」

空港で買ったらしい、小さなビニール袋を有紗に差し出した。

「あら、ありがとう」

中に入っているのは、ターコイズを使った銀色のピアスだった。以前、プレゼントされて、大事にしていたのに片方なくしてしまったアメジストのピアスを思い出す。今度はターコイズ。でも、どこでも売っているような安物。胸が痛くなった。いったいどう振る舞えばいいのだろう。

戸惑っていると、俊平が心配そうに「どう？」と聞いた。

「ステキ」と、耳に当てて見せる。

「ウィスコンシンは、インディアン・ジュエリーが特産なんだよ」俊平はもうひとつの袋を見せた。「オフクロにも買って来たんだ」

「そっちはどんなの？」

「変なペンダント」

俊平は気がなさそうに答えた後、すべきことはすべて終えてしまったかのように脱力して、周囲を見回した。

「さっきも言ったけどさ。ここ、こんなに狭かったかな。何かチャチだね」

この部屋を借りた時は、東京タワーが見えるとか、夜景が綺麗とか、海の匂いがするなど
と、あんなに昂奮して喋《しゃべ》りちらしたのに、今は、さもつまらないもののように部屋を貶《けな》す。

この自分も、タワマンの部屋と同様、チャチで萎《しな》びて見えているのかもしれない。

「でもさ、あたしたちはここで暮らしているんだよ」

冗談めかして抗議する。

「そうだよね、ごめん。アメリカと比べてってことだ」

「アメリカと比べたら、日本は全部狭くてチャチなんじゃないの」

「そりゃそうだ」

俊平が食卓の椅子を引き出して腰を下ろした。

「ママ、かなちゃん、テレビみたい」

花奈が大人たちの緊張に堪えられないかのように、リモコンを取り上げた。答える前から

点《っ》けて、素早くチャンネルを合わせた。

「そもそも、ここに住もうって言ったの、あなたじゃなかった？」

　有紗は蒸し返した。

「俺じゃないよ、有紗だろう」

　俊平は、食卓の上に置きっ放しにした部屋の鍵を、しげしげと眺めながら答える。

「あたしじゃないわ、あなたよ。会社に近くて便利だからって言ったじゃない。あたしは、別にこんな高いところに住みたいとは思ってなかった」

「いや、有紗だよ。一度、湾岸のタワマンに住んでみたいって言ってたじゃないか。カッコいいとか言ってさ」

「そうだっけ」

「覚えてないの」

　有紗は苛々《いらいら》した。やり直したくて焦っていた自分は、俊平にはそんな風に映っていたのか。思わず、言葉も荒く否定する。

「違うと思うよ」

「そうかな」と、俊平が首を傾げた。

「そうだよ。でも、もういいよ、どっちだって。久しぶりに会ったのに、こんなつまらない話はしたくないもん」

俊平は不機嫌に押し黙った。亀裂がどんどん大きくなる。何とかしなければ、と焦る気持ちもあるのだが、その亀裂がどれだけ広がって、どんなに深いか、確かめたい気持ちもあるのだった。

「俊ちゃん、どうして帰って来ることをあたしに知らせてくれなかったの？　お義母《かあ》さんたちが知ってるのに、あたしだけ知らなくて、あたしの立場がないと思わなかった？」

思わず厭味《いやみ》な言い方をしている自分がいる。

「ごめん」と、低い声で謝ったきり、俊平は煩わしそうに顔を顰《しか》めた。ジャケットを脱いで、白いワイシャツ姿になる。

「何だか言いそびれた」

「だって、あたしたち、まだ夫婦じゃん」

「まだ夫婦」という言葉に自分で戦《おのの》く。もうすぐ夫婦じゃなくなるのだから。自分たちは、少しでも気を抜くと激流に落ちそうな、危うい橋を渡っている。

「そうだな」

「いきなり帰って来てびっくりするよ」

「町田にわざわざ帰るより、こっちの方が会社に近いからさ」

それだけの理由で寄ったのか、と怒りが湧く。実際は違っても、俊平はいつも言葉足らずのところがあって、誤解が生じることが多いのだった。しかし、「それは本気で言ってるの？」と問い質《ただ》すことも面倒で、うやむやのまま、決裂するのが常だった。

「じゃ、俺、今日どうしようかな」

有紗の怒りを感じてか、俊平がそわそわした。

「どうするって」

「ホテルでも泊まろうか？」

「そうしてくれる？」

思ってもいない言葉が出る。意地？　違う。あたしは怒っているのだ、と自分の感情を確認する。

「わかった。どこかに行くよ」

「で、肝腎の話し合いはどうする？」と小声で言い、テレビの画面に釘付けの、花奈の小さな背中を指差した。

「あの子にわかるかな？」

俊平が花奈の方を振り向いて言うので、有紗は首を振った。

「ちっちゃな子だってわかるわよ。子供を馬鹿にしないで」

「馬鹿になんかしてないよ。何でそう決め付けるんだよ」

俊平が苛立った声を上げた。二年半ぶりに会ったのに、どうしてもうまくいかない。もう駄目だね、あたしたち。長い不在期間は、確実に二人の間の齟齬《そご》を大きくしたようだ。

俊平は硬い表情で鍵をいじくっていた。有紗は嘆息する。少しは有紗に「変わりはないか？」とか、「一人で大変だね」など労《ねぎら》いの言葉があってもよさそうなものではないか。あるいは、「放っておいて悪かった」という謝罪が。

「じゃ、悪いけど、やっぱ泊まっていくよ。花奈が寝てから話そう」

「わかった」

俊平と同じ部屋で互いに背を向けたまま眠るのか。ひんやりしたものが有紗の頬に触れた気がして、夕闇の迫る空を見る。

「ビールない？」

冷蔵庫を開けながら、俊平が訊いた。

「突然帰って来たから用意してない。どうしても欲しいなら、下のコンビニで買って来たら？」

自分が買いに行くとは言わなかった。そこまでしなくていい。連絡も途絶えて、責任を放棄した夫。花奈の幼稚園だって、期日までに決められなかったではないか。小さな子供と二人、生殺しのように放っておかれた。急に恨みの感情が湧いてくる。

「いいよ。後でメシ食いに行くだろう？」

有紗は返事をせずに、お茶を淹《い》れるためにキッチンに立った。

「久しぶりにうまい蕎麦が食べたいな」と、俊平がのんびりと独りごちた。

「そう言えば、今日、お義母さんとお義父《とう》さん、泣いてらしたわよ」

俊平が驚いて振り返った。

「何で」

「あたしたちが離婚するから、もう二度と花奈に会えないと思われたみたいよ」

スリッパごと三和土《たたき》に降り立って、花奈を抱き締めた晴子のことを思うと、有紗もまた涙が出そうになる。

「その話だけどさ。やっぱ夜にしようよ」

「わかった」

花奈が時々振り返ってこちらを見るので、気が気ではない。花奈は突然現れた男が父親だと名乗ったはいいが、母親を酷《ひど》い目に遭わせるのではないかと不安なのだろう。幼児だと侮ってはいけない。花奈は、すでに理解しているような視線を有紗に送ってくる。「ママはまだパパを好きなの?」と。

「着替えてくるよ。一緒に食事に行こうよ」

有紗が頷《うなず》くと、俊平がアタッシェケースとガーメントケースを手にして寝室に入って行った。時計を見ると、午後五時半。いつの間にか、初冬の陽は落ちて、外は真っ暗闇だった。

「行こうか」

俊平が黒いパーカとジーンズに着替えて現れ、花奈の手を取った。

花奈を真ん中にして手を繋ぎ、三人で夜の埋め立て地を歩いた。

妊娠したことがわかって結婚。二カ月後には花奈が誕生して、それからすぐに喧嘩の日々が始まった。俊平がまるで有紗から距離を置きたいとばかりに、ウィスコンシン州に単身赴任してしまったのは、花奈がまだ八カ月の頃だ。今年に入ってからは、連絡が途絶え、俊平も意地のように帰国しなかった。

三歳になった花奈も、両親に両手を取られて歩いたのは、これが初めてのはずだ。最初はおどおどしていた花奈も、すっかり俊平に慣れて楽しそうに歩いている。

「花奈ちゃん、どんな食べ物が好きなの？」

俊平が質問すると、「おしゅし」と、回らない口で答える。

「今日、ばあばのところでご馳走になったでしょ？」と、有紗。

俊平が嬉しそうに尋ねる。

「それって、駅前の銀寿司の出前？」

「そうよ。美味《おい》しかった」

まだお鮨が残っている、と首を突き出して鮨桶を覗いた晴子の老人めいた仕種《しぐさ》を思い出す。

だが、そんなことも知らず、俊平は暢気《のんき》に言った。

「いいなあ。俺、あそこの鮨、好きなんだ。アメリカでも、何度も食いたいと思った」

「アメリカにはたくさんあるんでしょう?」

「いや、銀寿司の穴子は絶品だよ」

「じゃ、ららぽのお鮨屋さんに行く?」

「だって、今日食ったんだろう? だったら、違うものにしようよ」

こんな会話をしていると、仲のいい夫婦のようで、思わずたじろぐ。

「あ、ココちゃんとおんなじ」

花奈が指差したのは、晴子が花奈のために買ってくれた子犬と同じ色のプードルだった。必死に俊平に知らせようと、俊平のダウンジャケットの裾を引く。

「あのね、あのこね、ココちゃんとおんなじなの」

「ココちゃんて?」

俊平が耳を近付ける。

「ばあばがおりんぴっくでみつけたの。それでね、じゅうまんえんになっていたの。おおきいからね」

何のことかさっぱりわからない、と俊平が有紗の方を見て肩を竦《すく》めた。一生懸命説明しようとする花奈に生返事をしている。

「そうかそうか、それはよかったね」

子供の扱い方もろくすっぽ知らないのに、花奈を連れて行こうとするかもしれない。有紗は夢を思い出して腹を立てている。

結局、ららぽーとの中にある蕎麦屋を選んで、奥の席に座った。俊平と有紗はビールを注文し、花奈にはジュースを取ってやる。

「手紙読んだよ。出掛ける直前に届いた」

乾杯はせずに、ただビールジョッキを形式的に合わせた後、俊平が口を開いた。

「留守電は？」

「あれも聞いた。長かったけどね」と、苦笑する。

「だから、急に帰って来たの？」

「そうだよ。ねえ、手紙の最後にこう書いてあったの、覚えてる？『私、そんなにあなたに酷いことしましたか？　あなたは結婚を決めた時、私のことが好きではなかったのですか？　ぜひ、答えてください』って」

「もちろん、覚えているわよ」

あの手紙を書いたことで、自分が強くなった気がする。誤解なら解く。誤解でないなら、諦める。

「俺、考えたよ」

「何て」

「全部、ノーだって」

ノーということは、と考え始めた時、笑い声がした。

「花奈ちゃんだー。久しぶりー」

顔を上げると、店の入り口に、いぶママといぶきちゃんが立って、手を振っていた。その後ろには、照れ臭そうないぶパパもいる。いぶママといぶパパは、モンクレールの色違いのダウンジャケットを着ていた。いぶママは黒で、いぶパパはグリーンだ。美雨ママが見たら、怒りで卒倒しそうな光景だった。いぶきちゃんは、ブーツに厚手ウールのワンピース。赤いニット帽が可愛らしかった。

「わあ、驚いた」

深刻な顔をしているところを見られてしまったか、と慌てたが、ごまかそうと立ち上がって笑った。いぶママの顔に、俊平と遭遇した驚きがあるのを認めながら、まずは青学幼稚園の合格を祝した。

「おめでとうございまーす」

「いやいや、ほんとにありがとうございます」

いぶママが謙遜して手を振ったが、心底、嬉しそうだ。いぶきちゃんは、花奈に何か話しかけている。

「ねえ、花奈ちゃんのパパ？」

「そうなの。今日、アメリカから帰って来たの」

俊平が素早く立ち上がって、頭を下げた。

「初めまして、岩見です。いつもお世話になっています」

「こちらこそ」と、いぶパパが挨拶を返して、何となく、全員がどうしようかと顔を見合わせた。一緒に食べるべきか、それとも別れて座るべきか。

「アメリカからお帰りになられたんでしょう？」

いぶママがさりげなく尋ねたので、俊平が愛想良く笑いながら答えた。

「そうです。またじきに戻りますが」

「花奈ちゃんの幼稚園のことでお帰りになったの？」

いぶママにしては、少々出しゃばりな発言だと感じたが、おそらくママ友たちの間でも、花奈のことが話題になっているのだろう。

「まあ、そうですが」困惑した風に俊平が答えた。「まだはっきりとは」

その時、突然、花奈がいぶきちゃんに言った。

「あのね、パパにくましゃんもらったの」

「へえー、どんな」

「アメリカのくましゃん」

ようやく自分にもパパが出来た、と誇っているように見えた。

いぶきちゃんと花奈が、有紗たちのテーブルの端っこで、メニューを使った注文ごっこを始めてしまったので、いぶママたちは、ひとつテーブルを隔てた席に座った。同席するのも少し気が重いし、遠く離れて座るのも水臭いからだろう。賢い選択だった。

いぶママ夫婦は仲良く相談しながら、酒とつまみをあれこれ頼んでいる。場慣れして楽しそうなので、有紗は気が散って仕方がなかった。いぶママ夫婦が仲良くすればするほど、美雨ママの暗い顔が浮かんで、平静でいられなくなる。

有紗が二人を見かけたことも、美雨ママからすれば、不快な出来事ではあるだろうから、美雨ママに言えないことがまた増えた。有紗は小さな溜息を吐いた。

「どうしたの、何か憂鬱？」

俊平が低い声で尋ねた。

「ううん、何でもない」

有紗が気にしているのを感じたらしく、俊平は怪訝《けげん》な表情で、いぶママたちの方を見遣《みや》った。思っていることがすぐ顔に出る素直な男だった、と思い出す。アメリカに行って、その傾向は強まったようだ。

いぶママが、俊平の視線に気付いてにっこり笑って寄越した。

「ね、あの人、綺麗だと思わない？」と、小さな声で聞く。

「うん、まあね」

気のない返答に気落ちした。いぶママは完璧で素晴らしい、ああなりたい、と常日頃思っているせいか、俊平がさほど関心を示さないことが癪《しゃく》だった。

「センスいいし、カッコいいと思うんだけど」

「そうだね、センスはいいね」

俊平は同意したものの、どうでもいいようだ。そのうち、ビールが空になったので、子供たちが遊んでいるところに行って、花奈が逆さに広げたメニューを、首を傾げて読んでいる。その仕種が面白いと、二人の幼女が笑い転げているが気付いていない。

「俺たちも日本酒飲まない？」戻って来て、いぶママたちのテーブルの方をちらりと見ながら誘う。「八海山《はっかいさん》、飲みたいな」

「あたしはいい。日本酒飲むと頭が痛くなるから、ビールにする」

「あれ、日本酒弱いんだっけ？　俺の記憶では、有紗は日本酒大好きと思ってた」

「しばらく会わないから忘れちゃったんだね。そもそも一緒に暮らしたのだって、一年もないものね」

久しぶりに会ったのに、自分はどうして厭味ばかり言うのだろう。俊平が俯《うつむ》くのを見て、そろそろ自己嫌悪になりかかっている。

「じゃ、ビールにしようか」

俊平が、店員にお代わりを頼んだ。

「ねえねえ、ちょっと話してもいい？」

小さな猪口《ちょく》を片手に持った、いぶママが話しかけてきた。黒いニットの袖をうまくたくし上げた細い手首に、新しい時計が光っている。シャネルの白い時計。これが銀座シャネルで買った合格祝いのプレゼントかしら。美雨ママは、いぶパパから何か貰ったことがあるのだろうか。美雨ママが、高価な物を身に着けている姿は見たことがなかった。

「もちろんいいよ、何」

懸命に機嫌のいい顔を繕って、いぶママたちの方に向き直った。

「あのね、聞きたかったんだけど、花奈ちゃんママさ、結局、幼稚園はどうすることにしたの？」

日頃控えめないぶママにしては、またしても差し出がましい質問のような気がしたが、有紗は正直に答えた。

「うーん、保育園に行かせるつもりだけど」

「じゃ、お仕事見付かったの？」

「うん、美雨ママに頼んでるのよ」

うっかり口を滑らせて、はっとした。いぶママが、一瞬顔を歪めたのがわかったからだ。猪口に入った酒を急いで飲み干してから、かじかんだ両手を温めるように口に当て、息を吹きかけている。

いぶパパの方は、何気ない顔で、箸袋に書いてある格言を眺めるふりをしていた。二人の硬直した様子を見て、有紗の動悸が激しくなった。

「有紗、仕事することにしたの？」

初耳だという風に、俊平が意外な顔をした。

「その話、後でする」

俊平が了解したように頷き、それから頬杖を突いて目を閉じた。

「ああ、俺、酒飲んだら、時差ぼけが出てきた。眠くなったよ」

暢気な男だと呆《あき》れたが、タイミングがよかった。

「時差ぼけなのね。適当に早く食べて帰りましょう」

大きな声で周囲に聞こえるように言った。早くこの場を去りたかった。

「あのね、聞いて、花奈ちゃんママ。あたしね、美雨ちゃんママに、受験のことですごく言われちゃったのよね」

だが、いぶママが怒ったように訴えてきたので、有紗は仰天した。いぶママは、何があっても決して感情的にならないし、他人の悪口も言わない女だった。なのに、人前で激怒している。

あのことだ。いぶきちゃんが青学幼稚園に合格したために、いぶパパに別れようと切りだされた美雨ママが憤って、いぶママに言い放ったこと。

芽玖ママから電話で聞いた台詞《せりふ》が蘇《よみがえ》る。

『親が出たからって、そこに子供を入れるなんて安易だって言ったんだって。そういう風に、同じ学校に自分の子供を入れようとするから、受験戦争になって皆が苦しむって。あたしはそういう人にはおめでとうって言わないって』

いぶママが、大きな目に悔しさを露《あら》わにして言った。

「こんなこと言いたくないけど、あたしは、言っていいことと悪いことがあると思うのよね。いぶきの受験が安易だって言われて、すごく傷付いた。何も知らない外部の人はそう思うかもしれないけれど、それはそれは、いろんなことがあるんだから、勝手なことを憶測だけで言わないでほしいんだよね。いぶきだって傷付くし、あたしだって頑張ってきたのに、そんな言い方されるとショック。花奈ちゃんママはさ、美雨ちゃんママと仲がいいんだから、そのこと、あの人に言ってくれないかしら。何も知らない癖に、そんな失礼なこと言わないで、って」

いいけど、という言葉を口の中で呑み込み、有紗はただ何度も頷いただけだった。

「ね、絶対言ってね」

最後は泣き声になった。いぶきちゃんと花奈が、何ごとかという風にいぶママを振り返った。いぶきちゃんは母親の変貌に驚いて、明らかに怯《おび》えている。

いぶパパはうろたえている癖に平静を装って、「どうしたんだよ、酔うなよ」と笑いながら、涙ぐむいぶママの目許をお手拭きタオルで拭おうとした。

「やめて！　汚い！」

いぶママは、いぶパパの手をぱしっと打って拒絶した。小さいけれど激しい声だった。タオルが下に落ちて、無様に広がった。皆、唖然《あぜん》として、それを見ている。いぶきちゃんが、呆気《あっけ》にとられて、父親と母親の顔を交互に見遣った。

知ってるんだ。

いぶママは、いぶパパと美雨ママのことを知ってるんだ。

自分も一緒になって責められているような気がして、有紗は怖ろしくて顔を上げることができなかった。

「どうしたんだよ、子供の前で。いい加減にしろよ」

いぶパパに注意されたが、いぶママは涙を見せないように横を向いたままだ。

有紗たちは、運ばれて来た蕎麦をそそくさと食べて、先に席を立った。

「お先に失礼します。この人、今日帰って来たので眠くなっちゃったんですって」

こちらも仲よさげに振る舞うと、いぶパパが頭を下げた。いぶママも少し落ち着いたらしく、ようやく微笑んで手を振った。

「ごめん、酔っ払っちゃったみたい。クリスマスパーティ、楽しみにしてるからね」

初めて見たいぶママの醜態だった。だが、感情を表に出して見せた分、以前よりも好きになった気がする。美雨ママだって狂乱したし、いぶママだって悩んでいるのだ。誰もが苦しんでいるのに、どうにもならないこともあるのだと思い、帰途の有紗は口数が少ない。

「俺、コンビニでおにぎり買うよ。飯、食いたい」

俊平に付き合って、タワマンの一階にあるコンビニに寄った。俊平は、ついでに缶ビールとワインも買い込んで満足そうだ。

三人でエレベーターに乗り、二十九階のボタンを押す。俊平は右手に酒の袋を提げ、左手で花奈の手をしっかり握っている。花奈はさらに、有紗に手を繋いで貰いたがった。夫婦と子供。三人が繋がり、足音を忍ばせて夜の開放廊下を歩く。木枯らしが吹いて廊下は凍えるほど寒かった。

「東京も寒いな」と俊平。

「今日が一番寒い」

会話するでもなく、それぞれに呟《つぶや》く。すると有紗の手に、冷たく柔らかいものが押し付けられた。花奈が頬を擦り寄せている。花奈は、有紗を見上げて笑ったのち、今度は俊平の手に右の頬を寄せた。俊平が驚いて有紗の顔を見る。まるで娘が、「仲良くして」と間を取り持っているようで気恥ずかしかった。

風呂を使った後、俊平は「ちょっと横になりたい」と言ってベッドに潜り、寝てしまった。話し合いどころか、時差ぼけで眠り込み、起きればすぐに会社に行って、そのままアメリカに戻ってしまうのだろう。

有紗は、内心落胆したが、俊平を起こそうとは思わなかった。突然やって来て、突然帰って行く夫。心が引っかき回されている。これからどうする。

十時過ぎ、花奈は俊平の横で寝てしまった。有紗と花奈はダブルベッドで一緒に寝ているので、そこに父親が寝ていても、何の違和感もないらしい。俊平の脇腹にしがみ付くようにして寝ているのを見ると、両親が別れてはならないと思う。少しずつ、少しずつ、自分の決心が固まっていく気がする。俊平はどうなのだろう。

風呂に入って、化粧水を膚《はだ》に叩いていると、俊平が起きた気配がした。久しぶりに会ったので、素顔でいるのが恥ずかしかったが、誘っているように思われるのが嫌で、化粧はしなかった。だから、パジャマの上にフリース、といういつもの姿で居間に行く。

「お風呂入ったの？」俊平が目を上げて、有紗の姿を見て笑った。「すっぴん見たの、久しぶり」

「眠くないの？」

「うん、ちょっとね」と言って、俊平は洗髪して脂気のない髪を撫でた。缶ビールを飲みながら、コンビニの握り飯を齧《かじ》る。

「ね、さっきのあの人だけどさ、何であんな風に怒ったの？」

いぶママのことだ。

「幼稚園のことを、ある人に言われたんで頭に来たんでしょう」

「それだけじゃないだろう。変だったよ」

俊平の鋭さにどきりとする。

「あのご主人のことで悩んでいるんじゃないのかな」

「何を？」

「知らない」

美雨ママとの恋愛に触れたくないので、適当にごまかした。

「あれは、アモーレだよ」

「何、アモーレって？」

「愛憎のもつれさ」

「そっか、確かにもつれているみたいね。嫌だな、どうして誰もがあんな風になるんだろう」

俊平は何も答えず、赤ワインの栓を抜いた。ワイングラスに注いでくれたので、乾杯もせずに口を付けた。

俊平が、寝室を振り返って、花奈の寝息を確かめている。振り向きながら、有紗に笑いかける。

「あいつ、可愛いな。子供って、あんなちっちゃくて無力で、他人の助けがなければ死んでしまうんだな。それなのに、いっちょまえのこと言うし、愛情深いし、何か俺、やっとわかった気がするよ」

「三つになったから、急にいろんなこと喋《しゃべ》るようになったし、ニュアンスみたいなのもかなりわかるみたいよ」

ワインは軽くて飲みやすかった。俊平が選んだチーズ味のクラッカーをつまむ。

「ほんと、そばにいてやればよかった。悪かったよ。ごめんな。一人で大変だっただろう」

俊平が顔を上げずに謝った。有紗の頑《かたく》なな心がほぐれていく。夫を許すべきではないか。これからは、二人で花奈を育てていくべきではないか、と。

「わかってくれたのなら嬉しいけど。さっき、お店で言いかけたこと、聞いていい?」

有紗の心が少しずつほぐれていく。

「何のこと」

「ほら、あたしが出した手紙のことよ。最後に書いた質問の答え。あなたはさっき、ふたつともノーだって言った。あれはどういうこと?」

「だからさ」と、俊平が照れ臭そうに苦い顔をする。「『私、そんなにあなたに酷いことしましたか』という質問はノー。そんなに酷いことじゃないってこと。それから、『あなたは結婚を決めた時、私のことが好きではなかったのですか?』という質問もノー。好きだったよ」

過去形で言われたことが気になったが、有紗はほっとした。俊平は、日本に帰って自分たちと一緒に暮らすつもりでいるのだろうか。その質問をしなくてはならない。すると、俊平が改まった様子で、嘆息した。

「あのさ、俺、話があるんだよ。真面目な話だ。そのことを話すために帰って来た」

「わかってる」

穏やかな声で返した。いぶママの乱心を目撃したせいか、心が落ち着いた気がする。あの人たちのトラブルに比べれば、うちはずっとマシ。俊平が謝り、自分が許せばそれでいい。

「俺さ、アメリカで、ある人と付き合っていたんだ」

一瞬、どういうことかわからずに混乱した。やがて、夫がこれから、有紗の知らない人間関係について告白するのだと気付き、顔から血の気が引くのがわかった。

「いったいどういうこと?」

自分の声が、これほど低いとは思わなかった。

「俺の住んでいるのはミルウォーキーという街だが、シカゴまで車で二時間くらいなんだよ。ミルウォーキーじゃつまらないから、みんなシカゴで遊ぶんだ。俺も週末はよく行った。ジャズバーもあるし、日本料理屋もある。そのうち、バーでシカゴ大に留学している子に会った」

俊平が言葉を切って、缶ビールを飲み干した。ゆっくり缶を両手で潰した後、自分のワイングラスに赤ワインを注ぎ、一気に半分飲んだ。

やない。


「それで？」

先を促す自分の声は、冷静だ。飲まなきゃ喋れないから、アルコールを買ったのよ。だが、冷静な分析はそこまでだった。留学している子？　だったら、まだ二十代じゃないの。俊平はそんな女と付き合っていたのね。酷い、酷い、酷い、酷いことをしたのは、あなたの方じゃない。

「それでどうしたの？」もう一度問う。

「その子と恋愛関係になった。半同棲というか、週末は一緒にいた」

「だから、帰って来なかったんだ」

「それもある」

「それもあるって、それだけしかないじゃない。あなたは、まるで結婚の失敗はあたしの全責任みたいに言ってたけど、本当はその人と恋愛してたんじゃない。あたしたちのことは放っておいて、その人と楽しく暮らしていたんじゃない」

「いや、そうじゃないよ」

俊平が両手を振った。

「何が違うのよ！」

有紗は思わず泣きながら怒鳴っていた。これがアモーレの問題？　あたしも美雨ママやいぶママと同じ？　さっきまで他人事《ひとごと》だと思っていたのに、悔しくて悲しくて、気が狂いそうだった。

「ちゃんと最後まで聞けよ。俺はさ、有紗が前に結婚したことがあって、子供までいたと聞いた時、どうしたと思う？」

「あたしが嘘吐いたって責めたわ」

「それは、俺が嫉妬したからだ。有紗が、俺の前に好きだった男がいて、子供まで作っていたという事実がショックだったんだ」

「だから何？」

冷静ではなく、冷酷になった。

「俺は、有紗に復讐したかったんだよ。だから、その留学生の子と付き合って、復讐したような気になっていた。つまり、目には目を、歯には歯を、だ。それなら、俺のキャリアも釣り合うだろうというような変な論理になっていた。そのくらい、有紗が好きだったんだよ」

俊平は残ったワインを飲んでしまうと、新しく注ぎ足した。乱暴だったので、テーブルにこぼれた。

「その人の名前、何ていうの？」

「聞いたってしょうがないだろうから、教えない」

「知りたい」

「嫌だ」

「何を守っているの、あなたは」

気が付くと、立ち上がって両手でテーブルを叩いていた。

「座ってくれよ」俊平が蒼白な顔で頼んでいる。「何を守っているのかわからない。多分、有紗を守ってるんだよ。つまらない憶測から。もう彼女はニューヨークの大学に移ったし、学問に生きるんだから、関係ないんだ。恋愛と言ったけど、本当に恋愛だったのかどうかもわからない。お互いに利用していただけかもしれない。俺はきみとのことに、あっちは金づるに」

「金づる？　そんなはずがあるわけないじゃない。あなたはそんな人間じゃないもの」

有紗は悲しくなって、テーブルに突っ伏して泣いた。

「俺も苦しんだ。だから、きみにも苦しんで貰おうなんて思ってない。でも、アメリカであったことは正直に話そうと思って帰って来た。でないと、本当に有紗を失うから。許してくれるのなら、また家族でやり直そう」

「いや、絶対に嫌」有紗ははっきり拒絶した。「汚い。あなたは汚いから、早くこの家から出て行って」

泣き声がした。いつの間にかリビングのドアが開き、花奈が立ち尽くして泣いているのだった。ああ、地獄。まさか、こんな事態が待っているとは思わなかった。

泣いている花奈のところに、真っ先に駆け寄ったのは俊平の方だった。

「どうしたの。怖い夢、見たの？」

だが、花奈は初めて会う人のように俊平の顔を見て怯え、有紗の元に一目散に走って来た。

「ママ、ママ」と、しがみ付いて離れない。

「大丈夫だから、ママもパパもここにいるからね」有紗は、花奈の小さな背をさすりながら繰り返した。「大丈夫だよ、大丈夫だよ」

花奈が怯えた理由はわかっていた。有紗が大声で俊平を詰《なじ》った声が聞こえたからだろう。俊平が有紗を苛めているように感じたのかもしれない。

「ちがうのー、ちがうのー」

恐怖をうまく表現できずに、泣きじゃくっている。

「うん、わかってるから、花奈ちゃん。わかってるよ、ママ。心配だったんだよね、ママのことが」

有紗は花奈を抱き締めて、一緒に泣いてしまった。ふと気が付くと、花奈はとうに泣き止んでしゃくり上げながらも、有紗の頭を、小さな手で必死に撫でていた。

「花奈は優しいなあ」

俊平が泣き笑いのような表情をした。

「そう、子供って優しくすると、すごく優しく育つの」

有紗は顔を上げて、涙を拭いた。卓上のティッシュボックスから、ティッシュペイパーを引き出して洟《はな》をかむ。

花奈がもう一枚取って、「はい」と差し出した。洟をすすり上げているうちに、花奈と立場が逆転したことが可笑《おか》しくなってきた。

だが、俊平がアメリカで恋愛をしていたということが、悲しくて切なくて堪《たま》らない。どうしたらいいかわからなくて、大きく嘆息した。花奈には、有紗の悲しみが伝わっているのかもしれない。またしても、有紗の髪を撫でて慰めてくれる。

「花奈ちゃん、もう一回寝ようね。ママも一緒に行くから」

有紗は花奈の手を引いて寝室に行った。ベッドに横たわらせて、赤ん坊の頃のように、羽毛布団の上からとんとんとお腹を叩いてやる。花奈は不安そうに、居間の方を時折見遣っていたが、やがて眠った。

ほっとして居間に戻ると、俊平が沈んだ顔でワイングラスを見つめていた。コンビニで買った安物のワインは、グラスの底に赤い澱《おり》を残している。それが、自分たちの心の汚れのような気がして、有紗は顔を背けた。

「ね、明日、何時に出るの？」

携帯の時刻を確かめる。すでに午前二時を過ぎている。

「ぎりぎり七時半に起きる。俺、明日会社行った後、町田に顔出してくるよ。構わない？」

俊平に許可を求められ、有紗は戸惑った。夫婦らしい会話にまだ慣れていなかった。

「もちろんよ。お義母さんたち、心配してたから行ってあげてよ。それで、アメリカにはいつ帰るの？」

「帰る」と言った後で、急に寂しくなった。別れた、と言ってはいるが、彼女はアメリカで俊平の帰りを待っているのかもしれない。自分の顔も、あの時のいぶママのように醜く歪んでいるかもしれない。心が痛かった。

「明後日かな」俊平ははっきり言いたがらなかった。「場合によっては、その次の日。仕事が忙しいんだ」

「ずいぶん短いのね」

たった二、三日で自分たちの将来を決めねばならないのか。不安になった。

「ごめん。子供の進学のこととかあるからって言って、急遽《きゅうきょ》、帰国させて貰ったから」

「それは花奈の幼稚園のことでしょう？」

「そうだよ。きみが手紙くれたから、これ以上、放っておけないと決意した。花奈が可哀相だと思ったんだ」

短い沈黙があった。有紗は、心の中に仕舞い込んだ悔しさを取り出して、夫に提示しようかどうしようか迷っている。あたしは可哀相ではないのか、と。

「何か言いたそうだね」

俊平が苦笑混じりに言った。有紗は思い切って口にした。

「あたし、夜中にあなたの携帯に電話したことがある。あなたは出なかった。だから、勝手にべらべら喋ったの」

「知ってる。後で聞いたよ」

「その夜のことだけど、あなたが花奈を迎えに来た夢を見たの。花奈は喜んで付いて行ってしまった。夢だとわかっていても悲しかった。あたしは一度失敗しているから。前の子供を夫の家に置いて来てしまったでしょう。それがあたしの負い目なのよ。だから、また花奈を取られるのだけは絶対に嫌なのよ」

「そんなこと、俺にはできないよ」

「だったら、あたしは花奈と生きていく。あなたを失うよりも、花奈を失う方が辛いから」

俊平が苦笑した。

「母親だからな」

「あなただって父親なんだよ」

俊平が笑みを引っ込めた。

「俺は子供よりも有紗を失う方が辛いね」

「よく言うわね」有紗は失笑した。「裏切っていた癖に」

「過去だよ」と、嘆息する。

「あたしだって、もっと過去よ」

俊平が沈黙して、ワインを呷《あお》った。少し目の縁が赤らんで、沈んだ表情になった。

「わかってる。俺が悪かったよ。子供だったし、初《うぶ》だったたし、馬鹿だった。これでいい？」

有紗は腹立たしくなって、立ち上がって腕組みした。

「やめてよ、何であたしに許可を得るの？」

これまでになかった夫の言い方に、他の女の影を見るような気がして気が滅入る。

「ごめん」

俊平が素直に謝った。

「お義母さんたち、あなたに女がいたこと知ってるの？」

「薄々」

「やっとわかった」

しかし、わかったからといって、重苦しい思いは消えない。

「何がわかったの」

俊平が顔を上げた。晴子にそっくりな、男にしては愛嬌のある顔が不安そうに翳《かげ》る。

「お義母様たちが急に変わられた理由が」

俊平が少し苛立ちを露《あら》わにして言った。

「オフクロのことは、もういいよ。大事なのはこっちのことだ」

「わかってるわよ」有紗も苛立って、つい声が大きくなる。が、花奈の耳を気にして声を潜める。「だから、今話しているんでしょう」

俊平も、寝室を振り返った。

「ともかく、俺は言いたいことは言ったよ、有紗。お互いにやり直そうってことだ。それがどうしても嫌なら、仕方がない。ほんとに残念だけど、別の道を行くしかない。でも、まだ少しでも俺のことが好きで、二人で花奈を育てていきたいのなら、互いに目を瞑《つむ》ってやり直さないか。俺はほんとに馬鹿だったと思うよ。でも、俺にとっては初めての子供が出来て嬉しかったのに、有紗には二人目の子供だなんてことが、衝撃的過ぎたんだ」

有紗が黙っていると、俊平が頭を下げた。

「ごめん、俺は子供だった。すみません。謝るよ」

「それはわかったけど」

「けど？」と、俊平がその先を促した。

「すぐには、返事できないよ」

有紗は途方に暮れた目を、部屋のあちこちに当てた。たった一人で花奈の成長を見守り、花奈と二人きりで過ごした、中空に浮かぶ部屋。

「そうだよな、そりゃそうだよ」

俊平が憂鬱そうに、有紗の視線に釣られて部屋を見回す。

「ねえ、あなたが『別の道』を行くのは、その女の人と暮らすってこと？」

「違うよ」と、俊平が大声を出す。「言ったじゃないか。もう、彼女とは別れたって」

有紗は、俊平の目をすかさず凝視した。

「悲しくないの？　彼女と別れて」

「悲しくないよ。そういう関係じゃないんだって言ったじゃないか」

「わからない」と、有紗は両手に顔を埋めた。「わからない。そんないくら説明されても、あなたとその人がどういう関係で、どんな風に別れたのかなんてわからない」

「俺だってそうだよ」

ああ、あったまに来るな、と小さな声で呟いたのが聞こえた。俊平は、短気なところがある。

「怒ることないでしょ」

有紗が不機嫌に言うと、俊平は横を向いた。

「ごめん。でも、いくら説明したってわかってくれないからさ。それは、有紗の前の結婚だって同じなんだぜ。俺は有紗が花奈を産んでから、離婚の話を聞いたんだから」

「あたしはもうボロボロになって終わった関係なの」

「俺だってそうだよ！」

その剣幕に、心が痺《しび》れた。どんな修羅場があったというのだ。自分だって離婚した時は互いに醜い姿を見せたのに、夫の現在進行形の修羅場の話には怯える。

「ともかく一日考える。あなたは明日の夜はこっちに帰って来るんでしょう？」

すでに、午前三時を過ぎていた。

「もちろん」

「じゃ、その時、また話しましょう」

そう言って、立ち上がった。いつの間にか、酔っていた。ぐらりと体が揺れる。アルコールを飲んだせいだけではない。俊平がアメリカで恋愛していたという事実に、次第に心が押し潰されているのだった。

——あたしは必死に子育てしていたのに、あなたはアメリカで独身男のように自由に遊んでいたのね。

週末、ママ友たちは、公園やスーパーでばったり会っても、有紗と花奈に見向きもしなくなる。休日の夫とともに過ごしているからだ。ドライブ、旅行、遊園地、そして自由時間。皆がいともたやすく手にしているものを、自分と花奈はなくて過ごした。不便だし、不利だった。いや、そんなものは、お金さえ払えば手に入るよ、という人もいるだろう。でも、それだけでは寂し過ぎる。私は、そんなことより、そばにいて支えてくれる夫が欲しかったのに。

「大丈夫？」

俊平が手を差し伸べてくれたが、構わず振り払った。はっとしたように、俊平が立ち竦んでいる。有紗はふらふらとベッドに行って、花奈の横に滑り込んだ。「お休み」と、俊平が声をかけてくれたが、有紗は返事をしなかった。

2　ママ友解散

額に何か当たっている。目を覚ますと、有紗は俊平に腕枕されて寝ていた。俊平の顎が有紗のおでこに付けられていた。ちくちくするのは、少し伸びた鬚《ひげ》だった。

花奈を探すと、有紗の左側でベッドから落ちそうになって寝ている。布団を剝《は》いでいるので、そっと掛けてやる。三人は、有紗を中心に、川の字になって寝ていた。

俊平は熟睡していた。Tシャツの胸が規則正しく上下して、軽くいびきをかいている。有紗は愛おしさで胸がいっぱいになった。だが、愛おしさが強くなればなるほど、俊平を信じられなくなる。愛するためには信頼しなければならないのに、いったいどうしたらいいんだろう。有紗が溜息を吐くと、俊平が身じろぎした。

「今、何時」

嗄《しゃが》れた声で尋ねる。

「六時くらいじゃないかな。そろそろ明るくなってきた」

カーテン越しの朝の気配を確かめた後、ふと疑心暗鬼になった。

「ね、今、誰と話してる？」

「有紗だよ」

試された俊平が苦笑した。目を閉じたまま、顔を近付けて、有紗の唇に軽くキスをした。男の唇は乾いていて分厚い。有紗は、花奈の小さくて柔らかな感触と比べる。これまでの生活が切り替わる予感がした。

「俊平、抱いてよ」と、自分から言った。


ベッドで寝ているのは、花奈と有紗の二人きりだった。昨日のことはすべて夢のような気がして、飛び起きた。町田の義父母の家でご馳走になったこと、夕方帰ると俊平がいたこと、ららぽでいぶママたちと会ったこと、俊平の告白。そして、今朝、愛し合ったこと。はっとして見ると、きちんとパジャマを着ている。あれは夢だったのだろうか。

ベッドからそっと降りて、時間を確かめる。九時前だった。花奈も昨夜は昂奮して疲れたのだろう、まだ起きない。

冷蔵庫には、俊平の飲みかけらしい、ウーロン茶のペットボトルが入っていた。まだ三分の一残っている。有紗は、ペットボトルに口を付けた。携帯にメールの着信があった。

起きた？　今、会社。
よく寝ているんで起こさないで出て来た。
俺はすっげえ時差ボケと二日酔いでへろへろです。
今日は町田に寄るけど、必ず帰る。
俺は有紗が何と言おうと、家族三人で生きる決心をした。
だから、じたばたしないでくれ。
あと一年、任期がある。
家族で一緒にアメリカに行こうよ。
一人で寒く長い冬を過ごすのが辛い。
　俊平

有紗は、キッチンのテーブルで、ぼんやりと朝の部屋を眺めていた。「一人で寒く長い冬を過ごすのが辛い」だって。朝は黒い感情が湧かないから、俊平のメールは素直に嬉しかった。

冬の間は、よほど寂しかったんだろうな。だから、日本人の大学生の女の子と恋をしたんだ。そう思うと、何となく微笑ましくもあった。雪の朝、若い女の吐く白い息までが見えるような気がする。そんな想像をした途端に、涙が出てきた。

できないよ。

あたし、そんなにすぐに切り替えられない。

まして、あなたが彼女と一緒に過ごした場所でなんか。

だから、あと一年待って。

あたしはその間に、仕事して、花奈も保育園に入れて、しっかりやるから。

そしたら、自信がつくと思うの。

それでも、お互いに好きだったらやり直そう。

有紗

そう打ったものの、さすがに送信する勇気がなくて、そのまま携帯を眺めている。テーブルの上に、昨夜、俊平が買ったお握りが数個載っている。梅干しを選んで包装を剝がす。食欲はなかったが、無理やり食べようと思う。花奈も眠っているから、何もすることがない。

花奈に聞こえないよう、洗面所に行って美雨ママに電話した。

「もしもし、早いね」

相変わらず、陰気で機嫌の悪そうな声だ。

「二日酔い？」

「まさか」と、大きな溜息が聞こえる。

「ただね、暗くて死にたい気分かな」

昨夜のいぶママ夫婦のぎくしゃくした様子を告げたかったが、黙っている。余計なことを言って、美雨ママの気持ちを不安定にさせたくなかった。今朝は、自分の方が不安定なのだから。

「どうしたの？　何かあった？」美雨ママは勘がいい。

「昨日、うちのダンナが帰って来たのよ」

「おやまあ、アメリカから？」

「そうなの。それでね、またアメリカで家族三人、やり直そうって言うの」

「それが一番いいよ。このままタワマンにいることはないよ。嫌な思い出ばっかでしょう。場所を変えるっていいことだと思うからさ。あなた、ダンナに付いて行くべきだよ」

「そうだろうか」

「何でそう思うの」

煙草に火を点けた気配がした。背後で、テレビの音と、美雨ちゃんらしき子の声もする。

「アメリカで付き合っていた女の子がいたんだって。日本人の留学生だって」

「ぼびーん！」と、美雨ママが叫んだ。「信じられない。あなた、平気？」

平気なわけないじゃん、という言葉を呑み込む。美雨ママが喋っているからだ。

「信じられない。そういう理由があって、あなたに連絡とかしてこなかったの。あなたのこと怒っているから、連絡しないのかと思っていたけど、本当は違ったのね」

「冷静だね」

「そういうことよ」

「冷静だね」

「まさか」と、答えて泣きそうになった。「そんなことあり得ないわよ。結構、目の前が真っ暗になった。あたし、こういうことで悩むなんて思ってなかったの。ずっとあの人は、あたしのことを怒っているんだと思ってた。でも、そうじゃなくて、これでドローだって言うの。つまり、引き分けね。あたしの過去があの人を苦しめているから、あの人は、自分も釣り合うようにキャリアを作ったと言ってた」

「滅茶苦茶だ」と、美雨ママが怒鳴る。

「そう、滅茶苦茶なんだけど、筋は通っているような気がするの」

「通ってないよ」

「そうかな」

「で、どうするの」

「迷っている。まだ好きだけど、突然言われたから、気持ちが付いていけない。このままじゃ、アメリカに行っても駄目な気がする。アメリカに行ったら、頼るのはダンナだけになるでしょう。それも癪だし、花奈も不安定になりそうな気がするの。それに、アメリカで彼女と会ったのかと思うと、同じ場所でなんて辛いよ。だから、ダンナの任期が終わるまで、こっちで待ってようかなと思った。洋子はどう思う？」

美雨ママは考えているのか、なかなか返事をしなかった。

「ね、あたし、どうしたらいいかな」

「行きなよ、有紗。一緒に行かなきゃ駄目だよ。あなたがいなくなるのは寂しいけど、今行かないと、ダンナは二度とあなたのところには帰って来ないよ」

自分は、俊平が言うように、じたばたしているのだろうか。洗面所の鏡に顔を映す。あっと声が出た。首筋に、俊平に吸われた痕がくっきりと付いていた。美雨ママが、以前見せてくれたのと同じような場所だった。

有紗は、慌ててハイネックのインナーを引っ張り上げて、首の痣《あざ》を隠した。

俊平、キスマーク付けるなんて高校生みたいじゃない、と少し苛立ちながら。だが、その苛立ちには甘やかさが潜んでいる。それが癪だった。

「どうしたの？　変な声出して」

美雨ママが怪訝そうに訊いた。

「何でもないの、大丈夫」

「タワマンにゴキブリでも出た？」美雨ママが笑う。「真恋ママたち、いっつも自慢してたものね。上階になればなるほど、ゴキブリもいないし、蚊も来ないのよーって」

言い方に棘《とげ》があった。美雨ママの心はまだ落ち着いていない。

「ね、今日の夜、会えないかな？　久しぶりに有紗と話したい。夜だったら由季子が来てくれるから、花奈ちゃん、うちに預けられるよ。ご飯もうちのお鮨でいいなら、全然オッケーだから」

「ほんと？　ダンナは町田に顔を出して食べて来るんだって。だから、九時半頃までなら大丈夫よ」

美雨ママの誘いは嬉しかった。いぶママ夫婦を銀座で目撃したと伝えて怒らせてから、全然話していなかった。

五時半に、美雨ママのマンションで待ち合わせることになった。花奈を預け、美雨ママと近くの居酒屋に行く予定だ。

電話を切った後、朝打った俊平宛のメールを眺め、しばし考えた後に消去した。

「ママ、ママー、どこ？」

パジャマ姿の花奈が、寝ぼけ眼《まなこ》で有紗を探しに来た。目を覚ましたら、姿が見えないので不安になったのだろう。携帯電話をポケットに滑り込ませてから叫んだ。

「ここよ、お洗濯してるの」

洗濯機の蓋を開けてから、洗面所の入り口に立っている花奈の頬を指先でちょんと突いた。

「花奈ちゃん、ママ、シーツ洗うから手伝って」

ダブルベッドから、大きなシーツを剝がすのを花奈が手伝ってくれたのはいいが、はしゃいで、剥がしたシーツにくるまって遊び始めた。有紗は、花奈の昂奮が収まるのを待ちながら、今朝、ぎごちなく愛を交わしたことを思い出している。

これからも度々、互いの過去が、自分たちを苦しめるのだろう。でも一度、迷いの森に入り込んだことのある有紗には、隘路《あいろ》でも道は道なのだった。道があるのなら、辿るべきかもしれない。有紗を母親と知らずに、サッカーボールを蹴り続ける雄大の姿が蘇る。

昼過ぎ、乾燥機からシーツを出して、ベッドメーキングした。花奈が手伝うと言ってきかない。端っこを持たせてぴんと張ったら、握力が弱いのですぐ放してしまう。二人で笑っていると、携帯が鳴った。

いぶママからのメールだった。「クリスマスパーティについて」という件名で、イルミネーションたっぷりのモミの木が、キラキラと輝いているデコメールだ。

宛先には、四人のママ友の名が並んでいる。美雨ママの名を見て、意外の念に打たれながら開いて読んだ。


皆さん、こんにちは。いぶママです。

とても残念なお知らせです。

十二月十日に、私のうちでクリスマスパーティをやりましょう、とお誘いしましたが、何と竹光家は、年末に引っ越すことになりました。

なので、中止にさせて頂きます。

慌ただしくて本当に憂鬱なのですが、南青山にいい物件が出たので、チャンスとばかりに移ることになったのです。

皆さんをお誘いしておきながら、勝手を言ってごめんなさい。

その代わり、新年会かお雛祭りを、新居で開こうと思っています。

その時は絶対にいらしてくださいね。

お名残惜しいですが、これからもずっとお付き合いくださいね。

いぶきが小さい時から一緒だった皆さんのことは決して忘れません。

どうぞお元気で。

竹光裕美

昨夜、ららぽーとの蕎麦屋で会った時は、引っ越す素振りなどまったく見せなかったので、メールの内容に驚いた。いぶママは別れ際、わざわざ「クリスマスパーティ、楽しみにしてるからね」と言わなかったか。

しかも、明日にでもいなくなってしまいそうな内容で、なぜか切迫感に満ちていた。あの後、いぶパパといぶママは何か紛糾したのかもしれない、自分たちのように。

返信しようと思ったが、昨夜会ったばかりなので、一応電話をしてみた。

すぐに、いぶママの声が弾けるようにぽんぽんと飛び出した。

「もしもし、わあ、花奈ちゃんママ？　昨日はごめんねー。あたし、酔っ払っちゃったみたいなのよ。でも、すごく楽しかったわ。ご主人、カッコいい人じゃない。うちの主人が岩見さんて、いい男だねって言ってた」

「ありがとう。それより、メール見てびっくりしたわ。お引っ越しするのね」

「そうなの。昨日言わなくてごめんなさいね。昨日の時点では、年明けという予定だったから、パーティの時に言おうと思ってたのよ。でも、その家は、十二月二十日から入居可なんだって。だったら、早めに引っ越して、年末休みを利用して片付けようかなと思ったの。それだったら、主人も休めるから手伝って貰えるでしょう？」

相変わらず如才ないが、昨夜同様、いぶママにしては喋り過ぎるような、不自然な気がした。違和感があったが、もちろん当たり障りのない話をする。

「そうなんだ。お別れするのは寂しいけど、いい場所にいい物件見付けられてよかったわね。青学幼稚園も近いものね」

「そうなのよ。あたしもみんなと別れるのは悲しいわ。でも、実家も近くなるから、心強いし、いくらここが便利といっても、青山まで通うにしては遠いしね。ね、花奈ちゃんママも近くに来たら、遊びに来てね。場所はすごくいいのよ、うちから表参道《おもてさんどう》のプラダやミュウミュウが見えるんだから」

「わあ、いいわね。ショッピング三昧じゃない」

「表参道ヒルズだって歩いて十分圏内よ。ね、本当にショッピングの時はうちに寄って」

招待されているわけではないのだ。

お近くにいらした節は是非お寄りください、というような引っ越し通知に近い物言い。

「うん、ありがとう。絶対行くわね」

有紗は適当に調子を合わせた。

「花奈ちゃんママの方は、働くの？　ご主人とアメリカで育てればいいのに。タワマンの仲間もバラバラになっちゃうわね」

そうね、と呟きながら、自分は本当に俊平とアメリカに行くのか、と自身に問うている。

やがて、きっぱり答えた。

「ほんと、バラバラになるね」

「じゃ、新しい住所は、引っ越し通知出すから見てね」

「うん、待ってるわ。じゃあ、元気でね。いぶきちゃんにも、パパにもよろしく」

「花奈ちゃんママもね」

まだ隣のＢＷＴに住んでいるのに、いぶママとは二度と会わないだろうと感じた。また、引っ越し通知も来ないだろうと諦めている。

寂しさは不思議と感じなかった。いつかこうなるような気がしていた。公園要員と勝手に定義されてから、いぶママたちとの距離がどんどん離れていく。

しかも、あれほどいぶママを素敵な女性だと憧れていたのに、俊平がまったく興味を示さなかったことにも内心驚いていた。夢から覚めたような気分だった。

いぶママは、有紗と美雨ママにはメールだけの対応をして、仲のよい真恋ママや芽玖ママとは白金辺りで送別会でもするのだろうか。そんな想像もしたが、自分たちだとて、他のママたちには絶対言えない話をするのだから、お互い様なのだった。

俊平から簡潔なメールが来たので、同様に返した。

町田に顔を出して、十時過ぎには戻ります。
銀鮨食べたいって、出前頼みました。
ウィスコンシンに帰るのは明日の夕方の便です。
短い滞在ですみません。慌ただしいけど、
夜話そう。
俊平

了解。花奈を預けて友達と夜ご飯食べて来ます。

十時には家に帰ってます。

五時を少し過ぎてから、花奈にダウンジャケットを着せてエレベーターに乗った。花奈には、美雨ちゃんの家に行くよ、と告げてある。あまり気が合わなかったのに、久しぶりに会うので楽しみらしい。美雨ちゃんにあげるんだ、と晴子に買って貰ったお菓子を小さなバッグに忍ばせるのを見た。

すでに暮れていた。初冬の夕暮れは早くて寂しい。「一人で寒く長い冬を過ごすのが辛い」。俊平のメールを思い出す。

「こんばんは」

美雨ママの部屋にまっすぐ上がって行き、部屋のインターホンを押した。

「はい、待ってて」

元気な美雨ママの声がした。勢いよくドアが開けられて、赤いフリースを着た美雨ちゃんと、すでにニットジャケットを羽織った美雨ママが顔を出した。少し窶《やつ》れた様子だが、目には生気が戻っている。

「花奈ちゃん、おいで。お鮨食べてから、一緒に遊ぼう」

奥から、白いニット帽を被った由季子が花奈を誘ってから、有紗に会釈した。

「さあ、行こう。飲むぞ」

美雨ママは、有紗の腕を取って、走らんばかりに開放廊下を急ぐ。いつの間にか冷たい木枯らしが吹き荒れていた。寒さに足踏みしながら、二人で腕を組み、エレベーターが上がって来るのを待った。タワマンのように、ごーっと風の音が響くこともないし、しばらく待つこともない。

「洋子、どこに行く？」

「駅前の居酒屋にしよう。ららぽは誰かに会うと面倒じゃん」

昨夜、いぶママたちと会った話を早く美雨ママにしなければ、と焦りながら、有紗は頷いた。ところが、口火を切ったのは美雨ママだった。

「いぶママたち引っ越すんだってね」

掠《かす》れ声で囁《ささや》く。

「そう、メール見て驚いたわ」

「驚かないよ、あたし」平然と言う。「知ってたんだ」

「どういうことなの」

「後で話すから楽しみに待ってて」

美雨ママは有紗に相談することなく、さっさと駅前の焼鳥屋に入って行く。カウンターの奥に陣取り、真っ先に生ビールを頼んだ。いろいろな種類の串を注文してから、顔を見合わせる。自然と笑みがこぼれた。

「最初に門仲に飲みに行った時のこと覚えてる？　あなた、小花柄のワンピ着て、パールのネックレスしてた。あんな煙もうもうのところでさ」

美雨ママが煙草に火を点けながら言う。

「緊張してたのよ。あなたがどんなところに連れて行ってくれるのかわからなくて」

「そう？　あたしはちょっとトンチンカンな人だなと思った」

「いぶママたちもそう思ってたんだろうね」

「過去形じゃないよ。今でもきっとそう思ってるよ」と、美雨ママが笑いながら断言する。

相変わらず口は悪いが、率直なところが気に入っているのだから仕方がない。生ビールが来たので、ジョッキをわざと乱暴にぶつけて乾杯した。

「ねえ、さっきの話だけど、どうしていぶママが引っ越すことを前から知ってたの？」

重いジョッキをカウンターに置いて尋ねた。

「あたしね、あの夫婦に頭に来てたから、いぶママ呼び出して、全部喋ってやったのよ」

驚いて息が止まりそうだった。確かに、いぶママは夫と美雨ママのことを知っていた様子だったが、美雨ママが告げたせいだとは思いもしなかった。

「いつ？　本当にそんなことしたの？」

「したよ」と、さばさば言い放つ。「有紗が二人を見かけたと口を滑らせた翌日だよ。いぶママに電話して、大事な話があるからって、ららぽのスタバに呼び出した。あたしがいぶパパのことを言うと、いぶママは蒼白になって、『絶対に信じない』って言うんだよ。だから、あいつに貰ったメールを全部見せてやったの。そしたら、しばらく俯いて唇噛んでた。そして、顔を上げるとスタバの中を見回して、こう言った。『あたしたちは、じきにここから引っ越すから、一からやり直すことにする。お願いだから、美雨ちゃんママも、あたしたちに構わないでくれないか。主人もあなたと別れると言ったんでしょう』って。いぶきちゃんが青学に入ったから、幼稚園の近くに家を探してたんだって。格好の物件が出たから、買ったんだってさ。あたしが『あたしだけ放ったらかして、すたこら逃げる気なんだね』ってきつい言い方したら、何て答えたと思う？」

「想像もできない」有紗は首を横に振った。

「『逃げるんじゃない。あたしが妊娠したから、新しい子供と違う土地で出直そうって、主人の方から言ったの。あたしは、どういうことかわからなかったけど、あなたのことが原因だったのね。どっちみち、あたしたちはそういう方針だから、どうぞ忘れてください』って言ったんだよ」

美雨ママは大きな目を剝《む》いて見せた。信じられない、と呟いて、呆れたように何度もくるりと目を剝く。

「あたし、頭に来た。いや、その時は、いぶママにじゃなかった。あいつにだよ。だって、そうじゃない。いぶママを妊娠させたんだってよ、あたしと付き合っている時に堂々と。あんまりじゃない。しかも、いぶママは、『シャネルで、これを記念に買ってもらいました』って、何か高そうなダイヤがギラギラ光る白い時計を見せるじゃない。それって、有紗が銀座で見かけた時だよね。何だよ、シャネルにいたのは、妊娠のお祝いを買ってたのかと思った途端に、すっと憑《つ》き物が落ちるみたいに気持ちが冷めるのがわかった。しかも、自分から新しく出直そうと言ったなんて。とっても嫌な男じゃん、とっても最低な男じゃんってショックだった。あたしが命賭けて闘って、何とかゲットしようと頑張るほどの相手ではなさそうだなと思ったんだ」

　喋り終えた美雨ママは、ビールを呷ってから、何かを吐き出すように「けっ」と叫んだ。それにしても、いぶママが妊娠していたとは。なのに、楽しそうに酒を頼んで、自分たちの前で仲良し夫婦を装っていたのだ。美雨ママと仲のいい有紗の前だったから、必死の演技だったのかもしれない。少し気の毒になった。

「それで、彼女たち、引っ越しも早めたのね」

「そうだと思うよ。実を言うと、あたし、いぶママのこと、ちょっと偉いなと思った。だって、ちっとも乱れなくて、堂々としてるんだよ。あたしのこと殴ったっていいくらいの話でしょう。あたしはちょっと身構えて行ったくらいなのに、気が抜けちゃった」

　美雨ママはあっけらかんと言って、砂肝の串をくわえた。

「洋子はそれで気が済んだの？」

「済むわけないじゃん」と、怒鳴ってみせたが、広い肩を竦める。「でも、もう最終兵器は投入したし、それでもあっちにダメージがないんじゃどうしようもないの。だから、もういい。これからは、門仲のアホのトモヒサと遊んでやる」

「あの居酒屋にいた同級生の人ね？」

うん、と不機嫌な顔で頷いたが、トモヒサのことがさほど気に入ってないのだろう。憂鬱そうな顔で、ビールを飲んでいる。

「そういや、有紗、アメリカ行くんでしょう？」

美雨ママが思い出した風に言った。

「今日また話し合うから、どうなるかわからないけど」

「何で。とりあえず行って考えればいいじゃん。それで嫌なら帰って来ればいいじゃん。ここじゃなくて、門仲に。そしたら、うちが新しい店を出しているかもしれないから、そこでレジとか経理やって、忙しい時はお運びもして、花奈ちゃんを保育園に入れて、逞しく育てていくんだよ。それはそれでいい感じ。あたしも応援するし、きっとトモヒサも応援するし、うちのダンナも応援するし、みんながみんな、あんたの味方するよ」

「なるほど。それもいいかもしれない」

自分が日本に帰って働き始めたら、いぶママや、真恋ママや、芽玖ママはどう思うだろう。応援してくれるだろうか。ふと、皆で子供を遊ばせたり、預け合ったりして育ててきた日々を思った。

「そうか。いぶママは第二子誕生なんだ」

有紗の呟きに、美雨ママは不快そうに顔を歪めて、また煙草に火を点けた。しばらくはこんな状態が続くのだろう。しかし、美雨ママに、昨夜目撃したいぶママ夫婦の諍《いさか》いを告げる気にはならなかった。いぶママも、美雨ママの前では突っ張ったけれども、我慢が利かなくなったんだろうな、と笑いが洩れる。

「何か可笑しい？」

目敏《めざと》く見咎《みとが》められて、有紗は肩を竦めた。

「ううん、何にも可笑しくない。みんな必死だったんだなと思っただけ」


予定通り、十時前にはタワマンに着いた。すっかり眠くなった花奈は機嫌が悪い。「ママ、おしゃけくさあい」と、鼻をつまんでいる。

あやしながらエレベーターを待ったが、なかなか下りて来ない。そのうち、花奈が立ったまま、うつらうつらし始めたので抱き上げた。抱けるような重さではなくなってきている。よろめきながら立っていると、背後から声がした。

「ただいま」

俊平が立っていた。チャコールグレイのスーツの上に、黒いダウンジャケット。ネクタイは外している。

「お帰りなさい」

自然に言葉が出た。

「俺が抱くよ」

代わりに、俊平のアタッシェケースを持った。こちらも重いが、三歳児の比ではない。

「銀鮨食べたよ」

「穴子どうだった？」

「旨《うま》かった」

エレベーターが来たので、三人して乗り込んだ。

「お義母さんたちは何て言ってたの」

「安心してたよ」

有紗は特に異議を唱えることもなく、「29」のボタンを押した。

「俊ちゃん、あたしアメリカには行かないよ」

エレベーターが風を切って上っていく途中で告げる。

俊平は目を閉じてすぐに答えず、風の音を聴いているような表情をした。十秒間ほど、沈黙が続いた。二十九階に着いてドアが開く瞬間、俊平はようやく声を発した。

「つまり、俺とは一緒に暮らせないってこと？」

有紗は小さな溜息を吐いた。

「そうじゃないの。あと一年、考えてみたいってこと。それからだったら、あなたとやり直せると思う」

不意に、『今行かないと、ダンナは二度とあなたのところには帰って来ないよ』という、美雨ママの言葉が蘇った。だが、それでも仕方がない、と思う自分がいる。

ゆっくり考える時間がなければ、花奈と二人きりで過ごしたタワマンでの迷いや憂いはどうなるか不安だった。その迷いや憂いの整理をしなければ、先に進めない気がする。

開いたドアが閉まる直前に、有紗が先に出た。花奈を抱いた俊平がその後に続く。

「考えるって？」

俊平の声が背中に響く。有紗は振り向いて夫の目を見た。不安の色が過《よ》ぎっているのを認めて、首を横に振る。

「あのね、そうじゃないの。今ここであなたに付いて行くと、何だかこれまでのあたしが可哀相過ぎてやり切れない気がするのよ。だから、花奈は保育園に入れて、働いてみようと思ってる。そうしないと、あたしはあなたのことが時々気に入らなくなると思うの。それは危険でしょう？」

俊平が苦笑した。

「そうかもしれないね」

「そうよ。きっと、アメリカでも時々鬼みたいになると思うよ」

なぜか、ららぽの蕎麦屋で見た、いぶママの眼差しを思い出す。

「それでもいいけどな」

俊平がふざけたが、有紗はきっぱり言った。

「あたしは嫌。少し時間ちょうだい。だから単身赴任して。この部屋で待ってるから、戻って来てよ」

「これが本当のドローってか。まいったな」

俊平の間延びした言い方に、鍵を取り出そうとした有紗は思わず笑った。

第六章　エピローグ

パソコンのモニターの前に座った花奈が、椅子に膝を突いて身を乗り出し、「パパ」とジャムの瓶を差し出している。

「パパ、あけて」

モニターに映し出されているのは、アメリカにいる俊平だ。会社から帰ったばかりで、まだスーツ姿だ。

ミルウォーキーは午後五時半。五時に退社して帰宅してきた俊平と、十五分ばかりスカイプで話すのが、朝の日課になっている。

正月に日本に帰って来た俊平が、有紗用にパソコンを買って、スカイプをセットしていってくれたのだ。が、有紗よりも花奈の方が興がって、パソコンの前に座っていることが多い。

「ママに開けてもらったら」

俊平が苦笑している。

「ママ、おけしょうしてるんだもん」

「じゃ、貸して」と手を出す俊平。

「できないよー」

花奈が笑い転げた。

「花奈ちゃん、それ、何のジャム？　パパに見せて」

花奈が器用に瓶をくるりとひっくり返してラベルを見せた。

「珍しいね、いちじくのジャムか。どうしたの」

「いただきもの」

澄まして答える花奈に、俊平が爆笑した。保育園に通いだしてから急に聡くなり、喋り方もおとなびた花奈は、始終、俊平を笑わせている。父親が遠いアメリカにいて、ネットで喋っていることも承知の上らしい。

「いただきものか。難しい言葉知ってるね。ママに聞いたの？」

「みんないってる」

俊平が、「ほんとかよ、すげえな」と感心する。その語尾と、「ママじゃないよ」という花奈の言葉が重なった。アメリカと日本。ごく僅かなタイムラグが、俊平と自分たちの距離を示している。

有紗は、花奈の後ろからモニターを覗いた。俊平の背景には、作り付けの白い棚がある。その棚の真ん中に鎮座するフォトフレームの中の写真は、正月に町田の岩見家で撮影した家族写真だ。俊平のこれ見よがしの演出には、見るたび、笑いが洩れてしまう。

「俊ちゃん、これ見て」

有紗は、花瓶に活けられた桜の枝を見せた。満開の染井吉野。

「あ、綺麗だな、桜。どうしたの？」

俊平が目を細める。

「これこそ、いただきものよ」

「懐かしい。俺、花の中で桜が一番綺麗だと思うよ。ああ、早く日本に帰りたいな。『初音《はつね》』のタンメン食いてえ」

「こっちは桜が満開だけど、そっちはどうなの」

有紗はジャケットを羽織りながら聞いた。

「やっと雪が溶けて、地面が見えたところかな」俊平が視線を落としたが、すぐ目を上げた。

「でも、春だよ。いい陽気の日もあってテンション高くなってる」

「早く会いたいわね」

「何だよ、自分が残るって言った癖に」

俊平が浮かない顔をする。

「パパ、じゃあね」

横から花奈が手を振った。日本は午前八時半。そろそろ保育園に行く時間だ。花奈を送った後、有紗は一度家に戻って身支度し、門前仲町にあるＴＡＩＳＨＯ鮨本店の小さな事務所に出勤する。パート社員だ。忙しいランチタイムは店に出て、お運びもするし、レジも打つ。忙しない職場なので、あっという間に時間が過ぎる。

「パパ、いってきまーす」

有紗も軽く右手を挙げて、俊平に挨拶した。パソコンの電源は落とさず、スカイプのカメラはそのままにしてある。

こうして毎日、俊平と話すようになってから、知らなかった夫の素顔が見えてくる。意外に整理整頓好きで、部屋はほとんど乱れていないこと。いつも体を動かしていないと不安らしく、部屋にもトレーニングマシーンを置いていること。ただし、酒好きで、よく飲んでいること。時折、ワイングラスを手にして、パソコンの前に座ることもある。それが少々心配の種でもあった。

有紗は、花奈をタワーズの一階にある保育園に送ってから、いったん部屋に戻った。ちらりとパソコンのモニターを眺めたが、俊平の姿は見えない。車で、近くのダイナーに食事に出掛けたか、風呂でも使っているのだろう。五時に会社が退けてから就寝まで、一人暮らしは本当に時間が余るらしい。

不意に、俊平がシカゴ大学の留学生と恋愛をしていた事実を思い出した。こんな退屈で寂しい夜を、二人は慰め合っていたのだろうか。嫉妬の発作が起きそうになった有紗は、頭を振って妄想を追い出した。余計な心配をしなくて済むように、俊平がスカイプをセットしたのだとわかっていた。

後回しにしていた朝食の片付けを手早く済ませ、外出の支度を始めた。十時から四時の勤務で、時給八百五十円也。一日五千百円しか稼げないが、町田の義父母からの支援が必要なくなったのが嬉しかった。自分が働くことで、二手に分かれて暮らす家族の負担を、僅かながらでも減らしている実感がある。


タワマンを出た有紗は、どこからか漂ってくる花の香りと、潮の強い匂いを吸い込みながら歩いた。これでよかったのだ、と思う。あの時、俊平と一緒にアメリカに行ったなら、自分の居場所が見付けられず、またしても喧嘩の日々だったに違いない。

「花奈ちゃんママ！」

車道の向こう側で白いワーゲンのシロッコがハザードランプを出して停まった。開いた窓から、真恋ママが手を振っている。

「あら、久しぶり。元気だった？」

有紗は道路を渡って駆け寄った。

「元気よ。花奈ちゃん、保育園慣れた？」

「慣れたみたい。うちは一月からだから」

幸いなことに、花奈と同じ年齢で退出する子供が数人いて、うまい具合に入れた。

「あなた、お勤めしてるんでしょう？　時間平気なの？」

真恋ママは、腕時計に目を走らせた。

「少しなら平気。真恋ちゃんも幼稚園始まったんでしょう？」

派手好みの真恋ママが、紺色のツインニットに控えめなアクセサリーを付けているところを見ると、どうやら白金にある松波幼稚園に真恋ちゃんを送って行った帰りらしい。

「そうなの。やっぱ渋滞で時間かかるわね。これを三年間毎日やるのかと思うと、ちょっと気が重いわ」

真恋ママが頷いた。

「いいじゃない。いい幼稚園なんだから」

「まあね。ほんとは車の送り迎えは禁止なのよ。だから、こっそり遠くに停めて歩いて行くの。名門はそれなりに気を遣うわよ」

率直ながら、さり気なく自慢が入っているようで、有紗は内心苦笑する。だが、保育園に行かせようと決心が付くまでの自分は、真恋ママと同じ世界に留まることを夢見ていたのだ。

「ねえ、仕事ってどんなことしてんの。そんな格好でもいいの？」

真恋ママが無遠慮に有紗の全身を眺めながら聞いた。いつもジーンズにパーカやフリースという質素な格好で通勤する。

「美雨ママの実家のお鮨屋さんなのよ」

「お鮨屋さん？　そこで何するの」

真恋ママは驚いた顔を隠さない。

「経理の事務だけど、忙しい時はお店も手伝う。お店に出る時は、白い制服着るから大丈夫なの」

「へえ、面白そう」

口では言うものの、真恋ママがまったくそう思っていないのは何となく伝わってくる。子供を松波幼稚園に入れる母親がやるような仕事ではないのだろう。

「そうそう、聞こうと思ってたの。いぶママからお誘い来た？」

有紗は好奇心を抑えることができずに聞いてみた。

突然、引っ越したいぶママは、クリスマスパーティはやらない代わりに、新年会か雛祭りをやろうと言っていた。しかし、年賀状が届いたきりで、梨のつぶてだった。

真恋ママが、綺麗に描いた眉を顰める。

「来ないのよ。心配してメールしたら、忙しいから落ち着いたらお呼びしますって、書いてあるだけなの」

人間関係に手を抜かないいぶママにしては、珍しいこともあるものだ。

美雨ママと仲のいい有紗には、何の連絡がなくても不思議ではない。真恋ママや芽玖ママは特別だろうと思っていただけに、真恋ママの返事は意外だった。

「へえ、びっくりした」

「あたしもよ」真恋ママは、唇を尖らせて肩を竦めた。「芽玖ママとも言ってたんだけど、いろいろ幼稚園のこととかあって忙しいんじゃないかしらね」

「そうね、赤ちゃん出来たって聞いたしね」

自然と口の端《は》に上ったのに、真恋ママはぎょっとしたように叫んだ。

「えっ、ほんと？」

「知らないの？」

「知らないよ、初耳。そんなこと聞いてないけど」

真恋ママはしきりと首を傾げた。横顔に、誇りを傷付けられたような色がある。近しい自分たちが知らされていないのに、どうしてBETに住む有紗が知っているのか、と不審に思っているのだろう。

「あら、あたし、余計なこと言ったかしら」

有紗はうろたえて独りごちる。

「何言ってるの、いいわよ」と、真恋ママは怒ったように言った。

それから何か思い出したのか、急《せ》いた様子になった。

「そろそろ帰らなきゃ。ごめんね、またね」

乱暴にシロッコを発進させて、BWTの駐車場に向かって行ってしまった。

TAISHO鮨は、昼前から二時過ぎまでが殺人的に忙しい。その後、店を片付けたり、売り上げを計算したりして、有紗の一日の仕事が終わる。

しかし、今日はマネージャーに頼まれて、店先にある持ち帰り用鮨のスタンドに立っていた。有紗は内勤なので、スタンドに入ることは滅多にないのだが、販売担当の若い女性が休んだせいだった。レジ横で客を待っている時、メールの着信音が鳴った。客が途切れたのをいいことに、素早くショーケースの陰で文面に目を走らせた。

花奈ちゃんママ、
さっきは会えて嬉しかった。真恋ママで〜す。
いぶママのことだけどさ。
芽玖ママに聞いたら、びっくり仰天してたよ。
やっぱ、妊娠してるなんて、誰も知らないよ。
いったい誰に聞いたの?
それでね。
ちょっといぶママのところに遊びに行こうという話になったの。

花奈ちゃんママも土曜はお休みでしょう。
だったら、一緒に行かない？
あたしが車出すから、タワーズの前で11時、どう？
近くまで来たからご飯食べようって言ってみるつもり。
無理なら報告するからいいよ。
真恋ママより

有紗は一瞬迷った。このことを美雨ママに報告すべきではないかと思ったのだ。真恋ママも芽玖ママも、いぶママと美雨ママとの不仲を薄々知っているらしく、「美雨ママも誘って」とは決して言わない。
しかし、いぶママの新しい家を見たい、という好奇心を抑えることはできなかった。美雨ママには内緒で行こうと決心する。

真恋ちゃんママ、メールありがとう。
久しぶりに話せて楽しかった。
土曜日は花奈が保育園に行くから大丈夫。
芽玖ママと会うのも楽しみにしています。

「勤務中は携帯禁止だよ」

いきなり、耳許で声がしたので、有紗はびっくりして携帯を落としそうになった。慌てて、白い制服の上っ張りのポケットに滑り込ませた。

「こんちは」

顔を上げると、美雨ちゃんを連れた美雨ママが笑っていた。色落ちしたジーンズに白いよれよれのTシャツ。ユニクロ製らしいピンクのパーカに黒のキャスケットを被っている。相変わらず服装にお金はかかっていないが、痩せた体型と美しい顔とで、モデルのように垢抜けて見えた。

「嫌だ、びっくりさせないで」

有紗は胸を押さえた。美雨ママを抜かしていぶママに会いに行こう、という企みに乗ったところだったから、良心の呵責を感じた。

「ごめんごめん。ちょっと脅かしてやろうと思ってさ」

美雨ママは、ちょくちょく店に顔を出しては、母親か妹に美雨ちゃんを預けてぶらりとどこかに行ってしまったり、鮨種や総菜を貰ったりしているのだった。

「今日は？」

「うん、美雨を預けに来た。これからトモヒサの家に行って遊ぶの」と独特の掠れ声で囁く。

「大丈夫なの？」

思わず聞いてしまった。いぶパパと別れた美雨ママが、幼馴染みと深い仲になったのは、ただの腹いせにしか見えないからだった。

「うん、大丈夫。トモヒサは今、あたしに夢中なのよ」

「そうでしょうね」

有紗は友人の美しい顔に見入った。だが、美雨ママの横顔には、どこか投げやりな影がある。その原因を知っているのは有紗だけなのだ。いや、もう一人いる、いぶママだ。

いぶパパとその後どうしたか聞きたかったが、美雨ママの方から何も言おうとしないので、聞けないのだった。トモヒサと遊んでいる以上は、いぶパパとは完全に別れたのだろう。

「じゃ、またね。仕事頑張って」

「うん、ありがとう」

美雨ママは形のいい手をひらひらと振って、店内に消えて行った。母親に美雨ちゃんを預けた後、裏口からするりと抜けて、トモヒサが一人で暮らす深川のワンルームマンションに向かうのだろう。美雨ママがトモヒサと会うようになってから、距離が出来たような気がして寂しかった。

土曜日、有紗はH&Mの小花模様のワンピースの上に、黒いカーディガンを羽織り、BETの前で車を待っていた。ワンピースは、半年前、初めて美雨ママと飲みに行った時に着ていた服だ。あの時は、七輪の煙で客の顔も見えないような、トモヒサの店に案内されたのだったと懐かしく思い出す。

「花奈ちゃんママ、久しぶりー」

やがて、白いシロッコが目の前に停まり、助手席に座った芽玖ママが、有紗に両手を振った。

「ほんとね。久しぶり」

有紗もにこにこと挨拶し、後部座席に乗り込んだ。シロッコの後部座席には、真恋ちゃんの物らしい赤い傘が転がっている。

「お仕事してるんでしょう。何してるの」

芽玖ママが前の座席から体を捻るようにして、聞いてくる。おそらく、真恋ママから少し聞いているはずだ、と思いながら、鮨屋の話を詳しくする。「へえ、楽しそうなお仕事ね」と、芽玖ママは楽しそうに聞いてくれるが、自分がその仕事をしようなどとは、金輪際思っていないのが透けて見える。

隣り合ったマンションに住んでいるのに、それぞれ幼稚園が決まった途端、まったく会わなくなってしまった。いや、幼稚園ではない。いぶママがタワマンからいなくなったので、ママ友関係が消滅してしまったのだと気付く。やはり、いぶママは皆の要だったのだ。

真恋ママが運転する車はスピードをあげて、青山通りを西へと向かった。

「突然行って大丈夫？　いぶママにメールした？」

有紗の質問に、真恋ママがバックミラー越しに答えた。

「してない」

「大丈夫かしら」

「びっくりさせてやろうと思って」と、芽玖ママ。「不義理なんだもん」

「ねえ、裕美ちゃんが妊娠したなんて知らないよね？」

真恋ママが、芽玖ママに質問をぶつけた。

「知らないよ。そんなことがあったら、絶対に教えてくれると思うよ。だって、あの人、二人目欲しいって、いつも言ってたじゃない」

「そうよね。なかなかできないって悩んでた」

「そうそう」

二人は、後ろに有紗がいることも忘れたのか、いぶママの噂話に夢中になった。突然消えてしまって、連絡もしてこないいぶママに対する恨みが感じられなくもない。

ナビにはすでに新住所が入れてあったと見え、車は青山通りを曲がり、渋谷区東辺りの街をくねくねと走った。一方通行が多く、袋小路に入り込むと厄介そうだ。

「ねえ、悪いけど、そこのコインパーキングに入れるから、歩いて探そう」

真恋ママの提案に一も二もなく賛成して駐車し、三人で住宅街を歩いた。やがて、真恋ママが、一軒の小さなビルの前で立ち止まった。一階がコインランドリーで、二階が住居になっているビルだ。コインランドリー横の階段に人工芝が敷いてあって、安っぽい感じだった。階段横に「加藤《かとう》」という表札が出ている。

「ここのはずなんだけど、名字が違うのよね」

『場所はすごくいいのよ、うちから表参道のプラダやミュウミュウが見えるんだから』

『表参道ヒルズも徒歩圏内』

確か、いぶママは電話でそう言ったはずだが、渋谷区東では表参道は遠い。

「おかしいわね」

三人で首を傾げる。思い切って、真恋ママが「加藤」家のインターホンを押してみることになった。

「はい、どちら様ですか？」

低い女性の声が出た。明らかにいぶママだ。三人で顔を見合わせる。

「裕美さん？　あの、近くまで来たんで寄ったんだけど、真恋ママでーす」

「あたしは、芽玖ママでーす」と、横から芽玖ママが叫んだ。有紗も叫んだ方がいいのかどうか、迷っているといぶママの声がした。

「えっ、嘘ーっ」

喜んでいるようにも、困惑しているようにも聞こえた。やがて、階段からとんとんと軽い足音がして、いぶママが現れた。白いTシャツにジーンズ。見覚えのあるコーラルピンクのカーディガンを羽織っている。

ああ、綺麗だな。有紗は、久しぶりに会ういぶママに、やはり見とれてしまった。だが、いぶママのお腹はぺたんこだ。もしかすると、流産したのかもしれない。こんなことは立ち話なんかで聞けっこないから、どういうわけか焦ってしまって、有紗は俯いた。

「どうしたの。みんな揃って」

いぶママは笑ってみせたが、突然来られたのが迷惑なのか、少しぎごちなかった。

「ごめん、いきなり来ちゃって。近くまで買い物に来たのよ。それで、あなたの家がこの辺だからっていうんで探したの」

芽玖ママはさすがに頭が回る。巧妙な言い訳に、皆で頷いた。

「そうそう、そうなの」

『ね、本当にショッピングの時はうちに寄って』と、電話で誘ってくれたいぶママの声が蘇る。

「そうか、懐かしいわね。また会えて嬉しいわ」

「一緒にお昼ご飯かお茶でもどう?」

有紗は思い切って口を挟んだ。有紗の存在に初めて気付いたかのように、いぶママが顔を向ける。

「あら、花奈ちゃんママも。久しぶりね」

心なしか、目が笑っていない気がする。有紗は美雨ママと仲がいいのだから、無理もなかった。

「だけど、ごめん。これからいぶきのお迎えなの」

しかし、その後家に寄ってくれ、とは決して言われないのだ。皆どうしたものか、困って立ち尽くしている。ここには公園もラウンジもないのだ。

「残念だけど、突然来たんだもの仕方ないわよねえ」真恋ママが諦めたように言ったが、しぶとく尋ねる。「竹光さんもここにいるの？　表札違うけど」

「うん、そう」と歯切れが悪い。「ここね、あたしの実家なのよ。あたしの旧姓、加藤っていうの」

一瞬、何と返していいかわからず、皆が黙り込んだ。

いぶママの実家は青山にあって、一流会社の重役をしている父親と、上品な母親が住んでいると聞いていたからだ。青学に通うのにとても便利だった、と。しかし、このビルは、品がいいとは言えない。

「実家なんだ」

「そう。実は、今ね、マンションの部屋、改築しているのよ。それまで実家に住まわせて貰ってるの」

「幼稚園が近くていいわね」

真恋ママが必死にフォローすると、いぶママが微笑んだ。

「うん。リノベーション済んだら、今度こそ遊びに来てね。今日はごめんね」

だが、マンションを購入したとは聞いていなかった。引っ越し案内の葉書には、このビルの住所が書かれていただけだ。

「ね、あなた元気？　妊娠なんかしてないよね？」

芽玖ママが尋ねた途端、いぶママの眼差しがきつくなった。

「そんなこと、誰に聞いたの？」

二人の視線が有紗に集まる。打ち明けざるを得なくなった。

「ごめん、あたし。実は美雨ママから聞いたものだから」

明らかに、いぶママの顔色が変わった。語気荒く、言い捨てる。

「あの人、すごくいい加減なのよ。そんな話、信用しないでよ」

その剣幕に啞然として、誰も何も言えない。有紗は謝った。

「わかった、ごめんなさい」

真恋ママと芽玖ママも、非難するように有紗を見遣る。

「じゃ、悪いけど、あたしはここで失礼するわね」

いぶママが白けた顔をしたまま、くるりと踵を返した。とんとんと音をさせて木製の階段を上って行く。上を見上げると、遮光らしい部屋のカーテンは締め切られたままだった。

「あのカーテン、裕美ちゃんぽくないね」

パーキングに向かう途中、真恋ママがぽつりと言った。

「うん、安物だった。てか、あれが本当にいぶママの実家なの？　ちょっと信じられなくない？」と、芽玖ママ。「あれって、お店屋さんやってたうちが改築した感じだよね？」

「だから、あたしたちのこと呼ばなかったんだね」

真恋ママが少し笑った。

「化けの皮が剝がれちゃった？」

「そんな風に見えなかったけどね」

「でも、腐っても青学だよ」

「そうそう」

二人はひそひそとそんな話をしている。

これから表参道で買い物する、という二人と別れ、有紗は一人地下鉄に乗ってタワマンに戻って来た。今日あったことを、美雨ママに連絡すべきかどうか迷っている。

花奈のお迎えまで少し時間があった。ぼんやりと頰杖を突いて、点けっぱなしになっているパソコンのモニターを眺める。日本の午後は、アメリカの真夜中。俊平の書斎は、薄暗い照明が点っているだけで、何も映っていなかった。白い棚の真ん中に飾ってある、家族写真を見つめる。花奈を中心にして左右で笑う俊平と有紗。自分たちも危ないところだったのだ。仲良く生きていくのって、何て難しいんだろう。

日曜日は暖かなよい天気だった。各地の公園は花見客でいっぱいだという。外で遊びたいとせがむ花奈の身支度をしているところに携帯電話が鳴った。美雨ママからだった。

「昨日、みんなでいぶママのところに行ったんだってね」

挨拶もしないで美雨ママが言った時、すべてがわかったような気がした。

「そうなのよ」

美雨ママに黙って行ったことも、いぶママに妊娠の有無を確かめてしまったことも、特に報告する必要はないのだった。なぜなら、美雨ママはいぶパパから聞いて、知っているのだから。

「ねえ、あたしのこと責める?」

「まさか。どうして洋子を責められるのよ。何も悪くないいじゃない」

「有紗に嘘吐いてたからだよ」

「いいよ、そんな嘘。何ともないよ」

「ありがとう」

美雨ママの声は今日は柔らかで優しい。

「付き合っているのは、トモヒサじゃなくて、いぶパパなんでしょう。まだ別れてないんでしょう？」

「うん。昨日、裕美さんから、ハルのところに怒りの電話があったんだって。あたしのことをすごく怒っていたって」

「妊娠のことね？」

「そうだよ」

いぶママとパパは別居しているのだろう。いぶママはいぶきちゃんと一緒に実家に。そして、深川にあるワンルームというのは、トモヒサのではなく、いぶパパの部屋なのかもしれない。

「ごめん、あたしが喋っちゃったの」

「いいのよ。誰だって信じちゃうよ」美雨ママが深い溜息を吐いた。「あのいぶママが、そんな嘘吐くわけないと思って。あたしもすごくショックだったもの」

「で、あなたたちはどうするの？」

「そうね、あなたのダンナが帰って来る頃には、何らかの決着は付くんじゃない？」

美雨ママが優しい声で言う。

「よかったじゃない」

「いいのか悪いのか、わかんない。ただね、思ったの。これはこれでいろいろ難しいなあって。多分、こういうことってみんなの傷になるんだろうね」

傷とはうまい言い方をする。

「だけど、仕方ないのよ」

「それもわかっている」

有紗は、美雨ママの声を聞きながら、中空に浮かぶ部屋を見回した。母親の長電話に退屈した花奈が、またパソコンのモニターを覗きに行く。

バルコニーからは春の青空が見えた。春先は、上階で風が強くても、地上は麗らかな日が多い。有紗は地面に足を着けたくなって、思わず足踏みをした。

解説——本当は怖い「絵に描いたような幸福」

斎藤《さいとう》　美奈子《みなこ》
（文芸評論家）

語り手の岩見有紗《いわみありさ》は三十三歳。新潟から上京し、広告代理店に勤めていた二十九歳のとき、合コンで知り合った岩見俊平《しゅんぺい》と「でき婚」をした。現在は、東京のウォーターフロントに建つタワーマンションの二十九階に住む。夫はアメリカに単身赴任中。娘の花奈《かな》はいま三歳。東京湾に面してそびえ建つタワマンに魅入られ、〈結婚したら、絶対にあのマンションに住んで子供を育てる〉という希望通りの生活を、有紗は手に入れたのである。

同じタワマンの住人であるママ友たちから、有紗は「花奈ママ」と呼ばれている。彼女の周囲にいるのは、お互いを「いぶママ」「芽玖《めぐ》ママ」「真恋《まこ》ママ」「美雨《みう》ママ」などと呼び合う、同年代の女の子を持つママたちだ。幼稚園入園を来年にひかえ、他のママたちと同様、有紗も花奈をどこの幼稚園に入れるかで悩んでいた。

タワマンとその周辺が世界のすべてで、ママ友たちとの関係を中心に回る生活。

それが有紗の表向きの顔である。けれども、彼女には人にいえない秘密があった。ひとつはアメリカにいる夫に離婚を迫られていること。もうひとつは俊平と出会う前の離婚歴で、現夫との不和の原因も、そもそもは彼女の過去に由来するのだった。

と、以上が『ハピネス』のざっとした見取り図である。

後半には多少の波乱が待っているものの、なんと狭い世界の、なんと卑近な物語だろう、と思った読者もいるにちがいない。時代も年齢も職業も階層も異なるさまざまな女性の多様な人生を描いてきた桐野夏生にしては、物語のスケールが小さすぎないか？　とかね。

しかし、ここはハッキリさせておこう。この狭さ、卑近さ、小ささこそが『ハピネス』の恐ろしさなのである。もし、あなたが「なんてバカバカしい狭小な世界の話なんだ」と思ったとしたら、この小説の目論見はむしろ成功したことになろう。ただし、それを実感するためには、物語の背景にあるいくつかの事情を知ることが必要かもしれない。

まず、ウォーターフロントのタワーマンションという舞台設定に注目してみよう。

東京湾の埋め立て地であるこの地域は、港区、中央区、品川区、江東区などにまたがり、二〇〇〇年代に入って一〇〇〇〇戸を超す巨大なタワーマンション（超高層マンション）の建設ラッシュとなった地域である。なかでも東雲《しののめ》、有明《ありあけ》、豊洲《とよす》といった江東区のベイエリアは、タワマンの建設によって人口が急増した地域として知られ、主な新住民が三〇代、四〇代の子育てファミリー世代であることでも注目された。

有紗たちが住むタワーマンションの住所は、おそらく江東区豊洲。八〇年代の半ばまでは、石川島播磨《いしかわじまはりま》重工業の造船所があった場所である。その跡地を再開発した豊洲は、いわば人工的につくられた街であり、豊洲運河と東雲運河で隔離された立地は島を思わせぬでもない。島内には、作中にも登場する巨大なショッピングモールや公園があり、島から一歩も出なくても日常生活がおくれるようになっている。

この人工的な島というか街に建つのが、ベイイースト・タワー（BET）とベイウエスト・タワー（BWT）の二棟から成るベイタワーズマンション（BT）だ。眺望のいいウェストはイーストよりステイタスが高く、また上階に行くほど価格や賃料が高いのもタワマンのお約束。タワーマンションというものは、住民の階級差を可視化した住居であり、虚栄心を満たしてくれる一方、たいへん差別的な物件ともいえるのだ。

ただし、つけ加えておくと、江東区のウォーターフロントは、都心に近いという利点を持つ半面、住宅地としての格が一流ってわけではない。いぶママの夫は銀座の出版社に勤めるサラリーマン。芽玖ママや真恋ママの夫も、一流企業のサラリーマンだ。たぶん年収は一〇〇〇万円前後。日本の労働人口で年収一〇〇〇万円以上の人は五パーセント未満だから、高給取りなのは事実だが、真性の富裕層とまではいえず、せいぜいプチセレブといったところだろう。マンションもおそらく、ローンで購入したはずだ。

このへんのさじ加減が『ハピネス』の絶妙なところ。人よりちょっといい暮らしをしたい。人より少しだけ上でいたい。わずかな優越性を求める気分が、些細《ささい》な差異を過剰に気にする心性と、他者に対する差別心を生む。実際のタワーマンションがどうであるかは別として、少なくとも『ハピネス』が描くタワマンは、島外と下界とも隔絶された閉鎖社会であり、意外にも伝統的なムラ社会との共通性を持った空間なのだ。

といった前提で読むとき、有紗が属するママ友グループの特異性があらためて浮かび上がってくる。リーダー格のいぶママは、やや大袈裟にいえばプチセレブ教の教祖。芽玖ママや真恋ママはその信者。彼女らに羨望の念を抱き、賃貸組であることや「公園要員」であることに傷つく有紗は、一種の洗脳状態におかれている。

一方、五人のメンバーの中で、唯一正気を保っているのが、美雨ママこと栗原洋子《くりはらようこ》である。彼女はタワマンの外の住人であり、夫は父が経営する鮨チェーンの店長で、他のメンバーと趣味も生活圏も異なっている。「江東区の土屋《つちや》アンナ」の異名をもつ洋子は、むしろプチセレブとは正反対のヤンキー層（ヤンママ）に近い存在なのだ。

専業主婦でいなければならない、保育園などもってのほか、「センスの悪い家」「手抜き主婦」「ダメママ」の烙印《らくいん》を押されたら一巻の終わり……といった数々の呪縛から逃れられない有紗と、ベビーカーを禁止するマンションの規則を批判し、高層階という環境が子どもにもたらす影響を心配するなど、有紗たちタワマンの住人よりもよっぽどまともで知的な洋子。おもちゃのシャベルが強風で落下し、嫌みな手紙が来たことでくよくよする有紗と、いぶママの夫との不倫を告白して有紗を圧倒する洋子。

洋子が有紗を連れ出した場所が門前仲町《もんぜんなかちよう》という江戸時代から続く庶民の町だったことを思い出そう。『ハピネス』はつまり、美雨ママという外界（下界？）からの使者を導き手として、空中摩天楼の有紗が洗脳から解き放たれるまでの小説ともいえるのだ（ついでにいうと、グループのなかでもっとも経済的に豊かなのは、鮨チェーンのオーナー一族である洋子かもしれない。駅前の古いマンションに住み、ユニクロの服を着ていても彼女が常に堂々としているのは、タワマンのプチセレブ生活ごときに価値を見出していない証拠だろう）。

『ハピネス』を語る上でもうひとつ、無視できないのは初出誌の存在である。

『ハピネス』の初出は光文社発行の月刊女性ファッション誌「ＶＥＲＹ」（二〇一〇年七月号～二〇一二年一〇月号）であり、連載中から大人気を博した。

ご存じのように、女性ファッション誌は年齢、階層、ライフスタイルなどによる棲み分けがあり、その伝でゆくと「ＶＥＲＹ」はいちおう三〇代を中心にした既婚女性をターゲットにした雑誌である。同じ光文社の「ＪＪ」や「ＣＬＡＳＳＹ.」でファッションを学んだ人たちが、三〇代になって読むのが「ＶＥＲＹ」、四〇代で読むのが「ＳＴＯＲＹ」、さらにその上の五〇代には「ＨＥＲＳ」が用意されている。

「ＶＥＲＹ」にはしかし、もう少し詳細な読者イメージが想定されているようだ。幼稚園ママ、それもややリッチな中産階級に属する都市生活者&専業主婦層のママたちだ。まさに有紗が憧れるプチセレブ層。シロガネーゼ（白金《しろかね》あたりに集うリッチな主婦たち）やイケダン（イケてる旦那）といったコンセプトを打ち出したのも「ＶＥＲＹ」である。

実物を開けば一目瞭然。そこで紹介されているのは、入園式や卒園式用の服だったり、ママ友との食事会用の服だったり、おうち服だったりするのだが、「ＶＥＲＹ」の芸の細かさは、幼稚園の性格別ファッションにまで及ぶ。カトリック系のコンサバ園、どろんこ系のリベラル園、インターナショナル風の個性的な園、質素倹約型の公立園……。「周囲から浮かない」ことを最重要課題としながらも、人より少し上でいたいプチセレブな妻たちのための雑誌。

桐野夏生はつまり、プチセレブのバイブルである「ＶＥＲＹ」の読者に向けて、読者層と重なる女性たちを徹底的に皮肉り、批評した小説をぶつけたのである。

にもかかわらず「ＶＥＲＹ」の読者が『ハピネス』を歓迎したのはなぜかって？　べつに不思議ではない。「ＶＥＲＹ」が標榜するプチセレブな生き方がいかに虚飾に満ちているかを、クレバーな読者はとっくに知っているのである。知っていながらも、生活上の必要性や軽い遊び心で「ＶＥＲＹ」な世界を気取る女性たち。彼女たちにとって『ハピネス』は鏡に映った自分たちの姿を見るようなものだっただろう。

思えば桐野夏生はこれまでも、さまざまな方法で「平凡な主婦」が内に秘めた負の感情をえぐり出してきた。ベストセラーになった出世作『OUT』（一九九七年）は、深夜の弁当工場で働くパート主婦たちが協力して主人公の夫殺しを成し遂げる、という衝撃のミステリー。『魂萌《たまも》え！』（二〇〇五年）は夫の急死をキッカケに、六〇代を目前にした主婦がはじめて社会の厳しさを知る異色のビルドゥングスロマン。『だから荒野』（二〇一三年）は自身の誕生日にキレた四〇代の主婦が、夫や息子を置いて突然出奔するロードノベルだった。妻として母として、家族の脇役に徹してきた主婦を主役に抜擢《ばってき》することで明るみに出る女性の孤独と社会の歪み。それらは「平凡な主婦」の自立譚であると同時に、現代社会の隠れた残酷性を浮き彫りにする小説だったといえるだろう。

『ハピネス』も例外ではない。ここでは殺人事件も起きないし、主人公が突然家出したりもしない。ママ友軍団の悩みは些細なことで、生死を分ける事情を抱えているわけでもない。でも、いやだからこそ『ハピネス』は見た目以上に怖〜い小説なのだ。

過去と向き合い、自身も社会に出ることで、最後に有紗は新しい人生への一歩を踏み出すが、世の中では依然として、年収一〇〇〇万円超の男と結婚し、プチセレブな専業主婦生活に憧れる若い女性が後を絶たない。それもまた現代の恐怖といえないだろうか。

「VERY」誌上では、二〇一五年一月号から、『ハピネス』の続編『ロンリネス』の連載がはじまっている。有紗や洋子のその後から、私たちはまだまだ目が離せない。

〈初出〉
「ＶＥＲＹ」（光文社）二〇一〇年七月号～二〇一二年十月号
二〇一三年二月　光文社刊

光文社文庫

ハピネス

著者　桐《きり》野《の》夏《なつ》生《お》

2016年2月20日　初版1刷発行

発行者　鈴木広和
印刷　慶昌堂印刷
製本　ナショナル製本

発行所　株式会社　光文社
〒112-8011　東京都文京区音羽1-16-6
電話（03）5395-8149　編集部
8116　書籍販売部
8125　業務部

落丁本・乱丁本は業務部にご連絡くだされば、お取替えいたします。
ISBN978-4-334-77234-5　Printed in Japan

組版　萩原印刷

お願い　光文社文庫をお読みになって、いかがでございましたか。「読後の感想」を編集部あてに、ぜひお送りください。
このほか光文社文庫では、どんな本をお読みになりましたか。これから、どういう本をご希望ですか。どの本も、誤植がないようつとめていますが、もしお気づきの点がございましたら、お教えください。ご職業、ご年齢などもお書きそえいただければ幸いです。当社の規定により本来の目的以外に使用せず、大切に扱わせていただきます。

光文社文庫編集部